COLLISION AMOUREUSE

DES RISQUES À PRENDRE

J.H. CROIX

   Réalisé avec Vellum

Chapitre Un

DAPHNÉ

Un élan s'aventura lentement sur la route devant moi, et je dus piler net, faisant ainsi tressauter le SUV lorsque j'écrasai la pédale de frein.

— Putain de merde !

J'étais seule dans l'habitacle, personne n'avait pu entendre ma réaction irrévérencieuse. Même si je m'étais renseignée et que je savais que la faune était abondante en Alaska, j'étais tout de même assez surprise.

Malgré sa démarche nonchalante, la longueur de ses enjambées le faisait avancer à une vitesse étonnamment rapide. En quelques secondes, l'animal avait traversé la route pour déboucher sur un champ de fleurs fuchsia. Sa croupe disparut derrière des conifères. Je secouai légèrement la tête et me rendis compte que je m'étais arrêtée en plein milieu de l'autoroute. Elle n'était pas très fréquentée, mais c'était tout de même une autoroute.

En riant, je relâchai le frein et appuyai à nouveau sur l'accélérateur. Les routes d'Alaska ne sont pas bondées. En jetant un coup d'œil sur le côté tout en prenant de la vitesse, j'eus le souffle coupé en voyant l'océan scintillant, baigné par les rayons du soleil qui dansaient à sa surface.

D'un côté de la route, il y avait des montagnes et des arbres, et de l'autre, le golfe de Cook, qui s'étendait depuis l'océan Pacifique vers l'intérieur des terres. Tout en conduisant, j'avais déjà aperçu deux glaciers et m'émerveillais du clapotis de l'océan contre le pied des montagnes se trouvant de l'autre côté.

Mon GPS ne m'était pas d'une grande aide. Et j'avais rapidement constaté que la réception du réseau mobile laissait également à désirer par ici. Elle était au mieux sporadique et ne semblait décente que lorsque je traversais les petites villes disséminées le long de cette autoroute, qui pouvait me mener jusqu'au point le plus à l'ouest des États-Unis, si je décidais de la suivre jusqu'au bout.

— Merde, me dis-je en regardant le GPS sur l'écran de mon tableau de bord.

Ma position sur la carte indiquait encore que j'étais stationnée dans un parking d'Anchorage.

— Pitié, ne me dis pas que tu m'as lâchée.

J'aurais aimé que l'aimable voix informatisée m'assure que non, elle ne m'avait pas lâchée. Mais elle – la voix du GPS dans le SUV que j'avais loué – resta obstinément silencieuse face à ma supplication.

— Super, merci beaucoup, marmonnai-je.

L'anxiété, une amie qui ne me veut pas que du bien, m'oppressait la poitrine. Depuis un an et demi, j'avais l'impression d'avoir été jetée du haut d'une falaise, sans savoir ce qui m'attendait en bas. J'avais encore l'impression de tournoyer dans les airs, en quête de stabilité et d'un endroit où atterrir. Je ne savais déjà plus quoi penser ni ressentir, il ne manquait plus que je ne sache plus par où aller – littéralement.

— Tout va bien, me rassurai-je. Tu sais où tu vas.

Soit dit en passant, les traumatismes émotionnels, ça mène à pas mal de soliloques. À voix haute. Dieu merci, j'étais le plus souvent seule, sinon j'étais certaine que les gens me prendraient pour une folle.

Environ une heure plus tard, je me maudissais d'avoir tenté de prendre mes préparatifs à la légère. Je n'avais pas de réseau. Mon GPS ne m'était d'aucune utilité. Pour couronner le tout, mon SUV semblait avoir un problème électrique, car le compteur de vitesse clignotait sans arrêt. Je supposai que ce problème électrique était la raison pour laquelle mon GPS m'avait lâchée au moment où j'en avais le plus besoin.

— Tu dois juste repérer le nom du complexe. Tu vas finir par tomber dessus. Il y aura forcément un panneau.

Ouais, parler toute seule, c'était devenu normal ces temps-ci.

Partout ailleurs, en général, des panneaux sont disséminés le long des autoroutes, mais en Alaska, on faisait dans la sobriété. Des panneaux de signalisation indiquaient la distance restant à parcourir pour rejoindre chaque ville, mais je n'avais pas vu un seul panneau publicitaire. Je me souvins avoir lu que dès qu'il était devenu un État américain, l'Alaska avait interdit les panneaux publicitaires. En principe, ce n'était pas une mauvaise idée, mais là, tout de suite, un panneau indiquant ma destination n'aurait pas été de refus.

La vue était spectaculaire, et j'avais vu plusieurs autres élans en descendant vers le sud. Le seul petit problème, cependant, c'était que j'avançais à l'aveugle. Le soleil commençait à tirer sa révérence, et je priais pour arriver à destination avant qu'il ne disparaisse derrière les montagnes. Bien que nous soyons au mois d'août, les sommets des montagnes étaient encore enneigés. Le changement climatique était en marche, mais l'Alaska tenait bon, du moins en altitude.

Walker Adventures se trouvait à une vingtaine de kilomètres de l'un des joyaux de l'Alaska, Diamond Creek. Diamond Creek, la ville voisine du complexe hôtelier, était l'endroit où je prévoyais de passer un mois. Eh oui, un mois entier en pleine nature. Moi, Daphné Bell, je me lançais dans une aventure tellement hors du commun que tous les gens qui me connaissaient me prenaient pour une illuminée.

J'en avais presque autant besoin que d'air. Ma vie actuelle, celle que j'avais laissée derrière moi, était un véritable chaos, jonchée de regrets, de reproches et d'une douleur presque insupportable. Peut-être qu'avec un peu de chance, je pourrais me reconstruire si je m'éloignais suffisamment.

— Oh ! Un panneau ! Tout ce que je te demande, c'est d'indiquer le complexe, grommelai-je en m'adressant au panneau vert de l'autoroute en question. Un peu de précision n'a jamais fait de mal à personne.

Et puis merde. Je tournai à gauche. L'asphalte se prolongeait sur quelques kilomètres avant de se transformer en un chemin de gravier.

— Oh, bordel, murmurai-je tandis que le petit SUV bleu ronronnait avec assurance sur la piste caillouteuse.

Heureusement que j'avais pris soin de louer un véhicule tout-terrain.

Je continuai à avancer tout en me répétant sans cesse la même chose. *Tu vas le trouver, t'as bien fait de venir ici, et tout va bien se passer.*

Étant donné que j'étais parfaitement au courant d'à quel point la vie pouvait *ne pas* bien se passer, ma confiance en l'univers était, pour le dire gentiment, ébranlée.

Environ quarante-cinq minutes plus tard, une de mes roues s'était profondément enfoncée dans une flaque de boue, et voilà que je me retrouvais à observer un ours.

— Tu es un ours brun ou un grizzli ? lançai-je, bien à l'abri dans mon SUV, pendant que l'animal se baladait tranquillement de l'autre côté de la route, à peine attentif à ma présence.

— Depuis quand les routes n'ont-elles pas de bandes d'arrêt d'urgence ?

Je consultai mon téléphone portable et fusillai du regard l'icône indiquant qu'il n'y avait pas de réseau.

— Va te faire foutre.

L'ours en question m'avait fait faire une embardée sur le bas-côté, ce qui avait eu pour effet d'enfoncer une roue arrière dans la boue. J'appuyai sur le bouton GPS de l'écran du tableau de bord, en vain. Je ne savais même pas si j'avais roulé trop vite sur la route de gravier. Mon SUV était encore en état de marche, mais toutes les fonctionnalités supplémentaires étaient hors service.

J'entendis un avion passer au-dessus de moi et scrutai le ciel à travers mon pare-brise. Cela dit, je n'osais pas ouvrir ma fenêtre, au cas où l'ours aurait un petit creux.

— Oh, l'avion est en train d'atterrir !

Le petit avion avait entamé sa descente et semblait vouloir atterrir non loin de là. Mais si à vol d'oiseau, ou dans ce cas à vol d'avion, la distance semblait courte, cela pourrait représenter quelques kilomètres de marche. Je n'osais pas sortir et me lancer à pied. Pourquoi ? À cause des ours et de Dieu seul sait quoi d'autre.

Mon estomac gronda et je posai la main dessus. Je n'avais pas prévu assez à grignoter. Le complexe proposait un dîner ce soir-là, et je m'attendais à arriver avec plusieurs heures d'avance, donc j'avais mangé ma dernière barre de céréales il y a quelques heures.

J'appuyai ma tête contre le siège, pris une grande inspiration et me retins de pleurer. Tout allait bien se passer. S'il fallait que je marche, je marcherais.

Un bruissement me fit lever la tête et je poussai un cri.

L'ours était maintenant juste à côté de ma voiture ! Il était occupé à manger des myrtilles. Je n'étais peut-être pas une experte en biodiversité, mais je savais quand même reconnaître des myrtilles, et il se trouve que j'avais enlisé ma voiture à côté d'un petit bosquet de ces baies.

L'ours leva la tête et m'observa avec détachement. Pour moi, cet ours était un mâle, bien que je n'aie aucune idée de pourquoi je pensais cela. Même s'il me faisait vraiment peur, cet ours était un animal magnifique au pelage mordoré. Il me considéra curieusement durant quelques secondes à la suite de mon cri, puis il baissa la tête et se remit à manger. Le fait que cette énorme bête grignote − oui, grignote − des myrtilles me paraissait quelque peu ridicule.

Je le contemplais silencieusement, sans penser à la situation délicate dans laquelle je me trouvais ni aux autres épreuves de ma vie, tandis que cet ours massif, qui aurait pu me tuer d'un simple coup de patte, se promenait le long des myrtilliers. Peu de temps après, l'ours disparut entre les arbres et je me retrouvai à nouveau seule. Je fus alors envahie par un sentiment de solitude si fort que j'en eus le souffle coupé.

— Daphné, il faut que tu trouves une solution, me

dis-je avec sévérité une fois que je réussis à reprendre mon souffle.

Je n'avais aucune idée de comment m'y prendre, si ce n'est de marcher le long de cette route et de prier qu'elle menait au complexe.

L'anxiété, telle une tornade, se déchaînait à nouveau dans ma poitrine. Marcher semblait être ma seule option, tout en espérant que la distance à parcourir ne serait pas trop longue.

Alors que j'étais sur le point de craquer et de laisser couler mes larmes, un pick-up surgit à l'angle de la route devant moi.

— Youhou !

Je levai littéralement le poing dans un élan de joie. Je n'avais aucune idée de qui cela pouvait être, mais je priai pour que la personne s'arrête.

Sans réfléchir, je sortis du SUV et me ruai au milieu de la route, en agitant les bras comme une folle.

Le pick-up noir ralentit jusqu'à s'arrêter. Lorsque je vis l'homme derrière le volant, je fus un peu intimidée. Le terme « sympathique » n'était pas vraiment le mot qui me venait à l'esprit en le voyant.

La portière du pick-up s'ouvrit et il descendit du véhicule. J'eus soudain l'impression que mes genoux se dérobaient sous moi. Oh. Mon. Mon. Dieu. Il dirigea son regard sur mon SUV, mal stationné sur le bas-côté de la route, avec une roue enfoncée dans la boue, avant de porter son attention sur moi. Heureusement que j'avais eu quelques secondes pour me préparer.

Lorsque ses yeux d'un bleu glacier croisèrent les miens, je fus parcourue d'une sensation de décharge électrique qui fit jaillir des étincelles de toutes mes terminaisons nerveuses. L'homme était grand et bien bâti. Son T-shirt moulait ses larges épaules. Je parcourus des yeux ses bras, fins et musclés, recouverts d'une fine couche de poils dorés. Il portait un jean élimé et délavé, qui lui descendit sur les hanches lorsqu'il glissa son pouce dans l'un des passants.

Rien ne m'échappa, pas même la bande de peau hâlée visible juste en dessous de son T-shirt lorsqu'il tira légèrement sur son jean, laissant apparaître une partie de son « V » bien dessiné.

Je déglutis et relevai les yeux. Il avait une mâchoire taillée dans le granit, des pommettes aux angles marqués et un nez aristocratique. Ses lèvres étaient parfaites. Et enfin, comble de la torture, il avait une fossette au milieu du menton.

J'avais manifestement perdu la tête, car je sentis mes joues s'échauffer et ma peau se hérisser de partout.

— Vous devez être Daphné, dit-il sèchement.

En guise de réponse, je ne pus produire qu'un son étranglé. Cet homme m'avait non seulement coupé le souffle, mais il m'avait aussi ôté la parole. C'était une première pour moi.

Chapitre Deux

FLYNN

La femme qui se trouvait en face moi émit une sorte de bruit étranglé et se contenta de me fixer. Tout bien réfléchi, j'avais besoin de reprendre mes esprits, et je lui étais reconnaissant de m'en avoir donné l'opportunité.

Si elle voulait se faire remarquer, elle n'aurait pas pu mieux s'y prendre. Ses cheveux auburn étaient tressés et torsadés sur le dessus de sa tête, et des mèches lâches encadraient son visage. Elle portait une jupe, une putain de jupe, sur une route de gravier plus ou moins au milieu de nulle part en Alaska. Une paire de bottes noires ajustées épousait ses mollets, et je dus me retenir de m'attarder trop longtemps sur ses jambes galbées. Un chemisier en soie bleu complétait sa tenue. C'était un chemisier boutonné, et je m'efforçai de ne pas fixer le bouton du haut qui semblait sur le point de sauter. Elle donnait l'impression d'être tout droit sortie d'une réunion un brin sexy.

On aurait dit une princesse, il n'y avait pas d'autre manière de la décrire.

Elle sonda mon visage de ses yeux vert jade, et ses joues rosirent lorsque nos regards se croisèrent.

— Comment savez-vous comment je m'appelle ? demanda-t-elle finalement en relevant légèrement le menton et en redressant les épaules.

— Eh bien, princesse, je suppose que vous êtes la Daphné qui a une réservation d'un mois au complexe hôtelier.

La femme me dévisagea d'un air incertain et méfiant. Lorsqu'un léger coup de vent fit tomber une mèche de ses cheveux sur son front, elle souffla dessus avec adresse pour la dégager de devant ses yeux.

— Bon, d'accord. Je suis bien cette Daphné. Le surnom « princesse », c'était vraiment obligé ?

Mon Dieu. Cette femme, c'était vraiment quelque chose. Cela m'étonnerait qu'elle dépasse le mètre cinquante. Elle était petite, menue, propre sur elle et donnait l'impression d'être coincée. Je me demandais ce qui lui avait pris de réserver un mois dans notre complexe familial dédié aux aventuriers et explorateurs.

J'étais agacé, d'autant plus agacé que mon corps semblait la trouver incroyablement canon. Putain, je n'en revenais pas, mais quand elle avait pris ce ton hautain et acerbe et qu'elle avait relevé légèrement le menton, mon corps tout entier s'était tendu et un afflux de sang avait convergé vers ma bite. Mais qu'est-ce qui m'arrivait, bon sang ?

Daphné détourna le regard, et j'en profitai pour noter quelques détails supplémentaires à son sujet. Mon regard se porta sur le bouton en haut de son chemisier. Je voulais le défaire. Avec mes dents.

Je dus faire un effort pour relever les yeux, m'attardai sur la ligne définie de sa mâchoire et son nez retroussé. Sa peau était rose, comme ses lèvres, qui avaient une forme parfaite. Comme un putain d'arc. Pire encore, elle avait une petite fossette sur une joue. Elle n'avait pas encore souri, mais je devinais déjà ce petit creux, prêt à se dévoiler.

Lorsqu'elle reporta son regard sur moi, son front était marqué par l'inquiétude.

— Je ne sais pas vraiment ce qui vous amène par ici, mais vous ne pourriez pas m'aider à régler cette, euh, situation ? dit-elle en désignant son petit SUV.

— Vous êtes la raison de ma venue. J'ai vu votre SUV depuis les airs. Et l'ours.

— Vous pouviez me voir du ciel ?

— Oh, oui. C'est un petit avion, et j'avais amorcé ma descente pour atterrir. Ce n'était pas bien compliqué de voir votre SUV bleu vif sur le bord de la route et un gros ours brun en train de brouter juste à côté.

— C'est vraiment gentil de votre part. Vous ne sauriez pas qui est le gérant du complexe, par hasard ?

— C'est moi.

— Vous êtes Flynn Walker ?

— Pour vous servir, répondis-je.

Daphné me détailla de la tête aux pieds avant que son regard ne revienne se poser sur mon visage. Si je manquais de discernement, j'aurais pu croire qu'elle venait de me reluquer. Mais je n'étais pas dupe. Impossible que cette princesse coincée me mate.

— Je peux monter dans votre SUV ? demandai-je.

— Je doute que le conduire suffise pour le sortir de là, déclara Daphné, campée dans ses bottes et sa jupe au milieu de la route.

— Bien sûr que si, princesse. Donnez-moi ces clés.

Tandis que je m'approchais d'elle, elle resta plantée là, et ses joues devinrent encore plus roses.

— Je peux la sortir de là sans problème.

Je continuai à avancer, et elle se retourna brusque-ment pour se hâter de me rattraper.

— D'accord, les clés sont à l'intérieur. Je pense qu'il faudra reculer le siège.

En lançant un regard de côté lorsque je m'arrêtai pour ouvrir la portière, je répondis :

— Oh, je n'en doute pas. Je peux faire un essai ?

— Je vous en prie, dit-elle en faisant un geste de la main tout en reculant. Si vous réussissez à me sortir de ce bourbier, ce serait formidable.

Le siège était pratiquement collé au volant. Je le reculai, montai à bord et démarrai le SUV. Après avoir fermé la portière, je baissai la vitre.

— Il va falloir que vous vous reculiez. Ça va écla-bousser.

Elle croisa les bras et arqua un sourcil.

— D'accord.

Elle se dirigea vers l'autre côté de la route.

Après avoir démarré le moteur, je m'assurai que le mode quatre roues motrices était activé. Je fis un léger test pour évaluer l'adhérence de la roue arrière. Elle n'en avait absolument pas. Après avoir rapidement examiné les commandes du véhicule, je passai en mode différentiel. Dès que je le sentis s'enclencher, j'appuyai légèrement sur la pédale d'accélérateur et sentis la puissante traction de l'essieu.

En un instant, le SUV bondit vers l'avant et j'en-tendis Daphné pousser un cri. Je ne pouvais pas encore me tourner vers elle, étant en train de manœuvrer le véhicule pour le remettre sur la route avant de le garer et de couper le moteur. Lorsque j'en sortis, je restai bouche bée. Daphné était couverte de boue.

Je réprimai un sourire. Je n'avais pas la moindre idée de ce qui s'était passé. Elle aurait dû être à l'abri des projections de boue, vu l'endroit où elle se tenait.

Quand je croisai son regard, elle eut l'air choqué le temps d'un instant avant de rejeter la tête en arrière en riant.

Putain de merde. La princesse avait un profond rire de gorge quand elle se laissait aller.

Je gloussai lorsqu'elle croisa à nouveau mon regard et que son rire se calma.

— Oh, mon Dieu. J'ai voulu me rendre utile et je suis passée derrière pour la pousser un peu.

— Vous l'avez poussée ?

— Non, répondit-elle d'un air penaud en secouant la tête.

Elle leva une main pour essuyer un peu de boue sur sa joue, sans que cela ne change grand-chose.

— Je suis revenue pile au moment où ce que vous avez fait a marché. La boue m'a éclaboussée de partout.

Daphné baissa les yeux. Il y avait de la boue sur son visage, dans ses cheveux et sur tout le devant de son joli chemisier bleu. Il y avait des éclaboussures de boue sur sa jupe et ses genoux.

Bon sang, elle était terriblement sexy avec toute cette boue.

Je perdais la tête. Cette attirance soudaine et dérangeante pour Daphné n'avait absolument aucun sens.

Je me retins de rire lorsqu'elle releva les yeux vers moi. Elle leva les yeux au ciel, et sa fossette fit une charmante apparition lorsqu'elle sourit.

— Ne vous inquiétez pas. Vous pouvez rire.

Je gloussai doucement.

— Désolé. C'est juste que vous n'avez pas l'air d'être du genre à vous salir.

Son sourire se dissipa, et quelque chose dans son regard vacilla, mais elle le dissimula aussitôt.

— J'ai l'intention que ça change. Vous pourriez peut-être m'indiquer le chemin du complexe, maintenant. Si vous ne l'aviez pas remarqué, mon tableau de bord ne cesse de clignoter. Mon GPS ne fonctionne plus, et il n'y a pas de réseau ici, alors je n'étais même pas sûre d'aller dans la bonne direction.

— Eh bien, chapeau. Vous ne nous êtes pas découragée.

Elle acquiesça, en relevant légèrement le menton.

— Allez, suivez-moi.

Chapitre Trois

DAPHNÉ

Une dizaine de minutes plus tard, je me trouvais à côté de Flynn et j'avais complètement oublié que j'étais couverte de boue.

— Oh, ouah, soufflai-je avec révérence. C'est encore plus beau que sur les photos.

Flynn braqua son regard troublant et pénétrant sur moi. Je n'avais jamais été aussi proche de lui, et ses yeux ne ressemblaient à aucun de ceux que j'avais vus. Le bleu était cerclé d'un anneau sombre, comme si un artiste en avait ombré les contours au fusain.

— C'est vraiment joli, déclara-t-il.

— Joli ?

Il haussa les épaules.

— D'accord, magnifique.

Le petit frémissement au coin de ses lèvres suffit à me donner des papillons dans le ventre. Oh. Mon. Dieu. Si cet homme me gratifiait d'un vrai sourire, je serais capable de lui sauter dessus.

Considéré comme l'un des meilleurs complexes en Alaska pour les expéditions en plein air, Walker Adventures se trouvait à deux pas de Diamond Creek, une ville qui, d'après ce que j'avais compris, regorgeait de restaurants et de sites touristiques. Mais en regardant autour de moi, difficile d'imaginer une quelconque trace de civilisation à proximité. J'avais vraiment l'impression d'être au milieu de nulle part.

Nous étions entourés d'épicéas. Le complexe, un imposant bâtiment en bois, était revêtu d'un bardage en bois sombre et d'un toit en acier bleu presque entièrement recouvert de panneaux solaires. De forme octogonale, le bâtiment était doté de larges fenêtres s'étendant du sol au plafond sur chacune de ses faces et chacun de ses trois étages.

Flynn passa devant moi et s'arrêta près de l'escalier qui menait à une terrasse panoramique. Il avait insisté pour prendre mes bagages, il en portait un sur son épaule et tenait l'autre dans sa main.

— On peut y aller ?

Je ne m'étais pas rendu compte que j'étais restée figée sur place pendant que je contemplais le paysage. Le complexe, entouré d'arbres d'un côté, était situé à flanc de colline et offrait une vue imprenable sur les montagnes de l'autre côté. Les mêmes fleurs fuchsia que j'avais vues sur ma route poussaient en bouquets le long de la colline. Au loin, on apercevait une baie et des montagnes sur l'autre rive.

— Oui !

Je me hâtai de rattraper Flynn.

Dans ma précipitation, le talon de ma botte buta contre un caillou. Je l'écartai d'un coup de pied et trébuchai légèrement en arrivant à sa hauteur. Flynn me tendit la main pour me rattraper, et il enroula sa main libre autour de mon bras. Son contact me fit l'effet d'un fer chaud, et je fus submergée par une bouffée de chaleur.

— Vous avez oublié que vous êtes couverte de

boue ? demanda-t-il en esquissant un léger sourire en coin.

Oh, Seigneur. Je n'étais pas en mesure de résister à ses sourires, et encore moins à son toucher. Je déglutis en essayant de reprendre mon souffle. Bien que l'air en altitude soit déjà rare, j'avais subitement l'impression d'en manquer.

Je baissai les yeux et soupirai en silence tout en reprenant mes esprits. Mon Dieu. J'étais dans un état lamentable, au sens propre comme au sens figuré. Lorsque je relevai les yeux pour rencontrer à nouveau les siens et que je vis une lueur chaleureuse, je me dis que ce n'était pas si grave. Bien que je sois née et que j'aie été élevée dans le respect des apparences, j'avais appris de la manière la plus brutale qui soit que les apparences n'avaient pas d'importance. Pas du tout.

— Je crois bien, en effet, répondis-je avec un sourire crispé.

— Entrez donc.

Flynn me fit signe de passer devant lui pour monter les marches. Je me fis la réflexion qu'il valait mieux qu'on me voie de dos que de face, alors je me dépêchai de monter et attendis près des portes.

— Ce n'est pas fermé à clé, dit-il lorsqu'il arriva en haut des marches.

— Oh, couinai-je avant de tendre la main pour ouvrir la porte. Étant donné qu'il portait mes bagages, le moins que je puisse faire était d'ouvrir la porte.

J'entrai, Flynn sur mes talons. L'entrée était carrelée en gris ardoise. Des rangées de crochets sur les deux murs encadraient la porte et des grilles étaient posées sur le sol.

Flynn remarqua sans doute ma perplexité tandis que je regardais curieusement les grilles.

— C'est pour l'hiver. Quand les gens entrent avec

leurs bottes et leurs affaires pleines de neige, l'eau s'écoule au lieu de s'accumuler sur le sol. Ne vous inquiétez pas, ce n'est pas ouvert sur l'extérieur. Elle ne fait que cinq centimètres de profondeur et s'écoule vers notre système d'évacuation.

— Oh, c'est pratique, lançai-je en levant les yeux vers lui.

Il balaya mon visage du regard, mais je n'arrivais pas à déchiffrer son expression. Il semblait plutôt doué pour dissimuler ses pensées. Étant moi-même experte en la matière, je n'en tenais jamais rigueur à quiconque. Il est important de garder un jardin secret.

— Je vais vous montrer votre chambre, dit-il en passant devant moi.

Il me conduisit dans une autre pièce en passant sous une grande arche, derrière laquelle se trouvait une porte de chaque côté. Le reste de l'espace était largement ouvert. Le soleil qui filtrait à travers les fenêtres faisait briller le parquet. Un petit canapé et quelques fauteuils entouraient un poêle en stéatite. Dans une autre zone, il y avait des étagères basses et d'autres fauteuils, et dans une autre encore, un canapé plus large avec une télévision qui descendait du plafond. Sans qu'aucun mur ne vienne diviser l'espace, son agencement donnait pourtant l'impression de voir trois pièces distinctes.

Je traversai la salle à la suite de Flynn jusqu'à un joli escalier en colimaçon caché dans un coin. Arrivés en haut de l'escalier, il me guida le long du couloir avant d'ouvrir une porte. La chambre avait vue sur le champ et l'océan qui scintillait au loin.

Le mobilier épuré et minimaliste comprenait un lit queen size paré d'une couette épaisse et moelleuse de couleur crème, flanqué de deux tables de nuit et d'une commode placée au pied du lit, juste à côté de la porte où nous nous tenions. Flynn posa mes bagages devant la commode et désigna la porte sur le côté de la pièce.

— La douche est là.

Il se retourna, s'apprêtant à disparaître dans l'embrasure de la porte.

— Flynn.

Il se retourna, et cet homme était, pour le dire simplement, la virilité incarnée – une force brute et sauvage émanait de lui. Il avait une manière élégante de lever le sourcil.

— Oui ?

— Sur le site, il était marqué qu'il y avait des repas.

Ma phrase n'était pas vraiment une question, mais Flynn hocha la tête.

— Oui. Il y a des repas, princesse.

Je me mordis l'intérieur des joues pour ne pas réagir à ce petit surnom. Il ne pouvait pas savoir qu'on m'avait donné ce même surnom quand j'étais enfant.

Après avoir pris une douche et enfilé un jean, des bottes à petits talons et un chemisier en coton sans boue, je perçus des voix étouffées et supposai qu'un autre groupe de clients venait d'arriver.

Sans savoir pourquoi, je me sentais un peu anxieuse. Je n'arrivais pas à oublier le regard intense et pénétrant de Flynn. Et chaque fois qu'il m'appelait princesse, j'éprouvais une vive irritation, immédiatement suivie d'une petite accélération de mon pouls.

Je me ressaisis, m'arrêtai sur le seuil de la porte et sentis sous ma main la froideur de la poignée avant de la tourner. Après avoir pris une profonde inspiration, je redressai les épaules et traversai le couloir.

Un jeune homme grand et élancé sôrtit d'une autre porte en face de moi. Lorsqu'il me vit, il m'adressa un rapide sourire.

— Bonjour.

Je compris presque instantanément que ce jeune homme devait avoir un lien de parenté avec Flynn. Il avait les mêmes cheveux cuivrés dorés par le soleil et ces yeux bleus uniques, comme ombrés au fusain.

— Bonjour, répondis-je poliment.

Il inclina la tête en signe d'acquiescement et me fit signe de le précéder.

— Vous devez être Daphné, dit-il alors que nous descendions l'escalier en colimaçon.

— C'est exact. Comment avez-vous deviné ?

— Eh bien, tous les autres clients sont ici, et je n'ai pas encore rencontré de Daphné. Je m'appelle Grant, déclara-t-il lorsqu'il s'arrêta à côté de moi au pied de l'escalier. Enchanté.

Il me serra la main tout en parlant. Il était aussi grand que Flynn mais paraissait plus jeune.

— Moi de même, ajoutai-je en lâchant sa main.

Quand je me retournai, je vis une dizaine de personnes qui déambulaient dans l'espace commun du rez-de-chaussée.

— Si vous avez faim, poursuivit Grant, la cuisine est par là.

Je me dirigeai vers l'endroit qu'il m'avait indiqué et passai par l'une des portes encadrant l'arche qui menait à l'entrée principale. Des plateaux de hors-d'œuvre étaient alignés sur le comptoir.

Malgré son aspect chaleureux, il s'agissait claire-ment d'une cuisine professionnelle, équipée d'impo-sants appareils électroménagers. Flynn s'affairait sur la cuisinière d'un îlot situé en face du comptoir, contre le mur, et de la grande table rectangulaire près des fenêtres, je pouvais voir le flanc de la colline et l'océan au loin.

Flynn leva les yeux lorsque j'entrai. Une lueur traversa brièvement son regard lorsque je m'approchai, mais elle disparut avant que je puisse la déchiffrer.

— Toute propre, à ce que je vois, dit-il en guise de salut.

Je sentis la chaleur monter à mes joues. Je ne voulais même pas m'interroger sur ma réaction face à Flynn. Apparemment, le simple fait de m'approcher me mettait dans tous mes états.

— Vous voulez boire quelque chose ? demanda-t-il.

— Bien sûr.

— Une bière ou du vin, ou quelque chose d'autre ?

— Du vin, s'il vous plaît. Rouge si vous en avez.

Flynn acquiesça et éteignit le feu sous la casserole qu'il était en train de remuer. Un instant plus tard, il remplissait un verre de vin rouge foncé.

— Alors comme ça, vous pilotez des avions, vous allez chercher les invités égarés quand ils s'enlisent dans la boue, et vous cuisinez ? le taquinai-je poliment.

Flynn se retourna pour me passer le verre de vin sur le comptoir. Nos doigts se frôlèrent et je ressentis une décharge d'électricité dans mon bras. De petites étincelles se propagèrent sur ma peau à la suite de ce contact fugace.

Il retira sa main, et j'enroulai mes doigts autour du verre de vin pour me donner une contenance. Il afficha un sourire en coin, et une volée de papillons me chatouilla le ventre.

— D'habitude, je ne cuisine pas, mais ce n'est pas faute de savoir le faire. Je m'occupe plutôt des vols et de l'accueil des invités qui s'égarent. Notre chef a démissionné la semaine dernière, nous sommes donc à court de personnel. Je le remplace en attendant.

— Oh.

Quelle réponse brillante. Pour masquer ma nervosité, je pris une gorgée de vin, mais je bus trop vite et en trop grande quantité. Je m'étranglai et sentis le vin frais tacher mon chemisier lorsque je le recrachai.

Nos regards se croisèrent, et je perçus une légère lueur dans ses yeux.

— J'ai l'impression de toujours faire des gaffes quand je suis près de vous, parvins-je à articuler.

Mes joues étaient brûlantes ; j'aurais donné cher pour pouvoir dissiper cette chaleur.

FLYNN

— Tu peux me passer la sangle d'arrimage, s'il te plaît ? lançai-je à Elias.

Cette dernière vola dans les airs et j'en attrapai le crochet. En me penchant dans le compartiment arrière de l'avion, je serrai la sangle et vérifiai que le crochet était bien en place. Elias contourna l'avion et appuya son coude sur l'aile pendant que je me redressais et fermais la porte du compartiment arrière.

— Un groupe a réservé une excursion à Katmai plus tard dans la semaine. T'es partant ? demandai-je.

— Bien sûr. Qu'est-ce qui est prévu d'ici là ? me répondit-il.

— Trois vols demain. Tu t'occupes de celui du matin et de l'après-midi, et je me chargerai de l'autre de l'après-midi, qu'est-ce que t'en dis ?

Il acquiesça immédiatement. Elias Lowe vivrait dans les airs s'il le pouvait. Il était l'un de mes amis les plus proches et m'avait rejoint ici un an après que j'ai quitté l'armée de l'air, où nous étions tous les deux. Mais j'avais quitté l'armée avant lui, car j'avais dû rentrer chez moi pour m'occuper de mes frères et sœurs, il y a sept ans de cela.

Tout comme lui, j'adorais être dans les airs, et c'était une aide précieuse pour nos finances. Les gens payaient des sommes exorbitantes pour faire du tourisme aérien en Alaska et se rendre dans des endroits reculés. Ce n'était pas donné de voler et les risques étaient élevés, mais cela en valait la peine. En plus de devoir remettre sur pied l'entreprise familiale d'expéditions en plein air à mon retour, j'avais aussi dû m'occuper de mes trois jeunes frères et sœurs. Pour l'instant, j'étais parvenu à payer les frais universitaires de Grant et Nora. Ma plus jeune sœur, Cat, était encore au lycée.

Elias passa une main dans ses cheveux blond foncé ébouriffés et hocha la tête.

— Tu sais que je prendrai tous les vols que tu me proposeras.

— Oh, je le sais très bien. C'est juste que tu ne peux pas être à deux endroits à la fois.

— Il se plairait à penser qu'il en est capable, fit remarquer une voix.

Elias leva ses yeux bruns au ciel puis jeta un coup d'œil par-dessus son épaule. Tucker Harrison apparut à l'entrée du hangar à avions.

— Qu'est-ce que vous faites debout si tôt, les gars ? demanda-t-il en s'arrêtant de l'autre côté de l'aile de l'avion et en posant ses deux coudes dessus.

— On travaille, répondit Elias avec un petit rire.

— La vraie question serait plutôt de savoir ce que tu fais debout de si bonne heure, rétorquai-je.

Tucker haussa les épaules.

— C'est vrai. Je n'ai pas bien dormi la nuit dernière. Le nouveau cuisinier que tu as engagé fait un café tout juste passable, d'ailleurs. Le tien est meilleur.

— C'est noté. Alors, tu es partant pour quelques vols de transport ?

Tucker opina du chef.

— Moins j'ai de gens à qui parler, mieux c'est.

Elias détourna le regard vers Tucker.

— On le sait.

Tucker se fendit d'un bref sourire. Avec ses amis, il avait un humour pince-sans-rire, et il se limitait à un cercle d'amis restreint mais très proche. Comme Elias, nous nous étions rencontrés à l'armée de l'air. Lorsque j'avais eu de ses nouvelles il y a trois ans, je l'avais invité à venir travailler avec moi, et il avait sauté sur l'occasion. Tucker préférait rester seul, et l'Alaska était sans conteste un endroit qui s'y prêtait.

En tapotant le flanc du petit avion, je dis :

— Il y a du courrier et des provisions pour quatre villages. Je te conseille de jeter un coup d'œil aux prévisions météo, mais je pense que ça te prendra deux jours pour faire toutes tes livraisons.

— Ça me va. Si l'avion est prêt, je peux partir maintenant, proposa Tucker en passant une main dans ses boucles brun foncé.

— Il est paré pour le décollage, affirmai-je en jetant un coup d'œil par-dessus mon épaule au compartiment arrière pour m'assurer que je n'avais oublié aucun carton.

Tucker se dirigeait déjà à grandes enjambées vers le petit local où étaient entreposés divers équipements et matériels. Peu après, il était aux commandes de l'avion et prenait de l'altitude dans le ciel dégagé.

Elias m'accompagna jusqu'à mon pick-up sur le parking.

— Tu prends le vol prévu cet après-midi ? me demanda-t-il tandis que je sortais mon téléphone et que je faisais défiler les horaires sur le calendrier.

— Tu peux t'en occuper, si tu veux. C'est une famille new-yorkaise. Ils étaient sympas au téléphone.

Je consultai à nouveau mon écran et ajoutai :

— Ils sont censés arriver dans une demi-heure. On va se prendre un café en attendant ?

— Tu crois vraiment que je refuserais un café ? rétorqua-t-il avec ironie.

Nous étions en ville, à Diamond Creek. J'avais une petite piste d'atterrissage en gravier près du complexe, mais elle était réservée à un usage personnel. Nous ne faisions aucun trajet professionnel au départ de cette piste. Les trois hangars à avions que je possédais ici, au petit aéroport de Diamond Creek, abritaient les sept petits avions de ma société. De temps en temps, je n'en revenais pas.

Quand j'avais quitté l'armée de l'air après la mort de ma mère, les finances n'étaient pas au beau fixe. Elle avait monté une entreprise d'expédition avec mon beau-père – un sacré connard, soit dit en passant – et les affaires n'avaient jamais vraiment décollé. Quand j'étais rentré, je m'étais dit que je partirais de ce que nous avions – un énorme terrain suffisamment proche de Diamond Creek pour avoir de la valeur, un complexe hôtelier partiellement achevé et trois avions. Au cours des sept années qui avaient suivi, j'avais terminé la construction du complexe et vu nos vols touristiques prendre un essor surprenant.

Dieu merci, car cela nous rapportait beaucoup d'argent. Notre complexe était également rentable, mais les vols étaient *vraiment* très lucratifs. Si mon activité avait pu se développer, c'était en grande partie parce que j'avais suffisamment de pilotes pour assurer les vols. En plus d'Elias et de Tucker, deux autres amis de l'armée de l'air, Gabriel Hall et Diego Jackson, étaient venus travailler avec moi. La sœur de Tucker, Aubrey, nous rejoindrait l'année prochaine. Grant, mon frère cadet de cinq ans, avait terminé sa formation au pilotage l'année dernière. J'avais donc six pilotes, moi y compris. Ma sœur Nora suivait elle aussi une formation au pilotage.

Je ne faisais pas confiance à beaucoup de monde, mais je considérais ces gars-là comme des membres de ma famille. J'avais une confiance aveugle en chacun d'entre eux.

— Bon sang, c'est bondé ici, lança Elias au moment où j'engageais ma voiture dans le parking situé devant le Red Truck Coffee.

— C'est toujours bondé ici, répondis-je. Mais Cammi est rapide, notre café sera prêt en un rien de temps.

Nous nous plaçâmes au bout de la file du Red Truck Coffee, qui portait bien son nom. Aménagé dans un ancien camion rouge converti en café ambulant et situé juste avant le virage menant aux quais du port de Diamond Creek, il connaissait une forte affluence du printemps jusqu'à l'arrivée de la neige.

Lorsque ce fut notre tour, Cammi nous gratifia d'un large sourire.

— Eh bien, les gars, vous allez voler par ce beau temps ? demanda-t-elle.

Ses yeux bleus pétillaient de malice.

La plupart du temps, Cammi tenait ce petit café seule, bien qu'elle soit parfois aidée pendant les périodes les plus chargées de l'année. On pouvait presque toujours être sûr de la voir quand on s'arrêtait pour prendre un café.

Je désignai Elias du pouce.

— Il fait un vol cet après-midi. Je vais m'occuper de quelques réparations sur l'un de nos avions.

Cammi saisit l'un de ses fameux gobelets à café en carton rouge.

— Comme d'habitude pour vous deux ?

— Je le prendrai bien serré aujourd'hui, répondis-je.

Elias hocha vivement la tête.

— Idem.

Cammi commença à préparer nos cafés.

— Vous avez passé une mauvaise nuit ?

Je haussai les épaules.

— On est très occupés. Chaque automne, je me dis que la cadence va ralentir, mais ce n'est jamais le cas.

— Pas avant que la poussière de la fin des travaux ne retombe, ajouta Elias.

Cammi approuva d'un signe de tête.

— Oh, c'est vrai. Ces dernières années, la haute saison semble durer plus longtemps et être plus intense. À croire que les gens sont pressés de tout voir avant que les glaciers ne fondent.

Elle me tendit un café, que je passai à Elias, puis je sortis de l'argent de mon portefeuille pendant qu'elle préparait le mien.

— Quand prévois-tu de fermer boutique pour l'hiver ?

Cammi haussa légèrement une épaule.

— Je ne me fixe jamais de jour précis. J'attends simplement que les affaires ralentissent. En général, c'est à la fin du mois d'octobre ou au début du mois de novembre.

Elle s'interrompit pour poser un couvercle sur mon café.

— Voilà.

Elle fit glisser le deuxième café sur le comptoir.

En lui remettant l'argent, je me tournai à nouveau vers Elias. Il était étonnamment silencieux. Je n'avais pas manqué de remarquer qu'il ne parlait presque pas lorsque nous nous arrêtions pour prendre un café ici. Mais il faut bien avouer qu'il n'était pas de nature très bavarde.

— Garde la monnaie, déclarai-je alors qu'elle commençait à ouvrir son tiroir-caisse et à compter les billets.

Cammi releva la tête.

— C'est beaucoup trop comme monnaie, Flynn, protesta-t-elle.

— Et ton café est beaucoup trop bon. Pas vrai, Elias ?

Je lui donnai un coup de coude.

Quand il leva les yeux, il se contenta de hocher la tête.

— Vas-y doucement sur les compliments, Elias, le taquina Cammi.

— Bonne journée, ajoutai-je en levant mon café en guise de remerciement.

Après avoir rejoint mon pick-up et repris la route vers l'aéroport, je l'interrogeai :

— Qu'est-ce qui t'arrive quand Cammi est dans les parages ?

Elias haussa les épaules lorsque je lui lançai un regard en biais.

— Rien.

— D'accord, si tu le dis.

Elias but une gorgée de son café.

— Ce n'est pas comme si elle avait besoin que je lui dise que le café est excellent à chaque fois qu'on y va, marmonna-t-il finalement.

Je restai silencieux et pris la route qui menait à la piste d'atterrissage. L'aéroport de Diamond Creek avait deux pistes. L'une était dédiée aux avions qui arrivaient de l'aéroport d'Anchorage et parfois de Juneau.

Parallèlement à celle-ci, une piste plus courte était bordée de hangars pour les petits avions. Plusieurs d'entre eux appartenaient à des particuliers, tandis que d'autres appartenaient à de petites entreprises comme la mienne.

Lorsque j'étais rentré chez moi après la mort de ma mère et que j'avais dû éponger les dettes qu'elle nous avait léguées, j'avais eu besoin de trouver un moyen d'arranger les choses rapidement. Pas seulement pour moi, mais aussi pour mes trois jeunes frères et sœurs. Ma mère avait déjà du mal à joindre les deux bouts après le décès de mon beau-père. Elle ne s'était jamais plainte, mais il était clair qu'elle peinait à garder la tête hors de l'eau. Je n'avais jamais connu mon père et, à trente-deux ans, j'étais l'aîné de nous quatre. Après moi, il y avait les trois enfants que ma mère avait eus avec mon beau-père : Grant, Nora et Cat. Grant avait cinq ans de moins que moi, Nora deux ans de moins, et Cat était le bébé surprise.

Après mon retour, j'avais augmenté le nombre d'expéditions proposées dans notre petit établissement. En l'espace de sept ans, j'avais réussi à rembourser les dettes et à permettre à Grant et Nora d'aller à l'université. Cat avait maintenant seize ans, et c'était la dernière qui devait aller à l'université.

Dire que ma vie se résumait à mon travail relevait de l'euphémisme. Je ne faisais *que* travailler du lever au coucher du soleil. J'avais de la chance que les journées soient plus longues en Alaska pendant la saison qui rapportait le plus, car chaque heure comptait.

Après m'être arrêté, je me tournai vers Elias.

— Alors, tu es prêt pour cet après-midi ?

— Je serai de retour avant le coucher du soleil.

— À tout à l'heure alors. Sois prudent.

Elias se figea un instant, la main posée sur la poignée de la portière.

— Toujours.

Au moment où je repartais, un ami, Trey Holden, me fit signe depuis son pick-up alors que j'approchais du stop sur la route menant hors de Diamond Creek, en direction de chez moi.

Je m'arrêtai et baissai ma vitre.

— Salut, mec, quoi de neuf ? lançai-je en appuyant mon coude sur la vitre.

— J'ai quelque chose à te proposer, commença Trey. J'ai l'intention de vendre mon avion et l'entreprise qui va avec.

— Vraiment ? demandai-je, les chiffres défilant automatiquement dans mon esprit.

Trey était également pilote et gérait une version bien plus modeste de notre activité. Il travaillait seul, avec un seul avion et de manière très occasionnelle. Par ailleurs, étant avocat, il devait avoir pas mal de travail.

Trey acquiesça.

— Ouais, Emma est à nouveau enceinte.

Un large sourire se dessina sur son visage.

— Félicitations ! Je sais que vous en vouliez un autre. Le bébé est prévu pour quand ?

— Dans six mois.

— C'est génial. Je suis vraiment content pour vous. J'imagine que tu voudrais travailler un peu moins ?

— Oui, c'est ça. Et rester plus près de chez moi. J'ai tellement de demande que je ne sais plus où donner de la tête. Honnêtement, si je pouvais juste te dépanner et faire quelques vols pour ton entreprise en cas de besoin, ça me conviendrait parfaitement. Ça me permettrait de continuer à voler sans avoir à me soucier de l'aspect commercial. Je vais finir la saison, vu que tout est déjà réservé, mais fais-moi signe cet hiver pour me donner ta décision. Je préférerais te les vendre plutôt qu'à quelqu'un d'autre.

— Tu pourrais sans doute trouver une meilleure offre que ce que je peux te proposer. Je préfère être honnête, soulignai-je.

Trey haussa les épaules.

— Peut-être. Mais je te fais confiance et je t'aime bien. C'est un facteur à prendre en compte. Par contre, il faut que je file. Des clients m'attendent.

Nous nous saluâmes et je pris la route, tout en réfléchissant sérieusement à l'offre de Trey. Premièrement, cela me permettrait d'avoir un autre avion et un autre hangar. Deuxièmement, j'obtenais sur-le-champ un pilote de réserve, et Trey était on ne peut plus fiable. Troisièmement, plus d'argent.

Chapitre Cinq

DAPHNÉ

Debout sur la plage, je respirai l'air frais et salé tout en admirant la vue. Les eaux glacées de la baie de Kachemak clapotaient à mes pieds tandis que de petites vagues se brisaient sur le rivage. Mon regard se posa sur un morceau de rocher d'un rouge profond et je me penchai pour le sortir de l'eau froide. Il était léger, et je supposai qu'il s'agissait probablement d'une pierre de lave.

Je l'essuyai sur mon jean, la glissai dans ma poche et continuai à marcher le long du rivage. Nora m'avait conseillé ce sentier lorsque je lui avais dit que je voulais me promener sur la plage. Elle m'avait assuré qu'il s'agissait d'un sentier bien fréquenté et que je n'avais pas à m'inquiéter de la présence d'animaux sauvages. Elle m'avait prévenue : « La faune est omni-présente, mais je ne t'enverrais pas là-bas si je pensais que tu risquerais de tomber nez à nez avec des ours bruns. Il y a des élans partout. N'hésite pas à faire du bruit et à leur hurler dessus si besoin. »

Comme ce voyage avait pour but de me faire essayer de nouvelles choses, j'espérais qu'elle n'avait pas perçu l'anxiété qui me rongeait de l'intérieur. J'avais acquiescé et pris la route vers la ville. Cela faisait presque cinq jours que j'étais en Alaska. Pour l'instant, j'avais fait quelque chose de nouveau chaque jour, à commencer par la randonnée prévue par Grant, le petit frère de Flynn. Un autre jour, j'étais allée pêcher sur l'eau à bord d'un bateau, et j'avais fait plusieurs randonnées près du complexe hôtelier.

Pas de doute, je m'évadais, mais je n'avais pas vraiment eu de temps pour moi. Le troisième jour, Flynn avait proposé de se pencher sur les problèmes électriques du SUV que j'avais loué et l'avait réparé comme par magie. Quoique je n'étais pas bien sûre que ce soit de la magie. Cela en avait tout l'air pour moi, car je n'y connaissais rien en voitures et en électronique.

Lorsque je lui avais proposé de le payer, il avait tourné son regard bleu glacier vers moi et avait rejeté mon offre en secouant la tête. J'étais presque certaine qu'il pouvait à peine me supporter. Quant à moi, eh bien, c'était comme si un déclic se produisait dans mon corps lorsque je me trouvais près de lui. Tout se brouillait à l'intérieur et je n'arrivais plus à penser clairement. Il me donnait chaud, un genre de chaleur que je n'avais jamais connu. Chaque fois que j'étais en sa présence, mon cœur battait si fort que j'avais l'impression qu'il essayait de se libérer de ma poitrine. Et moi qui me croyais bien au-dessus de tout désir et parfaitement satisfaite de cet état de fait.

Flynn m'excitait. Oui, il m'excitait. De son côté, il ne me regardait presque jamais plus de quelques secondes. Il continuait de m'appeler « princesse », ce qui m'agaçait suffisamment pour que je me sois promis de ne rien laisser paraître.

Alors que je marchais, frappant parfois des cailloux du bout de ma botte, le visage de Brandon surgit dans mes pensées. Cela faisait un an qu'il était mort – jour pour jour, précisément – et pourtant je me souvenais encore de ses yeux bleus ronds et de son sourire malicieux. C'était le plus espiègle des petits garçons, le mot « était » étant ici le plus important.

J'étais étrangement soulagée de constater qu'en cette date, je pouvais encore respirer et bouger. Car la perte de mon fils me coupait parfois le souffle et me faisait littéralement vaciller.

Lorsqu'on subit une perte aussi brutale, plusieurs choses se produisent en soi. Tout d'abord, j'étais passée maître dans l'art de faire semblant de tenir le coup pour réellement réussir à tenir le coup. Il y avait des jours où je n'y arrivais pas, mais d'autres jours, j'apprenais à mettre un pied devant l'autre et à passer en mode pilote automatique tout en faisant de mon mieux pour cacher que j'étais submergée par le chagrin. Avec le temps, l'intensité brutale de la douleur s'était progressivement estompée et affaiblie.

Je savais que certaines personnes avaient peur d'oublier le visage de leur enfant. Parfois, j'aurais aimé en être capable, juste pour soulager la peine que me causaient ces souvenirs. Je me raccrochais à ces souvenirs comme je parcourrais mes pages préférées d'un album photo.

Un plouf se fit entendre dans l'eau, et en balayant l'horizon, je ne vis rien. Je portai mon regard vers les montagnes qui se trouvaient sur l'autre rive. L'autre jour, Cat m'avait parlé des premières neiges des sommets. Du haut de ses seize ans, la jeune sœur de Flynn possédait une grande culture générale et la partageait volontiers. Elle adorait parler.

Comme leur nom l'indique, les « premières neiges des sommets » sont les premières neiges qui recouvrent le sommet des montagnes. Cat m'avait dit que cela arrivait parfois dès octobre ou novembre, mais nous en étions encore loin. Premières neiges des sommets ou non, les montagnes étaient spectaculaires. Le soleil scintillait sur la surface agitée de l'eau tandis que je la contemplais.

Une tête lisse émergea de l'eau, à environ cinq mètres du rivage. C'était un phoque, et, subjuguée, mon cœur s'emballa. Il me regarda avec curiosité, et je pouvais voir ses yeux noirs et brillants. Après quelques instants, il plongea sous l'eau avant de remonter à la surface. Je souris en pensant que Brandon aurait adoré voir un phoque.

Et voilà. C'était comme un couteau qui me transperçait les poumons et le cœur en même temps. La douleur était vive et mes yeux me brûlaient.

Je m'y étais habituée. Une fois que je retrouvai mon souffle, je repris ma marche. En consultant ma montre, je me rendis compte que cela faisait une heure que je marchais le long de la plage, et je me dis que je ferais peut-être mieux de rebrousser chemin.

En revenant sur mes pas, je retrouvai l'étroit sentier qui traversait les hautes herbes juste derrière la plage rocheuse. Le paysage se mua rapidement en une forêt boréale où les épicéas se dressaient majestueusement, et les feuilles dorées des bouleaux virevoltaient dans les airs, tapissant le sentier sous mes pieds, comme pour me souhaiter la bienvenue.

Au détour d'un virage, pas très loin de l'endroit où était garée ma voiture, j'entendis une forte expiration. Figée sur place, je regardai autour de moi et vis un immense élan. Pas plus tard qu'hier, Cat m'avait dit qu'ils étaient myopes, mais même si l'élan en question ne pouvait pas me voir, il était bel et bien conscient de ma présence. Face à moi, il donna un coup de patte sur le sol.

Je jurai silencieusement :

— Oh, merde.

Cependant, comme Nora l'avait dit, l'élan garda ses distances et ne sembla pas vouloir s'approcher de moi. Même si le chemin le plus court pour moi était de continuer tout droit, c'était là que se trouvait l'élan. Je regardai à ma gauche et m'enfonçai dans les bois, puis me retournai pour vérifier qu'il ne me suivait pas. Je prévoyais de faire un détour suffisamment grand pour pouvoir ensuite revenir à mon point de départ.

Pendant quelques minutes, tout se passait bien tandis que je me frayais un chemin à travers les arbres. Puis je tournai à droite pour repartir dans la bonne direction. Une minute plus tard, je me retrouvai face à une falaise rocheuse escarpée. Elle ne faisait peut-être que trois mètres de haut, mais elle n'avait rien à voir avec le beau sentier tout plat obstrué par l'élan.

— Allez grimpe, Daphné. Tu peux le faire, murmurai-je pour moi-même.

En effet, je pouvais le faire. Évidemment, je m'éraflai le coude et déchirai mon jean au passage, mais qu'importe. Je trouvais que je m'en sortais très bien jusqu'à ce que je glisse dans de la boue après avoir atteint le sommet de la falaise et que j'atterrisse dans un buisson, le plus redoutable que j'aie jamais rencontré. Ses branches épaisses garnies d'épines acérées n'entaillèrent pas ma peau jusqu'au sang, mais ça faisait un mal de chien.

La respiration sifflante, je me relevai péniblement et fus soulagée d'apercevoir mon SUV bleu briller à travers les arbres. Tout ce que j'espérais, c'était que mon ami l'élan ne s'était pas aventuré plus loin sur le sentier menant au parking. Sinon, j'étais foutue.

Heureusement, il n'y avait aucune trace de l'élan, et quelques minutes plus tard, j'étais repartie en direction de Walker Adventures. Cat avait d'ailleurs entré l'adresse exacte dans mon GPS à ma place.

— Comme ça, impossible d'oublier comment rentrer, m'avait-elle dit ce matin avec un sourire narquois.

Je voulais m'arrêter à Diamond Creek et peut-être prendre un café ou manger dans un restaurant, mais mon coude éraflé me faisait mal et j'étais sale. Avec ses enseignes colorées jalonnant la rue principale et la foule de touristes, c'était une ville vraiment mignonne. Bien que nous n'étions qu'à quelques semaines de l'automne, que les journées se rafraîchissaient et que les nuits étaient carrément froides, cela ne semblait pas freiner les visiteurs.

Une vingtaine de minutes plus tard, je passais devant l'endroit même où j'avais vu l'ours lorsque mon pneu s'était embourbé. Je ne pus m'empêcher de sourire. Flynn avait dû me prendre pour une folle. J'étais bien trop apprêtée.

Cela dit, je n'avais pas emporté beaucoup de vêtements chics pour ce voyage, mais sur Internet, le complexe était présenté comme étant haut de gamme. En tout cas, il n'était pas donné, et la nourriture était plutôt bonne. J'avais tendance à être difficile en matière de nourriture. Non pas parce que je m'attendais à ce qu'elle soit excellente, mais parce que j'avais autrefois tenu ma propre boulangerie et mon propre café. J'adorais plus que tout cuisiner et faire des pâtisseries.

Je chassai d'un revers de main un souvenir qui s'était brièvement imposé à mon esprit, celui de Brandon qui, debout sur un tabouret que j'avais acheté pour lui, m'aidait à préparer des biscuits.

Au moins, ce voyage en Alaska représentait une vraie rupture avec mon quotidien, ce qui m'empêchait de trop ruminer. J'avais besoin de m'éloigner et de me retrouver.

Mon cœur loupa un battement lorsque je pris le virage et que je vis le petit complexe hôtelier. Le bâtiment était magnifique et la vue à couper le souffle. J'avais encore l'impression d'être une enfant dans un magasin de bonbons, émerveillée par tant de nouveauté et cette beauté époustouflante.

Je me garai et soupirai en regardant la boue sur l'un de mes genoux et l'éraflure sur mon coude. J'étais encore loin de répéter l'exploit de mon premier jour où j'étais recouverte de boue, mais depuis, je faisais de mon mieux pour ne pas avoir l'air trop ridicule devant Flynn.

Je me dis que de toute façon, ce qu'il pensait n'avait pas d'importance. Nous venions de deux mondes tellement différents que la réaction insensée de mon corps en sa présence finirait par s'estomper. Il le fallait.

Peu après, alors que je m'apprêtais à ouvrir la porte de l'entrée principale, celle-ci s'ouvrit d'un coup. Mon pouls s'emballa à la vue de Flynn qui se tenait là. Comme d'habitude, il portait un jean délavé et un T-shirt à manches longues. Je ne savais pas si un uniforme était de rigueur ici, mais si c'était le cas, nul doute que ce qu'il portait était le sien.

Le T-shirt échouait lamentablement à masquer son corps athlétique. Il était à croquer. Il me balaya de ses yeux bleu glacier de haut en bas. À ma grande surprise, ces derniers se plissèrent d'inquiétude.

— Qu'est-ce qui s'est passé ?

Avant que je n'aie le temps de répondre, il m'entraîna à l'intérieur.

— Allons te faire les premiers soins et te nettoyer.

— Je vais bien, déclarai-je précipitamment.

Je n'aimais pas avoir besoin de quoi que ce soit de la part de qui que ce soit.

Je ne voulais certainement pas déranger Flynn. Passer trop de temps près de lui avait tendance à me déstabiliser complètement, comme si j'avais perdu l'équilibre. Et puis il me donnait chaud, très chaud. Parce qu'il était sexy à m'en faire perdre la tête.

Flynn m'ignora. Il me conduisit vers une porte située à l'arrière de la cuisine, qui menait à une partie privée de l'établissement. Nous traversâmes ce qui semblait être un salon et entrâmes dans une grande salle de bains où Flynn commença à fouiller dans l'armoire. L'instant d'après, il m'avait installée près du lavabo et nettoyait mon coude.

— Dis-moi si ça pique, me dit-il.

Je doutais fort de pouvoir le remarquer si c'était le cas. J'avais le souffle court, mon cœur tambourinait contre ma poitrine et des papillons virevoltaient dans mon ventre.

Flynn était là, tout près, chaque centimètre de lui exsudait la force et le sex-appeal. Ses gestes étaient doux et légers, et mes yeux étaient hypnotisés par ses mains. Il avait de grandes mains avec des doigts longi-lignes, presque élégants. Malgré sa carrure imposante, il y avait une élégance naturelle dans sa manière de se mouvoir.

Après avoir soigneusement nettoyé et bandé mon coude, il observa ma jambe maculée de boue à partir du genou et la déchirure de mon jean.

— Je crois qu'il va falloir que tu te changes pour que je puisse m'en occuper.

Bien que Flynn ait troublé mes pensées et m'ait coupé le souffle, il me restait visiblement un peu de bon sens.

— Pas la peine, objectai-je d'une voix tellement haletante que cela me gênait. Je vais le faire.

Il leva ses yeux vers les miens. Doux Jésus. Son regard était intense.

— Tu es tombée dans du bois piquant ?

— Hein ? demandai-je d'un air ahuri.

Il montra d'un geste les perforations sur le côté de mon jean, là où j'avais atterri sur ce redoutable buisson.

— Oh, c'est comme ça que s'appelle cet horrible buisson ? Le bois piquant ?

Flynn esquissa un léger sourire en coin.

— Oui, princesse. Si c'était un buisson bas avec des tiges épaisses et de sacrées épines, c'était du bois piquant.

— Eh bien, pour piquer, il pique. Si ça ne te dérange pas, je vais nettoyer mon genou et je te rejoindrai après. Ou alors je peux prendre la trousse de premiers soins et m'occuper de ça dans ma chambre.

Je devais m'éloigner de Flynn avant de faire quelque chose de stupide.

Il resta immobile durant quelques secondes, et je perçus son indécision. Cependant, il ne dit rien et recula. La porte se referma derrière lui dans un cliquetis sonore qui résonna dans la salle de bains carrelée.

Soulagée de me retrouver seule, car être aussi proche de Flynn était vraiment éprouvant, je m'octroyai quelques secondes pour reprendre mes esprits. Cette salle de bain avait une grande baignoire ovale dans un coin et une très jolie douche avec un pommeau de douche effet pluie et d'autres installations murales. Là, tout de suite, prendre une bonne douche aurait été divin.

Après m'être ressaisie, je m'extirpai de mon jean et

nettoyai mon genou. Je n'avais même pas abîmé la peau à l'endroit où je m'étais réceptionnée. Elle était juste rouge et irritée. J'inspectai les traces laissées par le bois piquant. Il n'y en avait que trois, et elles semblaient plutôt bénignes, mais elles me faisaient mal.

Je renfilai mon jean, puis rangeai le tout dans la trousse de secours et sortis de la salle de bains. Flynn patientait près de la fenêtre, en contemplant les montagnes. Il avait les mains dans les poches et l'air pensif.

Je me raclai la gorge. Il fit volte-face et posa les yeux sur moi. Le fait que Flynn porte toute son attention sur moi me déstabilisait. Son regard me consumait. Ce n'était probablement pas son intention, mais en sa présence, mon corps avait décidé de n'en faire qu'à sa tête.

— Ça va ?

— Bien sûr. Merci de m'avoir prodigué les premiers soins.

Ne sachant que faire, je me tordis les doigts.

— Hum, je vais y aller alors.

Flynn reprit comme si je n'avais rien dit.

— Tu auras un peu mal là où le bois piquant t'a griffée, mais ça s'arrête là. N'hésite pas à prendre de l'ibuprofène. Si tu n'en as pas, on peut t'en donner.

— D'accord. Merci.

Sur ce, Flynn traversa la pièce à grands pas, réduisant rapidement la distance qui nous séparait.

— As-tu prévu de faire un vol touristique ?

Il passa à côté de moi sans s'arrêter, alors je me retournai et le suivis.

— J'aimerais bien. C'est juste que, eh bien, je ne suis jamais montée dans un avion aussi petit.

Flynn était en train d'ouvrir la porte, et il suspendit

son geste pour se retourner vers moi. Son regard était impénétrable, mais il l'était presque toujours.

— Tu vas adorer. Il n'y a pas mieux pour apprécier le paysage. La famille qui est arrivée aujourd'hui a prévu un vol dans peu de temps. Normalement, il y aura une place de libre si tu veux te joindre à eux.

— Ça alors, Flynn, je croirais presque que tu essaies d'être gentil.

Chapitre Six

FLYNN

Cela faillit me faire rire. Parfois, j'entrevoyais la vraie Daphné qui se cachait habituellement derrière la façade qu'elle s'était construite. Elle était tellement sur la réserve qu'il était évident qu'elle cachait quelque chose. Je n'avais aucune idée de ce que cela pouvait être et je me répétais presque tous les jours que ce n'était pas mes affaires.

Je me retins de sourire.

— Je peux me montrer gentil, princesse. Allez, viens, tu ne voudrais pas rater le dîner.

Daphné releva un peu le menton en passant devant moi, et je résistai à l'envie de tendre la main et de taper sur son joli cul. Je fus surpris de constater que je devais serrer les poings pour ne pas céder à cette impulsion. Daphné allait me rendre fou avant la fin de son voyage. Je ne pouvais m'empêcher de me demander où elle avait trouvé l'argent pour passer un mois en Alaska. Et toute seule, qui plus est.

Je ne cessais de me poser des questions à son sujet. Mais jusqu'à présent, je n'avais pas osé lui en poser une seule. Ma curiosité à l'égard de Daphné sortait de l'ordinaire. Je n'avais pas de temps à consacrer à une femme, et encore moins à une femme qui réveillait en moi tous mes instincts les plus fous. Quelqu'un, ou quelque chose, lui avait fait beaucoup de mal. Je voulais savoir qui ou quoi.

J'étais capable de déceler la douleur d'un simple regard, car je ne la connaissais que trop bien. Des ombres traversaient parfois ses yeux, et je voyais bien qu'elle se repliait sur elle-même. Je secouai la tête pour faire taire ma curiosité.

Environ une heure plus tard, c'était avec soulagement que je constatais l'affluence des clients. Le complexe pouvait accueillir jusqu'à trente personnes à la fois, et nous étions complets. Nous avions été complets durant toute cette saison et la précédente. Nos vols touristiques avaient pris leur essor plus tôt. Maintenant que le complexe gagnait en fréquentation, mon emploi du temps était plus surchargé que jamais.

J'avais l'habitude d'être occupé. Lorsque j'étais dans l'armée de l'air, mes journées étaient programmées à la minute près. Je travaillais du lever au coucher du soleil, et parfois même la nuit ; mon emploi du temps était réglé comme une horloge. Il y avait une méthode et un cadre pour tout, même pour les urgences.

Être pilote en Alaska est considéré comme l'une des professions les plus risquées, car la météo y est imprévisible, tout comme son environnement. Il y a tellement de variables à prendre en compte. Je m'étais dit que piloter serait compliqué, et je ne m'étais pas trompé. J'étais constamment aux aguets.

Cependant, ce que j'avais cru être la partie la plus simple dans la gestion de ce tout récent complexe d'expédition s'était avérée plus compliquée que je le pensais. Les clients étaient imprévisibles, et coordonner l'équipe dont j'avais besoin pour faire tourner l'établissement était encore plus ardu.

En entrant dans la cuisine, je cherchai des yeux la femme que j'avais engagée la semaine dernière, mais Tonya était introuvable. Je traversai la pièce, passai la tête dans la grande réserve, et je la trouvai là, en train de pianoter sur son téléphone.

— Tonya ? lançai-je depuis l'embrasure de la porte.

Elle leva les yeux et ne sembla pas du tout inquiète que je vienne de la surprendre à ne rien faire dans la réserve.

— Oui ?

— Où en est le dîner ?

Son agacement se lisait dans ses yeux. Elle était appuyée contre l'étagère de la réserve et ne bougea pas d'un poil.

J'en avais ras le cul. J'aurais voulu la renvoyer sur-le-champ, mais pour le moment, j'avais encore besoin d'elle.

— Cuisiner, ça te parle ? insistai-je.

Oh, super. Maintenant elle avait l'air vexée.

— J'arrive tout de suite, Flynn, marmonna-t-elle. J'étais juste allée chercher quelques ingrédients.

En sortant de la réserve, mes yeux se posèrent immédiatement sur Daphné. Elle était assise à la longue table dans la partie avant de la pièce et discutait avec Cat.

Son sourire et la fossette qui se dessina sur sa joue provoquèrent en moi une émotion intense. Aussitôt, je sortis précipitamment de la cuisine.

Au moment où je franchissais les portes pour accéder au hall, Gabriel et Diego, qui arrivaient en sens inverse, manquèrent de me rentrer dedans. Diego fronça les sourcils.

— Où tu vas comme ça ?

— Je vais juste chercher quelque chose dans mon pick-up, aboyai-je presque en réponse.

Mon attirance pour Daphné avait son revers : la colère et l'agacement. Elle me déstabilisait, ébranlait le contrôle que j'avais sur ma vie. J'avais des priorités, et me laisser tourmenter par la simple présence d'une princesse sexy qui n'avait rien à faire ici n'en faisait pas partie.

Ce n'est pas vraiment une princesse, tu sais, railla une voix dans ma tête.

Ferme-la.

En effet, elle ne l'était pas. Enfin, elle avait bel et bien l'air d'une princesse. Même lorsqu'elle portait une tenue décontractée, elle était parfaitement mise en valeur. Mais elle avait les pieds sur terre. Elle ne voulait pas qu'on la chouchoute. Au contraire, elle n'osait pas demander de l'aide. Lorsque je lui avais proposé de jeter un coup d'œil au problème électrique de sa voiture de location, elle s'était mordillé la lèvre inférieure − ce qui m'avait rendu fou pendant une bonne minute − avant de se résoudre à accepter.

Et voilà que je me retrouvais à penser à Daphné. Encore une fois. Je me dirigeai vers mon véhicule et fis semblant de chercher quelque chose dans la boîte à gants. Je me comportais comme un idiot juste pour faire croire que je n'avais pas fui la cuisine uniquement pour éviter Daphné.

En revenant, je fus soulagée de trouver Gabriel et Diego assis autour de l'îlot de la cuisine. Nora avait rejoint Cat et Daphné à table, où se trouvaient également quelques autres invités. Tonya était heureusement en train de travailler.

En arrivant au niveau des deux hommes, je leur demandai :

— Une bière ? J'en ai de la fraîche de la brasserie de Diamond Creek.

— Toujours, répondit Diego, le sourire aux lèvres, tandis que Gabriel approuvait d'un signe de tête.

Après être allé chercher le cruchon que j'avais acheté à la brasserie locale, je pris trois verres à bière et m'installai sur un tabouret dans un coin de l'îlot. Je tentai de me persuader que ce n'était pas pour observer discrètement Daphné.

Mais elle était tellement sexy, putain. Après avoir nettoyé l'éraflure sur son genou, elle s'était changée et avait enfilé un T-shirt moulant en coton avec un col échancré qui me donnait envie de laisser courir ma langue le long de la courbe de ses seins qui dépassaient à peine du haut. Elle l'avait assorti à un jean.

Daphné n'était pas mon genre. Elle était toujours apprêtée, même en jean et en T-shirt. Petite, tirée à quatre épingles, sa poitrine généreuse la rendait d'autant plus séduisante que sa silhouette était fine.

— Ouais, je sais.

La voix de Gabriel me sortit de ma torpeur.

— Tu sais quoi ? demandai-je en le regardant.

— Que tu étais encore en train de fixer Daphné, répondit Diego avec un sourire narquois.

— Non, pas du tout, mentis-je.

— Oui, c'est ça, renchérit Gabriel d'un ton affable.

Les cheveux auburn et les yeux bleus brillants de Gabriel avaient tendance à plaire aux femmes célibataires qui séjournaient au complexe et à celles qui se trouvaient à Diamond Creek, lorsqu'il se rendait en ville pour s'amuser le temps d'une nuit.

Gabriel était l'un de mes amis les plus proches, j'aurais pu remettre ma vie entre ses mains. Il m'avait d'ailleurs sauvé la vie, une fois. Je lui avais rendu la pareille par la suite, lors d'une mission de sauvetage périlleuse. Avec les femmes, Gabriel aimait jouer sur tous les tableaux et n'avait probablement jamais passé plus d'une nuit avec la même.

Il plissa les yeux, semblant réfléchir à ce que je venais de dire.

— Eh bien, si tu ne comptes pas tenter ta chance, peut-être que je le ferai.

Plutôt mourir. J'avalai une gorgée de ma bière et le fusillai du regard.

— Ne t'avise pas de le faire. Elle n'est peut-être pas faite pour moi, mais elle n'est pas venue ici pour te servir de distraction.

— Parfait, tu me dois cent dollars, déclara Diego.

— Ah bon ? rétorquai-je.

— Pas toi, Gabriel. On a fait un pari : il m'a garanti que s'il te disait ça, tu lui répondrais qu'il n'en avait pas le droit. Je ne pensais pas que tu aurais le cran de le faire. On dirait bien que j'avais tort.

Gabriel s'esclaffa.

— T'inquiète pas, mec. On n'a pas l'intention de draguer Daphné. Ça se voit que tu as un faible pour elle.

Je levai les yeux au ciel et repris une gorgée de ma bière.

— Ta gueule.

— Outre Daphné, bien qu'elle ait l'honneur d'être la première femme à laquelle je t'ai vu un tant soit peu t'intéresser, tu devrais relâcher la pression. Tu travailles trop et tu prends trop les choses au sérieux, c'est pas ça la vie, ajouta Diego.

— Vous savez que je dois encore réunir suffisamment d'argent pour que Cat puisse aller à l'université. Autrement dit, je dois travailler, et pas qu'un peu.

Je remuai les épaules, agacé de me sentir sur la défensive.

— Et tu gagnes beaucoup d'argent, dit Gabriel. Au fait, j'ai croisé Trey Holden. Il m'a dit qu'il te donnerait la priorité quand il mettra son entreprise en vente à la fin de la saison. Je pense qu'il serait judicieux que tu acceptes.

— Je pense aussi. J'en parlerai avec la banque quand j'aurai le temps. Je n'ai pas les liquidités suffisantes. J'ai trop investi dans le développement du complexe et l'organisation des vols.

— T'as sacrément bien bossé, déclara Diego tout en hochant résolument la tête.

Au même moment, Cat, qui avait seize ans et un aplomb qui me faisait parfois perdre patience, s'arrêta à notre hauteur.

— Je peux aller faire un tour avec Jonathon sur son bateau demain ? demanda-t-elle en faisant référence à son nouveau petit ami.

Je n'étais même pas certain qu'il s'agissait vraiment de son petit ami, mais je ne trouvais pas d'autre mot pour le qualifier.

— Non, pas question.

Cat ouvrit la bouche pour protester, mais je secouai à nouveau la tête.

— Je ne t'autoriserai pas à sortir en mer avec quelqu'un qui n'est pas majeur.

— Il a beaucoup d'expérience en bateau, grommela Cat.

— Il a seize ans. Son expérience est forcément limitée. En mer, le temps peut changer très vite. Ça ne me rassure pas du tout.

— Et si j'emmenais quelqu'un avec moi ? rétorqua-t-elle.

Je secouai à nouveau la tête.

— Non, sauf si c'est un adulte avec qui je peux parler.

— Flynn, tu dis non à tout.

Je pris une gorgée de ma bière pour me donner du courage.

— Cat, c'est faux, je ne dis pas non à tout. S'il te plaît, arrête de chercher à débattre. Je ne reviendrai pas sur ma décision.

Cat soupira, l'air dépité.

— Je ne vois pas où est le problème. Ce n'est pas comme si on allait se peloter sur le bateau.

— Moi aussi, j'ai été jeune. Crois-moi, Jonathon a d'autres espoirs, marmonnai-je.

Cat me lança un regard noir. Diego se mordait l'intérieur des joues pour ne pas rire. Gabriel s'était détourné, mais je voyais ses épaules trembler.

— Très bien. Est-ce que je peux aller à Diamond Creek avec Daphné demain ? demanda Cat.

— Tu as fait tous tes devoirs ?

Demain, c'était samedi, mais Cat était sacrément intelligente et suivait des cours universitaires via un programme du lycée, pour prendre de l'avance avant même de commencer ses études supérieures.

Cat acquiesça vivement.

— Évidemment.

Bien qu'elle testait mes limites sur à peu près tout le reste, je ne mettais jamais sa parole en doute concernant ses études. Elle avait toujours été studieuse et se donnait à fond.

— Dans ce cas, c'est d'accord. Mais je dois d'abord en parler à Daphné.

Cat leva les yeux au ciel, puis inclina le menton en signe d'acquiescement.

— OK.

Elle pivota sur elle-même et quitta joyeusement la salle à manger en sautillant.

— Je reviens tout de suite, dis-je en me levant et en traversant la pièce pour aller voir Daphné.

Chaque fois que je m'approchais de Daphné, tout en moi se mettait à tourner à plein régime, prêt à démarrer sur les chapeaux de roues, ce qui ne simplifiait vraiment pas les choses. Daphné venait de se détourner de son interlocuteur et se tenait près des fenêtres.

Après m'être arrêté à côté d'elle, mon regard se porta sur les nuages qui s'épaississaient dans le ciel au-dessus de la baie. Ils ne masquaient pas encore le soleil couchant, mais cela ne saurait tarder. Je pris une inspiration et me préparai à regarder Daphné. Quand je me tournai, elle était encore en train de regarder l'horizon.

Mon Dieu, qu'elle était belle. Elle avait détaché ses cheveux auburn, qui lui arrivaient au milieu du dos. Ils avaient des reflets dorés, comme si ses mèches avaient un peu pris le soleil. Le bout de son nez était retroussé et j'avais envie d'embrasser ses jolies lèvres roses. OK, j'étais vraiment en train de perdre la tête.

— Cat m'a demandé si elle pouvait aller à Diamond Creek avec toi demain. Je

présume qu'elle est venue t'en parler avant, commençai-je.

Daphné se tourna alors vers moi. Je fus soudain submergé par une bouffée de chaleur qui remonta le long de ma colonne vertébrale. Elle passa sa langue sur ses lèvres.

— C'est exact. Comme elle connaît bien les environs, ça me ferait plaisir qu'elle m'accompagne. Mais je lui ai dit qu'elle devait te demander, dit Daphné.

— Pas de problème. En revanche, je te préviens, c'est une vraie pipelette.

Un lent sourire se dessina sur les lèvres de Daphné,

qui eut sur moi l'effet d'un coup de poing dans le ventre. Je sentis mes couilles se contracter.

— Ça me va. Cat est adorable. Au cas où tu ne le saurais pas, elle t'adore. Elle ne me dit que du bien de toi quasiment à chaque fois que je lui parle.

Je ris doucement.

— Vraiment ? Eh bien, tant mieux, parce qu'elle va devoir me supporter encore quelques années.

Les questions se bousculaient dans les yeux de Daphné. Je n'avais tout simplement pas envie d'y répondre. Au lieu de ça, j'agis comme un crétin.

— Je te demande juste une chose, évite de te retrouver bloquée sur le bord de la route.

Chapitre Sept

DAPHNÉ

Mon téléphone portable, posé sur la commode de ma chambre, vibra. Il n'était que six heures du matin au complexe, il était donc dix heures du matin chez moi, à Atlanta. Je présumai que ce devait être quelqu'un de là-bas qui m'appelait, car je recevais peu d'appels.

Le complexe avait beau être isolé, on captait bien ici, grâce à l'antenne-relais installée sur une crête à proximité. Lorsque je saisis mon téléphone sur la commode, je regardai l'écran et vis le nom de ma mère clignoter.

Le téléphone vibra deux fois de plus dans ma main avant que je ne fasse glisser mon pouce sur l'écran et que je ne porte le téléphone à mon oreille.

— Salut, maman.

— Daphné ! Comment vas-tu, ma chérie ?

Ma mère avait l'air joyeuse, sa voix était un peu plus enthousiaste que d'habitude. Je n'étais pas dupe, je savais qu'il ne fallait pas que je baisse ma garde. Une boule se forma dans mon ventre.

— Je vais bien, maman. Et toi ?

— En fait, je me demandais quand tu allais finalement te décider à rentrer. L'Alaska, ce n'est pas vraiment fait pour toi.

Je serrai les dents et enroulai mon bras libre autour de ma taille en me dirigeant vers les fenêtres. Je ne savais pas vraiment ce qui était fait pour moi.

— Je me plais bien ici.

Ma voix était posée malgré la tension dans ma poitrine et la peur glaciale qui me tenaillait le ventre.

— Comment vas-tu ? insistai-je.

— Pas très bien. Pas bien du tout. On a besoin que tu reviennes. Ton père a besoin de ton aide pour apaiser les tensions avec certains de nos partenaires.

— Maman, quand je rentrerai à la maison, je ne rouvrirai pas le restaurant. Et il est hors de question que je réintègre l'entreprise.

— Daphné, commença ma mère, d'un ton aussi acerbe et critique que ce à quoi je m'attendais. Je sais que tu es dévastée par la mort de Brandon.

J'en eus le souffle coupé. J'avais l'impression que des centaines de petites fissures se propageaient dans mon cœur et qu'il menaçait de se briser en mille morceaux. Je restai muette et, au bout de quelques secondes, je retrouvai mon souffle. La voix de ma mère reprit le dessus sur le bourdonnement de mes oreilles.

— Je sais que ce que Pete a fait semble inexcusable, mais rien n'est impardonnable. Tout le monde fait des compromis dans la vie. Ressaisis-toi et rentre à la maison.

— Non, dis-je catégoriquement d'une voix plus assurée que je ne l'aurais imaginé. Je ne sais pas encore ce que je vais faire, mais je refuse catégoriquement d'être celle qui doit apaiser la situation. Pete m'a trompée avec une femme que je croyais être mon amie dans une période absolument horrible. Ce n'est pas seulement une question de pardon. Le pardon, j'y travaille, mais cela ne veut pas dire que je dois redevenir amie avec qui que ce soit. Cela signifie encore moins que je doive faire preuve de gentillesse et travailler avec des personnes en qui je n'aurai jamais confiance de toute ma vie. Le pardon, c'est avant tout une démarche pour trouver la paix intérieure.

— Daphné, ton père a besoin de toi. Pete est indispensable à cette entreprise, tout comme toi. Il a besoin de vous deux, et il est impératif que tout se passe bien.

Bon sang, ma mère n'était vraiment pas croyable. Elle était tout bonnement incapable de se demander comment j'allais. Elle voulait que *je* fasse abstraction de tout ce qui s'était passé.

— Maman, il en est hors de question. Coupe les ponts si ça te chante. Je n'ai pas besoin de toi. Je sais que ça te rend malade, mais mamie m'a légué tout ce qu'elle avait.

J'étais la seule petite-fille du côté de mon père. Ma grand-mère était l'une des rares personnes vers qui j'avais pu me tourner après que ma vie avait volé en éclats. Elle aussi m'avait quittée, mais elle s'était assurée que je ne manque de rien en me léguant tout ce qu'elle possédait.

— Je me débrouillerai très bien toute seule. Le fait que tu continues à me demander de faire ça ne fait que m'éloigner de toi et de papa. Maintenant, je raccroche. Au revoir.

Je n'entendis pas la réponse de ma mère, car j'avais déjà raccroché. Ma main tremblait tellement quand je baissai le téléphone. Heureusement que le lit était à côté de moi, parce que mon téléphone m'échappa de la main et tomba sur le matelas.

Le mois précédant la mort de mon petit garçon,

j'avais découvert que mon ex, Pete, avait une liaison depuis plus d'un an avec une amie proche. Une amie proche qui travaillait avec moi. Mon ex était le numéro deux de mon père dans son entreprise d'investissement et de gestion immobilière haut de gamme à Atlanta. Pete et moi, nous étions en quelque sorte vus comme le couple parfait. Nos familles avaient des intérêts commerciaux communs, et c'était censé être merveilleux que nous soyons tombés amoureux et que nous nous soyons mariés. Merveilleux, mon cul. Tout cela s'était révélé être bâti sur le sable.

J'avais été, à une époque, au centre de tout ce tumulte. On m'avait appris à être polie et à faire ce dont ma famille avait besoin. Je n'avais jamais remis en question le fait que je travaillerais pour mon père. Mes parents n'étaient pas chaleureux, mais j'avais cru à tort qu'ils privilégieraient mon bien-être quand tout avait basculé. Ha.

Pas du tout. Tout le monde m'avait dit d'être gentille avec Pete, qui se tapait mon amie pendant que notre fils était en train de mourir.

J'étais la responsable communication de notre entreprise familiale. Mon rôle était d'embellir notre image et de présenter les choses sous leur meilleur jour, quelle que soit la situation. Je ne pouvais plus endosser ce rôle, pas quand pour ce faire on me demandait de me renier.

J'inspirai profondément à plusieurs reprises en faisant les cent pas devant les fenêtres. J'avais besoin d'évacuer les énergies toxiques émises par l'appel avec ma mère. Je ne savais pas ce que je ferais après ce voyage, mais depuis que j'étais arrivée en Alaska, j'y voyais plus clair.

Je ne retournerais pas vivre à Atlanta. Rien ne me rattachait à cette ville. Il y avait trop de liens qui m'empêchaient de me libérer de ce que je cherchais à fuir. L'absence de mon petit garçon laissait un vide béant dans ma vie, une blessure au cœur toujours à vif. Le seul souvenir d'Atlanta auquel je restais attachée, c'était celui de mon restaurant.

Mes parents avaient qualifié ce projet de « caprice ». J'adorais cuisiner et faire des pâtisseries. Sans emprunter un seul centime à mes parents, j'avais contracté un prêt de mon côté et je l'avais ouvert. J'avais réduit mon temps de travail dans l'entreprise familiale pour mener à bien ce projet. En dépit des doutes de mes parents, ma petite boulangerie et mon café avaient décollé. J'étais assez lucide pour avoir conscience que c'était en partie une question de chance. En effet, pour réussir, il faut être au bon endroit au bon moment, ce qui repose toujours sur une part de chance.

Lorsqu'on avait diagnostiqué à Brandon une forme rare de cancer du cerveau, je m'étais renseignée et je savais qu'il n'avait que très peu de chances de s'en sortir. Au plus fort de son succès, j'avais fermé mon restaurant pour passer plus de temps avec mon fils. Je ne voulais pas perdre une minute du temps que je pouvais passer avec lui. Ces quelques mois m'avaient semblé être du temps volé. J'avais alors tenté de déjouer le destin et d'arrêter le temps.

Je n'avais pas remarqué que je pleurais jusqu'à ce que je sente une larme chaude rouler sur ma joue et se refroidir en glissant sur ma peau. J'essuyai mes joues avec ma manche et songeai à laisser libre cours à mes larmes pendant des heures.

Je regardai par la fenêtre le champ de fleurs roses sur le déclin. J'avais appris que c'étaient des épilobes. Mon regard se porta sur la cime des épicéas et sur l'eau scintillante de la baie océanique au loin. J'étais venue ici pour me changer les idées, mais plus encore, j'étais venue en Alaska pour essayer de comprendre ce que je voulais. J'avais besoin de mettre un continent entre moi et ma famille.

Je n'avais peut-être pas encore trouvé la réponse que je cherchais, mais je savais que je ne voulais pas rester assise dans cette pièce à pleurer. Je me saisis de ma veste polaire et me précipitai dans le couloir. Après avoir pris mon petit déjeuner, je me dis qu'il fallait que je profite du fait que Cat avait demandé à m'accompagner à Diamond Creek. Elle m'abreuverait de paroles, et c'était exactement ce dont j'avais besoin.

FLYNN

Trois semaines après l'arrivée de Daphné

— Daphné ! l'appelai-je.

Elle se retourna, et ses cheveux auburn flottèrent au vent. Je m'étais habitué à ce frémissement électrique qui me traversait chaque fois que j'étais près d'elle, même si je m'efforçais de l'ignorer.

— Oui ?

Elle vint à ma rencontre près de mon petit avion.

Cela faisait trois semaines que Daphné était ici, et bien qu'elle avait abandonné ses chemisiers et ses jolies bottes, elle ressemblait toujours à une princesse. Aujourd'hui, elle portait un jean qui lui allait comme un gant, moulant ses cuisses toniques avant de disparaître dans une paire de bottes en caoutchouc rose vif à pois noirs. Elle portait également un T-shirt ajusté avec les mots « Kickass Woman » inscrits en paillettes roses juste au-dessus de ses seins. Que le ciel me vienne en aide.

— Tu peux t'asseoir sur l'aile ? lui demandai-je.

— Pardon ? répliqua-t-elle d'un ton à la fois cassant et incrédule.

— Oui, il faudrait un peu de poids à l'arrière pour abaisser l'avion. Je pense que tu fais le poids qu'il faut.

Daphné resta bouche bée avant de refermer rapidement la bouche.

— Je ne sais même pas comment je dois le prendre.

— Je pense pratique, c'est tout, princesse.

Elle ne me l'avait jamais dit, mais je savais que cela l'agaçait que je la surnomme ainsi. Je ne pouvais pas résister à l'envie de la rendre dingue. Peut-être était-ce parce qu'elle aussi me rendait dingue en permanence, et pas dans le bon sens du terme. J'aurais peut-être dû me demander pourquoi, mais j'essayais d'éviter de trop penser à Daphné. Elle captivait tous mes sens, l'éviter était mon seul recours.

— Je veux bien t'aider. Mais je ne pense pas être en mesure de grimper là-haut, dit-elle en regardant l'aile de l'avion en question.

— Viens ici, répondis-je en faisant un geste de la main.

Lorsqu'elle se rapprocha, je posai mes mains sur sa taille. Erreur. Grave erreur. J'avais passé trois semaines complètes à éviter soigneusement de m'approcher trop près de Daphné. La toucher, c'était comme mettre tous mes sens sous tension. Chaque terminaison nerveuse crépitait et vibrait sur sa fréquence.

Je n'avais pas d'autre choix que de poursuivre mon geste, même si je sentais la chaleur de sa peau à travers son mince T-shirt en coton. Je dus me racler la gorge avant de parler.

— Prête ? demandai-je d'une voix rauque.

Les yeux jade de Daphné soutinrent les miens et

s'assombrirent tandis que nous nous fixions. Dans un moment d'égarement, je faillis l'embrasser.

Je revins à la raison lorsqu'elle releva légèrement le menton. Elle faisait cela chaque fois qu'elle était en proie au doute. Depuis son arrivée ici, cela arrivait de moins en moins fréquemment. Bien qu'elle ne se soit pas beaucoup confiée, il était évident qu'elle était une citadine dans l'âme.

— Prête, murmura-t-elle.

Ce seul mot, empreint d'hésitation, enveloppa mon cœur dans de la soie. Bordel. Je n'étais déjà pas censé désirer Daphné. Il fallait encore moins que je *ressente* quelque chose pour elle.

Je la soulevai promptement et hissai ses hanches sur l'aile de l'avion. Comme prévu, l'avion s'inclina vers l'arrière, abaissant ainsi la porte arrière pour faire monter à bord plus facilement une personne âgée.

En dépit du bon sens, mes mains restèrent là où elles étaient, enroulées autour de ses hanches. Je sentais la douceur de sa chair sous mes doigts. Quand je levai les yeux, je perçus les battements rapides de son pouls dans son cou. J'en eus l'eau à la bouche. C'est dire si j'avais envie de me pencher en avant et de goûter sa peau.

Je me reculai brusquement.

— Parfait.

Une fois que j'eus aidé la femme âgée, qui était venue dans notre complexe hôtelier avec sa fille et son gendre, ainsi que les deux autres passagers à monter dans l'avion, je me tournai pour aider Daphné à descendre de l'aile.

Je ne savais pas si c'était mieux ou pire d'essayer de me préparer à la décharge de désir qui me frapperait au moment où je poserais à nouveau mes mains sur Daphné.

C'était pire, bien pire. Car mes efforts étaient vains et ne faisaient que souligner à quel point je perdais tout contrôle en présence de Daphné.

Dès que je posai mes mains sur ses hanches, je sentis son odeur. Étrangement, celle-ci avait une note sucrée. L'idée qu'une personne puisse être délicieuse ne m'avait jamais traversé l'esprit, c'était pourtant exactement l'impression que Daphné me donnait. À plus d'un titre.

Je la soulevai prestement, puis fis presque un bond en arrière dès que ses pieds retrouvèrent la terre ferme.

— Tu vas pouvoir profiter de la vue aujourd'hui, lui dis-je en désignant la partie avant de l'avion.

— C'est vrai ?

Ses jolis yeux verts s'illuminèrent et j'eus l'impression qu'une deuxième couche de soie venait envelopper mon cœur.

J'avais beau être cynique, et malgré le peu de temps que j'avais à consacrer à une femme qui semblait si perdue, l'expressivité de Daphné me touchait. La semaine dernière, une maman élan et deux faons jumeaux se baladaient dans le champ devant le complexe, et le visage de Daphné tout entier s'était empreint d'émerveillement et de fascination.

En essayant de maîtriser ma réaction vis-à-vis d'elle, je lui répondis sèchement.

— Bien sûr.

Je fis le tour de l'avant de mon petit avion pour lui ouvrir la porte, puis je lui fis signe de monter. Putain de merde. Pendant qu'elle montait, j'avais une vue parfaite sur son cul en forme de cœur. Ce qui provoqua une nouvelle vague de désir en moi.

Elle devait clairement me prendre pour un gros con, étant donné que j'étais toujours sur les nerfs et grincheux en sa présence. Après tout, elle avait probablement raison. Heureusement, elle serait partie dans une semaine ou deux, et je pourrais redevenir normal, comme me l'avait fait remarquer ma petite sœur l'autre jour.

En fait, ce que Cat m'avait demandé, c'était : « Qu'est-ce que t'as en ce moment, Flynn ? T'es encore plus grincheux que d'habitude. »

Quelques heures plus tard, j'avais déposé trois de mes passagers à leur prochaine destination, un chalet situé en périphérie de Willow Brook, en Alaska, et je m'apprêtais à rentrer sans tarder avec Daphné. Lorsqu'elle m'avait demandé si elle pouvait m'accompagner aujourd'hui parce qu'elle voulait revoir la chaîne de montagnes, j'avais dit oui, pensant que nous aurions de la compagnie. J'avais malencontreusement oublié que nos compagnons de voyage ne seraient là qu'à l'aller.

Alors que je m'assurais que le compartiment sous l'avion était bien fermé, mon téléphone portable se mit à sonner. Comme nous étions près de Willow Brook, nous avions du réseau.

Je sortis rapidement le téléphone de ma poche.

— Flynn à l'appareil, lançai-je.

— Salut Flynn, c'est Nate Fox. J'ai entendu dire que tu étais à l'aéroport de Willow Brook et que tu t'apprêtais à descendre vers le sud.

— Ouaip. C'est mon itinéraire de vol, je retourne chez moi près de Diamond Creek.

— J'ai un service à te demander.

Bien que l'Alaska soit géographiquement très vaste, les habitants des petites villes disséminées dans tout l'État étaient très soudés. Le sentiment d'appartenance était encore plus fort dans certaines professions, en particulier chez les pilotes de brousse. Unis par un même but, nous servions souvent de pont pour de nombreuses personnes avec leurs amis, leur famille, l'accès à des ressources ou des soins médicaux, et plus encore.

Bien que nous ne nous voyions pas très souvent, je connaissais Nate depuis des années. S'il avait besoin que je lui rende un service, je n'hésiterais pas. Et je savais que c'était réciproque.

— Peu importe ce que c'est, c'est comme si c'était fait.

Nate s'esclaffa.

— Ça c'est de la confiance, mec.

— Je sais que tu ne me demanderais rien de saugrenu.

— On a des vivres et du matériel à faire livrer à Henry Stanson. Ça te dérangerait de les déposer chez lui en chemin ?

Henry possédait un pavillon de chasse et de pêche isolé entre Willow Brook et Diamond Creek. Cela ne me faisait faire qu'un léger détour, ça ne me coûtait pas grand-chose de lui rendre ce service.

Moins d'une heure plus tard, je faisais décoller mon avion, chargé de nourriture et de matériel. Le vent commençait à se lever un peu, et l'avion tanguait légèrement dans les airs. Je jetai un coup d'œil vers Daphné, mais elle semblait totalement sereine.

— Tu profites de la vue ? lançai-je par-dessus le grondement assourdissant du moteur.

Daphné se tourna vers moi, un grand sourire aux lèvres.

— J'adore ! Merci de m'avoir laissée venir avec toi aujourd'hui.

Je ne pus m'empêcher de sourire.

— Pas de problème.

Lorsque nous atterrîmes au chalet, le vent était violent. En cette fin d'été, à l'approche de l'automne en Alaska, il faisait plus frais les après-midis et en soirée. Quand nous sortîmes de l'avion, le vent était si froid que Daphné enroula ses bras autour de sa taille et se mit à piétiner.

— Waouh, ça s'est vite rafraîchi, fit-elle remarquer en élevant la voix à cause du vent.

Nous étions au cœur des montagnes Kenai. À vol d'oiseau, nous étions à environ une heure de chez nous et quelques centaines de mètres plus haut. Il y avait tellement de vent que je n'étais pas sûr qu'il soit prudent de redécoller.

Sans que je ne le lui demande, Daphné commença à m'aider à décharger les cartons. Elle avait beau ressembler à une princesse, elle n'aimait pas rester inactive. S'il y avait quelque chose à faire, elle s'empressait de s'y mettre.

Henry sortit du chalet en trottinant.

— Vous avez besoin d'un coup de main ?

— Il reste deux cartons dans l'avion, répondis-je en indiquant du menton par-dessus mon épaule.

Ce n'était pas la première fois que je livrais des provisions ici, donc je savais qu'en entrant dans le chalet d'Henry, il fallait tourner à droite pour se rendre dans son espace de stockage de taille industrielle destiné à la nourriture et aux biens de consommation. Peu après, nous nous trouvions dans l'entrée de son chalet.

Henry était un Alaskien de longue date. Arrivé ici dans sa vingtaine, il approchait désormais les quatre-vingts ans. Il tenait un modeste chalet de pêche, bien moins luxueux que le complexe que je dirigeais. Chez Henry, on revenait à l'essentiel. Il accueillait exclusivement des clients désirant chasser et pêcher. Pas de visites guidées ni de services supplémentaires.

Après toutes ces années passées ici, il restait généralement imperturbable face aux conditions météoro-logiques parfois extrêmes de l'Alaska. Y ayant grandi, les intempéries m'inquiétaient rarement. Nous étions dans la partie centre-sud de l'État, qui était moins exposée au froid glacial et brutal que la partie nord, mais nous avions notre lot de vent, de pluie et de neige. Dans un petit avion, affronter le vent revenait à lutter contre un adversaire impitoyable.

Henry croisa mon regard.

— Si j'étais toi, je resterais là. Je viens de vérifier la météo. Le vent se lève et la tempête va durer toute la nuit. La pluie et le brouillard ne devraient plus tarder.

Je savais bien que le conseil d'Henry était judi-cieux. Ce que je ne savais pas, c'était comment Daphné prendrait le fait de devoir passer la nuit ici. Je me tournai vers elle juste au moment où elle levait les yeux, et nos regards se croisèrent instantanément.

Une légère anxiété se lisait dans ses yeux vert jade, puis elle releva le menton. Merde. C'était de pire en pire. Chaque fois qu'elle relevait le menton ainsi, d'un air de défi, ça m'excitait.

— Henry a raison. Ça te dérange de rester ici cette nuit ? demandai-je.

— Bien sûr que non, dit-elle d'une voix légèrement étranglée.

———

Environ une demi-heure plus tard, Daphné et moi nous faisions face de chaque côté du lit.

— Ça ira, je peux dormir par terre, proposa-t-elle.

— Pas question que tu dormes par terre, princesse, répondis-je, plus brusquement que je ne l'aurais voulu.

Je baissai les yeux vers le sol en question. C'était un

parquet peu accueillant. Je la regardai à nouveau et haussai les épaules.

— Moi non plus, je ne dormirai pas par terre. On va partager le lit, tout se passera bien. Je te promets que je ne mords pas. Si besoin, tu peux mettre des oreillers entre nous. Mais en attendant, allons manger.

Je quittai la pièce sans attendre sa réponse.

Chapitre Neuf

DAPHNÉ

Les mots de Flynn résonnaient dans ma tête. *Pas question que tu dormes par terre, princesse.*

Depuis que nous avions appris qu'il n'y avait qu'une seule chambre disponible pour nous deux dans ce chalet plutôt spartiate, mon esprit cherchait frénétiquement une solution pour gérer la situation. Mon cerveau faisait du surplace, comme un hamster dans sa roue.

Nous étions désormais au beau milieu de la nuit, je venais de me réveiller et de constater que la barrière d'oreillers avait été réduite à néant. Je ne pouvais même pas le reprocher à Flynn. J'avais dû les écarter à coups de pieds et me retrouvais maintenant accrochée à lui comme à un doudou.

Son corps tout entier était chaud et dur. Après des semaines à saliver secrètement en me demandant à quoi ressemblait son corps sous ses vêtements, je me retrouvais à présent collée à lui. Même si je ne pouvais pas le voir, je pouvais assurément le sentir.

Son bras m'enlaçait, sa grande paume reposait sur mes fesses, ses doigts frôlaient presque mon entrejambe. Ma main était posée sur l'un de ses pectoraux, et avant même que je puisse m'en empêcher, mes doigts se mirent à vagabonder. Parce que je ne pouvais réprimer ma curiosité.

Oh, bon sang, de qui me moquais-je ? Dans cette obscurité silencieuse, avec le vent qui s'abattait sur la bâtisse par rafales, j'avais l'impression que mon cœur battait au rythme de la tempête à l'extérieur. J'avais envie de Flynn. La vie et ses complications m'avaient convaincue que je ne ressentirais peut-être plus jamais de désir, alors l'intensité de cette envie que j'éprouvais pour lui était vertigineuse.

Jusqu'ici, je n'avais jamais touché Flynn. C'était comme si un rayon de lumière illuminait soudain une pièce plongée dans le noir, ravivant un désir que je croyais perdu. Mes joues étaient si chaudes que si quelqu'un m'avait vue, il aurait tout de suite remarqué combien mon visage était écarlate. Le dégel avait commencé en moi dès le jour où j'avais rencontré Flynn. Plus d'une nuit, je m'étais fait jouir avec mes doigts en pensant à lui.

Ces mêmes doigts traçaient des lignes sur son torse et ses épaules avant de descendre plus bas. Oh la la. Il avait une vraie tablette de chocolat. Je pouvais compter les reliefs durs avec mes doigts.

Je faillis sursauter en entendant sa voix rauque et douce comme du velours résonner dans la pénombre.

— Qu'est-ce que tu fais, Daphné ?

Flynn ne bougea pas et ne dit rien de plus, mais je sentais que son corps commençait à s'éveiller. Une légère tension vibrait en lui, et son cœur tambourinait contre ses côtes. J'étais certaine qu'il pouvait sentir mon cœur battre à tout rompre contre son flanc.

— Je ne sais pas, mentis-je.

Même si la voix polie et convenable dans mon

esprit me criait dessus, je ne bougeai pas. C'était comme si un courant électrique circulait entre Flynn et moi. Des étincelles glissaient sur la surface de ma peau, et un désir ardent coulait dans mes veines. Soudainement, l'air se raréfia dans la pièce. Je ne parvenais à inspirer que de faibles goulées d'air.

Je m'attendais à ce que Flynn remarque que sa main entourait mes fesses et me repousse. Il n'avait fait preuve que de froideur et de mauvaise humeur à mon égard. Dans ses bons jours, j'avais droit à ce qui pouvait s'apparenter à un sourire.

— Adieu la barrière d'oreillers, murmura-t-il.

Je faillis lâcher un rire presque hystérique. J'essayai de le retenir, mais un petit gloussement m'échappa. Je fus surprise de sentir Flynn rire sous ma paume – oui, ma main était toujours posée sur son torse. Son torse était incroyable – une peau chaude et lisse, légèrement poilue. Un relief de muscles que je brûlais d'envie de découvrir avec mes mains et ma langue, pour être tout à fait honnête.

— Eh bien, princesse, tu ris.

Pour la première fois, le surnom qu'il m'attribuait ne me dérangeait pas. Je ris de nouveau. Je pris enfin le risque de le regarder, appuyant mon menton sur ma main posée sur son torse.

Une sorte de veilleuse fluorescente brillait dans un coin de la chambre. Il avait tenté de l'éteindre la veille, mais apparemment, c'était impossible. Cette faible lueur argentée n'éclairait que partiellement son visage, mais je pouvais voir ses yeux. Ils croisèrent les miens dès que je le regardai. Je ne savais que penser de tout cela.

Mon excitation dépassait l'entendement. J'en sentais la chaleur humide au sommet de mes cuisses. Je sus au moment où je plongeai mes yeux dans les siens que lui aussi était excité. Ses yeux sondaient les miens. Bien que la chambre fût calme, la tempête faisait rage dehors, frappant le toit dans un va-et-vient rythmé. La pluie frappait violemment contre la fenêtre à côté du lit.

Le sang pulsait dans mes oreilles à chaque battement de mon cœur. Je sentais le cœur de Flynn battre fort et rapidement en réponse. Je sentais aussi le bout de son sexe dur et chaud frôler à peine mon genou qui reposait sur sa hanche. Car je m'étais vraiment collée à lui, au point de pratiquement lui grimper dessus dans mon sommeil.

— Dis-moi ce que tu veux, princesse.

La voix de Flynn était rauque et profonde, et je fus choquée par ses mots. Bien que je ne comprenne pas pourquoi je le désirais si ardemment, je le savais jusque dans mes os. Chaque cellule de mon corps était en phase avec lui.

Portée par la force du désir qui vibrait en moi, dans l'obscurité de cette chambre, dans un lieu où je n'avais jamais été, avec une tempête qui se déchaînait au-dehors, mes défenses habituelles cédèrent. Je dis sans détour la vérité.

— Toi.

Je sentis le cœur de Flynn bondir sous ma paume quand je prononçai ce seul mot. Alors que ses yeux sondaient les miens dans cette faible lumière argentée, je me préparai. Sa réponse me surprit.

— D'accord.

Il le dit naturellement, sur un ton détendu, rien à voir avec la manière brusque avec laquelle il me parlait habituellement.

— Ça tombe bien, parce que moi aussi je te veux.

Je fus parcourue d'un petit frisson en l'entendant parler si franchement. Me surprenant une fois de plus, je me rapprochai et déposai un baiser dans le petit creux juste à la base de son cou. Je voulais le goûter, alors c'est ce que je fis.

Je déposai ensuite un autre baiser sur le côté de son cou, et cette fois, avec ma langue. L'odeur de son savon boisé et frais lui collait encore à la peau depuis la douche qu'il avait prise plus tôt.

Il poussa un grognement rauque, qui déclencha en moi un désir si intense qu'il était à peine supportable. Sa main serra mes fesses puis remonta le long de mon dos avec fougue. Il fit courir ses doigts dans mes cheveux, saisit délicatement ma nuque et m'attira vers lui. Ça ne me dérangeait pas le moins du monde qu'il me tire sur lui ; j'écartai les genoux pour mettre à cali-fourchon.

Ce n'était pas mon intention, mais je sentais la bosse aguicheuse de sa queue à travers son boxer effleurer subtilement l'intérieur de mes cuisses. Je laissai échapper un gémissement peu élégant.

Le petit rire de Flynn fit danser des papillons dans mon ventre, et son sourire perça l'obscurité.

Juste avant que ses lèvres ne touchent les miennes, il murmura :

— N'essaie pas de prendre le dessus, princesse. C'est moi qui commande.

Quand j'ouvris la bouche pour répliquer, il m'en empêcha en plaquant sa bouche contre la mienne. Il me tira plus près de lui et introduisit sa langue profon-dément avec assurance.

Cela faisait une *éteeeernité* que je n'avais pas embrassé quelqu'un, sans même parler de tout ce qui touchait de près ou de loin à la séduction, à l'amour ou au sexe. Néanmoins, je n'avais aucun doute : Flynn embrassait comme personne.

Chaque caresse de sa langue me faisait fondre. Il

pencha légèrement ma tête et m'embrassa avec une telle maîtrise que j'avais l'impression de prendre feu. Ça m'était égal. J'étais prête à me laisser consumer par ces flammes, à condition que Flynn continue de m'embrasser.

Sa langue caressait la mienne presque paresseusement. Il ne semblait pas pressé. Il alternait entre des baisers passionnés et intenses et des moments durant lesquels il déposait de légers baisers brûlants aux commissures de mes lèvres, mordillait ma lèvre inférieure et murmurait des paroles indéchiffrables. Je n'arrivais pas à comprendre ce qu'il disait, mais son intonation parlait d'elle-même − coquine, séductrice, provocatrice et étrangement douce.

Je remarquai à peine que nous nous déplacions jusqu'à ce que je me retrouve sur le dos, les cheveux éparpillés sur les oreillers, et une de ses mains remontant mon T-shirt. La rugosité de sa paume sur ma peau provoquait des étincelles, qui s'élevaient puis retombaient autour de moi tandis que je tentais de reprendre mon souffle, emportée par l'intensité des sensations.

— Mmmh, princesse, souffla-t-il contre mon ventre, la rugosité de sa barbe ajoutant une sensation qui attisait davantage mon désir.

Mes jambes s'agitaient d'impatience, mon clitoris palpitait. Mon excitation était telle que ma culotte de soie était trempée.

— T'es tellement belle, putain.

Il se redressa sur un coude pour caresser l'un de mes seins nus. Mon téton, déjà tendu et douloureux, implorait qu'il le touche. Il s'exécuta, le faisant rouler entre son pouce et son index, puis l'effleura d'avant en arrière de manière provocante.

Je haletai et m'écriai :

— Flynn !

— Je suis là, princesse.

Il taquina mon autre sein tandis que mes hanches se balançaient contre sa cuisse, posée entre mes genoux.

— Ouvre les yeux.

Je soulevai mes paupières et constatai qu'il me regardait.

— Je veux voir ces jolis yeux quand tu jouiras, murmura-t-il.

Oh. Mon. Dieu. Il était si franc et direct, et cela m'excitait plus que je n'aurais pu l'imaginer. Sa main glissa sur mon ventre tremblant pour venir se poser sur mon pubis. Je me tortillais d'impatience.

— Tu as envie de moi, me taquina-t-il. Tu en as vraiment envie, princesse. Tiens, tiens, tiens...

— C'est ce que je viens de dire, haletai-je lorsqu'il fit glisser légèrement un doigt sur la soie humide, effleurant mon clitoris au passage et me forçant à me mordre la lèvre pour m'empêcher de crier.

Une seconde plus tard, il écarta la soie et glissa deux doigts sur ma vulve. J'étais trempée et totalement décomplexée.

— Flynn, s'il te plaît, implorai-je entre deux halètements tandis qu'il frottait ses doigts d'avant en arrière, ne faisant qu'effleurer mon clitoris gonflé.

— Ouvre les yeux, m'ordonna-t-il à nouveau d'une voix rauque.

J'étais à deux doigts de perdre la tête, mais je lui obéis et fus instantanément captivée par son regard. Il enfonça une phalange profondément en moi, puis en ajouta une autre, dont la sensation me fit presque basculer dans la folie. Ma vision se brouillait tandis que je luttais pour rester concentrée sur lui.

— Tu es tellement bonne, princesse, murmura-t-il,

m'observant attentivement tout en faisant aller et venir ses doigts au plus profond de mon corps.

J'ondulais mes hanches à chaque va-et-vient, cherchant à atteindre l'extase. La pression montait et montait, se contractait en moi jusqu'à ce que je tremble de tous mes membres.

— Jouis, vas-y.

Sa voix rauque et autoritaire me fit basculer.

Je fermai enfin les yeux et ma tête retomba sur les oreillers. Je fus envahie par une vague de plaisir qui s'intensifia lorsque je sentis sa langue tourbillonner autour de mon clito qu'il suçotait. Mon orgasme se prolongea tandis que j'étais secouée de soubresauts.

Au terme de cette jouissance, j'avais pratiquement oublié qui j'étais et où j'étais. J'avais tout oublié sauf Flynn.

Je repris conscience par bribes, et je sentis les caresses légères de Flynn lorsque sa paume passa sur mon ventre. Il déposa un baiser sur le côté de mon sein avant de baisser mon T-shirt.

Chapitre Dix

FLYNN

La pluie s'abattait sur les fenêtres. Le vent s'engouffrait dans la vallée, déferlant avec cadence sur le toit. Intérieurement, je me sentais tout aussi tourmenté, si ce n'est plus.

J'avais l'impression que la tempête avait élu domicile dans mon corps. La luxure m'assaillait avec autant de force que le vent et la pluie à l'extérieur. Daphné – la princesse coincée – était absolument époustouflante lorsqu'elle baissait sa garde. Elle m'avait complètement terrassé.

Pendant cette nuit sombre et orageuse, alors que nous étions bien à l'abri dans notre chambre, les soucis qui m'accablaient s'étaient dissipés, comme évanouis. J'avais grandement sous-estimé l'effet que Daphné pouvait avoir sur moi.

Sa peau était douce et chaude. Il était presque impossible de résister à la tentation d'aller plus loin. Je fis appel à toute la discipline que je possédais pour me retenir.

Me redressant sur un coude, je tirai d'un coup sec sur le T-shirt de Daphné pour le baisser et la serrai dans mes bras. Je percevais les battements de son cœur à l'endroit où sa cage thoracique se pressait contre mon torse. Le sien battait à tout rompre, et le mien résonnait dans tout mon corps tandis que je reprenais peu à peu mon souffle.

Putain de merde. Nous n'étions même pas allés plus loin. Je ne m'étais même pas enfoncé en elle, mais je savais que son intimité était accueillante, humide et étroite. J'étais à bout de souffle, abasourdi et complètement déstabilisé. J'étais maître de moi-même. Sauf, apparemment, face à Daphné.

Quand Henry avait fait remarquer que cela tombait bien que nous puissions partager une chambre, pensant à tort que Daphné et moi étions en couple, j'avais presque eu envie de le corriger. Lorsqu'il avait ajouté que c'était la seule chambre disponible, je n'avais pas voulu faire une scène. Je n'allais pas me geler le cul et dormir sur le plancher, ni accepter que Daphné le fasse. Je m'étais dit que je n'aurais aucun problème avec la barrière d'oreillers qu'elle avait placée entre nous au début de la nuit. Après tout, nous ne faisions que partager un lit.

Pourtant, dormir ensemble semblait soudain très intime. Si je repoussais Daphné maintenant, je savais que cela ne ferait qu'engendrer des questions, alors je fis comme si de rien n'était.

— Flynn ?

La voix de Daphné était douce et éraillée sur les bords.

Je me rappelai silencieusement de rester calme.

— Oui ?

— Je me sens égoïste.

— Pourquoi ça ?

Je sentis ses yeux braqués sur moi et j'ouvris les miens. Dès que je croisai son regard dans la pénombre, j'eus la sensation que mon cœur était irrésistiblement attiré vers elle, et je ressentis un tiraillement au plus profond de mes entrailles. Une vague écrasante d'incertitude me submergea.

Prenant mon courage à deux mains, je répétai :

— Pourquoi ça ?

La lumière était trop faible pour que je puisse en être certain, mais j'étais presque sûr qu'elle rougissait. Et qu'est-ce qu'elle était mignonne quand elle rougissait.

— Alors, princesse ? insistai-je.

Elle soupira et me donna un léger coup de coude dans les côtes.

— Quand j'ai dit que j'avais envie de toi, je ne comptais pas que ce soit à sens unique, lâcha-t-elle enfin.

Bon sang. Quelle femme ! Elle était certes méfiante et coincée, mais sa franchise désarmante ébréchait la glace autour de mon cœur.

— Je sais, mais je ne pense pas qu'il faille aller plus loin.

Je sentais qu'elle cherchait mon regard. Je ne comprenais pas vraiment comment elle parvenait à lire en moi comme dans un livre ouvert. On aurait dit qu'elle s'infiltrait directement dans mon cœur.

Je ne sais pas comment elle le prit ; en tout cas, elle n'émit aucun commentaire.

— Oh, d'accord.

Elle soutint mon regard un long moment. Un éclat fugace passa dans ses yeux, avant qu'elle acquiesce et laisse retomber sa tête contre les oreillers.

Je m'endormis avec Daphné blottie contre moi. Bien que j'avais essayé de dire à mon cerveau que c'était une mauvaise idée, je ne pouvais pas me résoudre à la lâcher.

Elle était tellement douce. Et j'étais si profondément las de repousser les autres.

———

Quatre jours plus tard

— Tu te fous de ma gueule.

Cat haussa les épaules avec insolence et leva les yeux au ciel.

— Non, je ne me fiche pas de toi.

— Fait chier !

Mon autre sœur, Nora, déboula dans la cuisine du complexe et me lança un regard acerbe.

— Je croyais qu'il fallait qu'on essaie de dire moins de gros mots.

Cat éclata de rire.

— C'est peine perdue avec Flynn. Je pense qu'on devrait avoir une boîte à gros mots, histoire que ça me rapporte un peu d'argent, au moins.

— S'il te plaît, va te préparer pour aller en cours, marmonnai-je en posant mes coudes sur le comptoir et en passant mes mains dans mes cheveux.

À mon grand soulagement, Cat quitta la pièce. Je relevai la tête et regardai Nora.

— Qu'est-ce qui se passe ? demanda-t-elle.

— La femme que j'avais engagée en cuisine a démissionné. Elle s'est tout bonnement barrée.

— Tu parles de Tonya ?

— Oui, Tonya. Elle est partie ce matin sans même préparer le petit déjeuner.

Je consultai l'horloge au-dessus de la porte. Il allait être six heures et demie. Nos hôtes n'allaient pas tarder à descendre, et ils s'attendraient à ce qu'on leur serve à manger.

Nora croisa les bras et me lança à nouveau un regard acerbe.

— Parfois, c'est un vrai calvaire de t'avoir comme patron.

— Tout ce que je veux, c'est un cuisinier. C'est trop demander ?

Je tournai le dos à ma sœur au moment où Daphné entra dans la cuisine. Son regard allait et venait entre moi et Nora. Pour ma part, j'essayais de contenir les réactions insensées qui se produisaient dans mon corps dès qu'elle s'approchait de moi. Dès que Daphné était entrée dans cette pièce, tous les poils de mon corps s'étaient dressés. On aurait dit que l'air entre nous était chargé d'électricité.

— Je sais cuisiner, déclara Daphné.

Au cours des quatre jours qui s'étaient écoulés depuis notre nuit au chalet d'Henry et l'intermède qui s'était littéralement gravé dans mon cerveau, Daphné et moi avions conclu l'accord tacite de faire comme si rien ne s'était passé. Mais il y avait un hic. Il était impossible d'ignorer cette alchimie qui ne faiblissait pas.

J'avais déjà bien assez à faire avec les autres clients du complexe. Sans compter que je devais aussi m'occuper de mes frères et sœurs, dont la curiosité, les opinions arrêtées et l'étonnante perspicacité mettaient ma patience à rude épreuve.

Quand on parle du loup. Nora croisa mon regard d'un air entendu, mais je l'ignorai. C'était peut-être de la folie d'accepter l'offre de Daphné, mais je n'avais pas le temps de réfléchir à la question. Dans les vingt prochaines minutes, je devais être parti pour une excursion en avion. Ces voyages nous rapportaient de l'argent, de l'argent dont j'avais besoin pour financer les études de Cat et tout le reste. Ce putain d'argent.

— Tu sais vraiment cuisiner, princesse ?

— Est-ce qu'il t'appelle princesse tout le temps ? intervint Nora.

Daphné, imperturbable, haussa les épaules en regardant Nora.

— Pas tout le temps, mais ça arrive.

Ses yeux rencontrèrent à nouveau les miens.

— Oui, je sais vraiment cuisiner. Tu seras peut-être surpris d'apprendre que certaines personnes disent que j'excelle dans ce domaine. Avant, je tenais une boulangerie.

J'avais des questions – beaucoup de questions – parce que, malgré tous mes efforts, j'étais implacablement curieux au sujet de Daphné. Même avant cette nuit-là, il ne m'avait pas échappé qu'elle ferait une sacrée bonne joueuse de poker. Elle cachait toujours bien son jeu. Je sentais que la raison pour laquelle elle avait choisi de venir en Alaska toute seule n'avait rien d'anodin. Si je laissais ma curiosité l'emporter, je percerais tous ses secrets. Mais pas maintenant.

— D'accord. Si tu peux assurer les repas pour aujourd'hui, je te devrai une fière chandelle.

— En d'autres termes, tu seras rémunérée, ajouta Nora avec obligeance.

— J'y veillerai. Tu es …? commençai-je à dire.

Daphné se dirigeait déjà à grandes enjambées vers l'immense réserve et fit un signe dédaigneux de la main par-dessus son épaule.

— Je gère, Flynn. Je peux préparer quelque chose en un rien de temps. Je peux me débrouiller toute seule. Promis.

Ma sœur pouffa de rire et je lui lançai un regard noir.

Je suivis Daphné jusque dans la réserve et appuyai mon épaule contre le chambranle de la porte.

— Merci.

Elle avait déjà un sac de farine sous le coude et fouillait dans le grand réfrigérateur. Elle se redressa, ferma la porte du réfrigérateur et se tourna vers moi.

— Il n'y a pas de quoi. Je t'assure que c'est dans une cuisine que je suis la plus compétente.

Je voulais dire quelque chose. Au cours des semaines qu'elle avait passées ici, j'avais pu constater que Daphné manquait cruellement de confiance en elle. Or, actuellement, elle avait l'air calme, posée et sûre d'elle. Je voulais le souligner, mais ce serait bizarre, alors je me contentai de dire :

— Merci. Vraiment.

Daphné hocha la tête au moment où mon frère, Grant, m'appelait depuis l'autre pièce.

— Mais où est Flynn, bon sang ?

— Tu ferais mieux d'y aller.

C'est ce que je fis. Même si j'avais été surpris d'apprendre qu'elle savait cuisiner, je ne doutais pas que Daphné était excellente dans ce domaine. Si ce n'était pas le cas, elle ne l'aurait pas dit. Je ne savais pas grand-chose sur elle, mais Daphné soit ne disait rien, soit disait la vérité.

Chapitre Onze

DAPHNÉ

Ces trois jours passés à cuisiner pour les clients du complexe m'avaient remonté le moral, une sensation que je n'avais pas ressentie depuis bien longtemps. Il faut dire que je partais de loin, il n'était donc pas difficile de faire mieux, mais tout de même. Quel bonheur de me sentir à nouveau utile et de constater que je pouvais encore assurer certaines responsabilités.

Le fait que je me sente aussi bien malgré le trouble que m'inspirait cette folle nuit d'orage avec Flynn n'était pas anodin. Il était difficile de ne pas y penser. Comment l'oublier alors qu'il était constamment là, et toujours aussi séduisant ?

Par exemple, en ce moment même, Flynn se tenait près du plan de travail et saisissait un gros morceau de fromage que Grant avait tranché. Dès que mes yeux se posèrent sur les longs doigts de Flynn, je me souvins instantanément de la sensation qu'ils m'avaient procurée. En moi. Mes yeux, rebelles et fascinés, ne purent s'empêcher de suivre le mouvement de son avant-bras lorsqu'il porta le morceau de fromage à sa bouche.

Oui, son avant-bras. Je trouvais les avant-bras de

Flynn très sexy. C'est dire à quel point j'étais mal barrée. Je pris délibérément le temps d'étudier les avant-bras de Grant, qui se tenait à côté de Flynn. Il vida un verre d'eau et le reposa. La flexion de ses avant-bras ne me fit ni chaud ni froid. En fait, c'était plutôt barbant de fixer ses avant-bras.

— Je pense que Daphné devrait le faire, lança Cat en faisant son entrée dans la cuisine en sautillant avant de déraper en chaussettes jusqu'à s'arrêter à côté de Flynn.

Flynn lui tira la queue de cheval de sa main libre.

— Daphné devrait faire quoi ?

— Rester notre cheffe à plein temps, répondit-elle gaiement, comme si cela allait de soi.

Nora, avec qui Cat était apparemment en pleine discussion avant qu'elle n'entre dans la cuisine, lui emboîta le pas.

— Les candidats ne se bousculent pas. Tu es un peu chiant, parfois, dit-elle en posant une main sur sa hanche et en plissant les yeux en direction de Flynn. Diamond Creek n'est pas si grand que ça, et le bruit court. Marley, à la station de ski, m'a rapporté que la dernière femme que tu avais engagée avait raconté à Harry que tu lui avais dit qu'elle était trop lente.

Je me mordis la lèvre pour ne pas rire lorsque les yeux de Nora rencontrèrent les miens et qu'elle me fit un clin d'œil. Grant pouffa de rire, mais n'ajouta rien.

— On se doute bien que tu lui as vraiment dit ça, alors ce n'est même pas la peine de le nier, ajouta Nora.

Flynn soupira.

— J'espère que Harry ne l'a pas engagée. Dans leur restaurant, le rythme est beaucoup plus soutenu qu'ici. Tonya était complètement à la traîne.

— Je vais le faire.

Ces mots s'échappèrent de ma bouche sans que je le veuille.

Flynn se retourna et me lança un regard inquisiteur.

— Tu n'es pas censée reprendre l'avion à la fin de la semaine ?

— Aucune importance. Rien ne m'oblige à y retourner.

Je fus soudainement décontenancé par le regard de Flynn, qui semblait sonder mon âme Oui, je n'avais pas prévu de dire ça et, oui, c'était sûrement un peu fou. Mais c'était peut-être aussi exactement ce dont j'avais besoin.

— D'accord, princesse, tu es engagée, déclara-t-il d'un ton neutre.

Chapitre Douze

FLYNN

Daphné me dévisagea, les joues teintées de rose, puis baissa les yeux sur la casserole devant elle et éteignit la flamme du brûleur sous celle-ci. Quand elle releva de nouveau ses cils auburn et inclina un peu le menton, un frisson électrique me parcourut l'échine. Je venais de perdre la tête.

Cat poussa un cri, me rappelant brusquement que je n'étais pas seul avec Daphné. Elle exerçait sur moi un effet des plus étranges, qui me faisait instantanément oublier la présence des autres. Depuis cette nuit hors du temps, je ne l'avais pas touchée, je ne m'étais même pas approché d'elle à moins d'un mètre. Pourtant, rien n'avait changé ; rien ne semblait pouvoir calmer mon attirance pour elle.

Je fourrai un autre morceau de fromage dans ma bouche et sortis de la cuisine, Grant sur les talons.

— Sage décision. Daphné est la meilleure cuisinière que nous ayons jamais eue, et tu ne lui cries même pas dessus.

Quand nos regards se croisèrent, je me heurtai à son regard malicieux et à son sourire taquin.

— Tout ce que tu as à faire, c'est de garder tes distances.

Chapitre Treize

DAPHNÉ

— Oh, allez, me supplia Nora. Il faut bien que quelqu'un me tienne compagnie. En plus, tu n'as jamais été au restaurant de la station. Tu dois te renseigner sur la concurrence.

— La concurrence ?

Je regardai par la fenêtre où je ne voyais rien d'autre que des montagnes, des arbres et l'océan au loin.

— Je ne pense pas qu'un restaurant situé dans une station de ski à trente kilomètres de là nous fasse concurrence.

Nora me jeta un regard noir.

— Qu'est-ce que je dois faire pour que tu te sentes obligée d'y aller avec moi ? Je n'ai pas envie d'y aller toute seule parce que j'ai une tonne de courses à faire, et les courses, c'est chiant.

— Il te suffisait de dire ça. Pas besoin d'essayer de me faire culpabiliser. À quelle heure ?

— Cet après-midi, ça ira ?

Lorsque je hochai la tête, les yeux bruns de Nora pétillèrent et elle sourit.

— Super. Je viendrai te chercher.

Elle marqua une pause, pui posa son regard sur ma chemise.

— Tu devrais peut-être changer de haut.

Je baissai les yeux sur la chemise en question. Il y avait de la farine sur le devant parce que j'avais commencé à pétrir de la pâte sans penser à mettre mon tablier. Mais ce n'était pas le problème. Il y avait une énorme éclaboussure de café sur l'un de mes seins.

Je fixai cette dernière du regard.

— Je n'avais même pas remarqué. Merci de m'avoir prévenue.

Je partis précipitamment et gravis l'escalier en colimaçon, la tête dans les nuages. Apparemment, Flynn ne faisait pas plus attention en descendant. Ces dernières semaines, nous avions réussi à nous esquiver avec brio. Depuis « cette nuit-là », comme je l'avais baptisée, je m'étais efforcée de garder mes distances. J'avais aussi tenté de ne pas trop y penser.

J'avais réussi à garder mes distances, mais je n'avais absolument pas réussi à ne pas y penser. Quand j'avais un moment à moi, c'était Flynn qui occupait toutes mes pensées, éclipsant tout le reste.

Et voilà que nous étions sur le point de nous percuter dans cet escalier. Je n'avais d'autre choix que de reculer et de passer pour une lâche ou de me faufiler pour le dépasser.

— Pardon.

Mon Dieu, ma voix était rauque.

Alors que je me tournais sur le côté pour pouvoir passer, mon pied se bloqua entre deux marches et je trébuchai. D'un geste assuré et ferme, Flynn me rattrapa par la hanche et l'épaule avant que je ne tombe sur lui.

— Doucement, murmura-t-il.

J'étais littéralement plaquée contre lui et mes tétons étaient au garde-à-vous. Je ne pouvais pas me reculer, et je savais que mes joues étaient rouge vif quand je levai les yeux vers lui.

— Désolée, dis-je en haletant.

Mes pieds semblaient véritablement cloués sur place. Mon seul réconfort était que Flynn ne bougeait pas non plus. Étant donné qu'il m'évitait tout autant que je l'évitais, je ne pensais pas que cela était intentionnel.

Le temps d'un instant, je crus qu'il allait m'embrasser. J'étais en train de me pencher vers lui, lorsque je détachai mes yeux de son regard magnétique pour le poser sur ses lèvres.

Oh, bordel. Je savais pertinemment combien Flynn embrassait bien. Je savais aussi qu'il pouvait faire de la magie avec sa bouche à peu près n'importe où sur mon corps. J'avais un souvenir vif et pénétrant de la sensation de sa bouche se refermant sur l'un de mes mamelons douloureux, tandis que ses doigts taquinaient mon intimité humide dans l'obscurité de cette nuit pluvieuse. Je fus envahie par une forte chaleur et mon cœur se mit à battre si fort et si vite que j'étais certaine qu'il pouvait l'entendre.

— Flynn ! cria quelqu'un.

Je repris mon souffle avec effarement. Instinctivement, je voulus me reculer, mais je perdis à nouveau l'équilibre dans les escaliers. Flynn, en bon sauveur, me stabilisa à nouveau.

Les deux endroits sur lesquels il avait posé ses mains – ma hanche gauche et mon épaule droite – étaient comme marqués au fer rouge, la chaleur de son contact était si intense qu'elle envoyait des étincelles dans tout mon corps.

— Flynn ! appela à nouveau la voix.

— Je crois que quelqu'un a besoin de toi, soufflai-
je.

— Ouais. C'est Grant.

Il détacha ses mains de moi. Nous n'ajoutâmes pas un mot de plus, et je le dépassai enfin, le cœur battant la chamade dans ma poitrine et la culotte trempée.

Je me précipitai dans ma chambre et me retins in extremis de claquer la porte. Ce n'était pas par colère que j'avais failli la claquer. Mes nerfs étaient à vif et mon pouls s'emballait, tout se passait trop vite et trop fort.

Je m'arrêtai au milieu de ma chambre et fermai les yeux, dans l'espoir que mon pouls effréné et la chaleur qui se répandait dans mon corps s'apaisent. J'utilisais des techniques de respiration profonde que j'avais apprises en thérapie pour me ressaisir après cette rencontre troublante avec Flynn. C'était dire à quel point j'étais perturbée.

Avec lui, j'avais perdu pied. Cette nuit-là, à laquelle je n'avais pas pu résister, avait été un accès de pure folie. Je me répétais que cela ne serait jamais arrivé si je n'étais pas complètement déboussolée.

Je rouvris les yeux, crispai les poings puis les desserrai avant de balancer mes bras comme des ailes de moulin. Cela faisait partie des exercices que j'avais appris au plus fort de mon deuil, écrasée par un poids dont je pensais ne jamais pouvoir me débarrasser. D'après ma thérapeute, en mettant mon corps en action, je pouvais déloger les pensées ancrées dans mon cerveau. Contre toute attente, cette méthode avait toujours fonctionné, même quand j'avais douté de son efficacité.

Après quelques sauts sur place, je traversai ma chambre au pas de course jusqu'à la petite armoire et en sortis une chemise propre. Je ne me préoccupais pas tellement de mon apparence lorsque je travaillais, mais j'essayais de ne pas trop me salir. En la passant par-dessus ma tête, je me rendis compte que j'étais pressée que la journée s'écoule. J'avais hâte de dîner avec Nora. En toute honnêteté, j'étais assez curieuse de découvrir la vie sociale de Diamond Creek.

Bien que j'aie fait quelques virées en ville toute seule et une ou deux autres pour faire des courses avec Cat, toujours volontaire et d'une grande aide pour porter les achats et tenir les comptes de ce dont nous avions besoin pour la cuisine, je n'avais pas vraiment pris le temps de m'y détendre. Lorsque je me précipitai dans l'escalier en colimaçon, Flynn ne me bloqua pas le passage cette fois-ci, et je descendis donc sans problème.

L'Alaska m'avait appris que je pouvais survivre seule. Bien que mon choix de venir ici ait été fortuit et franchement aléatoire, cela s'avérait être une bonne chose pour moi. À l'exception de mon attirance déroutante et sans fin pour Flynn.

Chapitre Quatorze

FLYNN

En inclinant mon avion dans les airs, je vis le glacier niché entre deux pics montagneux, scintillant d'un bleu irréel sous les rayons du soleil. Des exclamations admiratives s'élevèrent à l'arrière, et je fis pivoter l'appareil pour leur faire profiter d'une meilleure vue. Je survolais les montagnes qui encerclent la baie de Kachemak avant de retourner à Diamond Creek.

La majeure partie de cette zone était sauvage, particulièrement de l'autre côté de la baie. On trouvait quelques villages autochtones dispersés le long des rivages ainsi que Seldovia, l'une des plus vieilles bourgades du coin.

Ce matin-là, j'avais emmené ce groupe à Seldovia pour visiter ce charmant petit village. En moins d'une demi-heure, j'eus atterri et remisé l'avion dans le hangar après que tous eurent débarqué. C'était la fin de l'après-midi, et je fis le tour de l'appareil pour les vérifications d'usage avant de finir ma journée. J'étais en train de ranger quelques affaires dans notre local de stockage lorsque j'entendis quelqu'un m'appeler.

Je passai la tête par la porte et vis Elias qui s'approchait.

— Je suis là, criai-je.

Il tourna la tête dans ma direction, puis le bruit de ses pas résonna dans le vaste hangar tandis qu'il se dirigeait vers moi. Arrivé dans l'encadrement de la porte, il s'appuya sur le chambranle et demanda :

— Combien de vols avons-nous demain ?

— Quatre. J'ai prévu que tu en fasses deux. Ça te va ?

Elias acquiesça.

— Oui. Je suis juste en train de revoir mon planning dans ma tête. Ma mère arrive demain soir.

— Ah oui, c'est vrai. Elle loge au complexe, n'est-ce pas ?

— Bien sûr. Prépare-toi à ce qu'elle soit aussi curieuse que d'habitude, lança-t-il en riant.

— Elle arrive à Diamond Creek ou à Anchorage ?

— Directement à Diamond Creek. C'est moi qui ai réservé ses vols.

— Elle sera contente de te voir.

Je fermai mon sac et le passai sur mon épaule.

— Tu es venu en voiture ou avec Gabriel ?

— J'ai fait le trajet avec lui ce matin. J'espérais pouvoir rentrer avec toi.

— Tu sais bien que la question ne se pose même pas, répondis-je alors que nous nous dirigions vers la sortie ensemble. Ça te dérange si je m'arrête pour prendre un café ?

— Bien sûr que non.

Quelques minutes plus tard, nous faisions la queue au Red Truck Coffee. Cammi n'était pas là aujourd'hui, et le type qui la remplaçait semblait débordé. Arrivés au comptoir, Elias fut brusque avec lui.

Captant le regard du garçon, je plaisantai :

— Ce n'est pas contre toi. Il est juste de mauvais poil parce que Cammi n'est pas là.

J'entendis Elias manquer de s'étouffer avec son café et me tournai pour lui donner une petite tape dans le dos.

— Elle sera de retour demain, n'est-ce pas ?

Le garçon acquiesça.

— Oui, elle est en plein déménagement, alors elle m'a laissé tenir la barre pendant qu'elle rassemble du monde pour l'aider. Elle sera de retour demain matin. J'espère que le café est bon.

Je pris une gorgée.

— Délicieux, comme toujours.

Je glissai un pourboire supplémentaire au gamin.

Elias resta silencieux pendant cet échange. Quand nous remontâmes dans mon pickup, il lâcha :

— Je vais te niquer.

— C'est pas moi que tu veux niquer ; c'est Cammi.

— Ouais, et toi Daphné.

Elias n'avait jamais sa langue dans sa poche, et ce n'était pas la première fois qu'il me taquinait à propos de Daphné.

Il était loin de se douter que j'avais été assez fou pour céder à ma folle attirance pour Daphné, bien que ce soit totalement déplacé. Un frisson me traversa rien qu'à l'évocation de son nom, et je me rappelai instantanément son corps frémissant dans mes bras. Je ne savais pas ce qui m'avait pris cette nuit-là. Je suppose que je n'avais pas réfléchi. Du tout. Pire encore, je commençais à regretter de ne pas être allé jusqu'au bout. Mon satané sens de l'honneur mal placé m'avait empêché d'aller plus loin.

Désormais, je ne savais pas si j'aurais de nouveau cette chance. Mais une chose était sûre : notre alchimie n'était pas prête de disparaître. Je me reconcentrai sur la route lorsque je pris un virage.

— Et alors ? Tu n'es pas le patron de Cammi. Tu es libre de faire ce que tu veux avec elle. D'ailleurs, je pense qu'elle t'aime bien aussi.

Elias plissa les yeux.

— Pour l'amour du ciel, ne te mets pas à jouer les entremetteurs.

Je ris.

— Je pourrais en dire autant de toi.

Je perçus son haussement d'épaules.

— Peu importe. De plus, je ne pense pas que ce soit si grave que tu sois le patron de Daphné. Ce n'est pas comme si on avait un service RH qui allait te tomber dessus.

Alors que je ralentissais pour tourner sur la route qui nous mènerait à l'autoroute, le bruit d'un klaxon attira mon attention. En regardant sur ma gauche, je vis ma sœur Nora agiter frénétiquement la main dans son pickup, et Daphné assise à côté d'elle.

Je les fixai avec un peu trop d'insistance, et Elias intervint :

— Tu vois ? Dès que tu poses les yeux sur elle, tu restes sidéré.

Je me tournai et lui donnai une petite tape sur l'épaule.

— Je vais te niquer.

— C'est pas moi que tu veux niquer ; c'est Daphné.

Cela le fit beaucoup rire de me renvoyer mes propres paroles à la figure. Pendant qu'il riait à gorge déployée, je saluai Nora et Daphné d'un geste de la main, me mordant l'intérieur des joues pour me retenir de leur demander où elles allaient.

Chapitre Quinze

DAPHNÉ

— Mon Dieu, gémis-je, à peine avais-je fini d'avaler. Cette nourriture est divine. Si je tenais un restaurant à Diamond Creek, j'aurais du souci à me faire. En fait, même ailleurs, leurs concurrents auraient du souci à se faire.

Je pris une autre bouchée de mon saumon glacé au balsamique, savourant chaque instant où il fondait dans ma bouche.

— Et toi, c'est comment ? demandai-je en marquant une pause pour siroter mon vin.

— Divin, comme tu l'as dit.

Nora avait pris des tacos de flétan. J'en avais déjà piqué quelques bouchées et lui avais proposé un peu de mon saumon en échange. Les tacos de flétan étaient un plat distinctement alaskien et succulent. Le poisson crémeux et subtil se mariait parfaitement avec la salsa de coriandre et de pêche.

Nora prit une autre bouchée et se renversa dans sa chaise.

— Je dois ralentir. Il ne faut pas que je me goinfre,

cela gâcherait ce moment magique. Je dois dire, cependant, que tes plats sont tout aussi bons que ceux-ci.

— Pas besoin de me couvrir de compliments, dis-je avant de prendre une autre bouchée de mon saumon.

— Je sais, mais je veux juste que tu saches que tu cuisines incroyablement bien. Si j'ai bien compris, tu as déjà tenu une boulangerie, c'est bien ça ?

— Tout à fait. C'était ma plus grande fierté. J'adore cuisiner. Cela tombait à pic que votre dernière cuisinière démissionne. Je peux faire ce que j'aime sans avoir la pression de gérer un restaurant.

Nora prit une autre bouchée de ses tacos de flétan puis me regarda d'un œil songeur.

— Je peux me montrer indiscrète ? demanda-t-elle avec un sourire en coin.

— Je sais bien que tu vas te montrer indiscrète quoi que je dise, mais puisque tu le demandes, je te donne la permission, répliquai-je avec ironie.

Nora rit juste au moment où une femme s'approchait de notre table. Ce n'était ni l'homme qui nous avait placées ni la jeune femme qui nous servait. Mais Nora semblait la connaître, car son visage s'illumina d'un large sourire.

— Salut, Delia.

Elle se leva et serra rapidement la femme dans ses bras.

— Voici Daphné, une amie, dit-elle en me désignant.

Je ne savais pas si l'on pouvait vraiment dire que Nora et moi étions amies, mais cela me réchauffa le cœur qu'elle me présente ainsi.

— C'est notre nouvelle cheffe.

J'allais pour me lever, mais Delia me fit signe de rester assise.

— Pas besoin de te lever. J'ai entendu beaucoup de bien de tes plats, dit-elle, ses yeux bleus pétillant.

Avec ses cheveux blonds comme le miel et son sourire chaleureux, Delia était tout simplement charmante.

— On t'a parlé de mes plats ?

Je fus submergée par une vague d'anxiété. Bien que je ne doutais pas de mes compétences en cuisine, il était toujours intimidant de se demander ce que d'autres chefs de talent pourraient penser. Venant d'une ville où lancer son restaurant relevait du parcours du combattant, je savourais mon anonymat ici.

Les yeux de Delia brillèrent.

— Bien sûr. Tu dois te sentir au milieu de nulle part là-bas, mais tu n'es qu'à vingt minutes d'ici. Tous les clients du complexe viennent à Diamond Creek pour faire du shopping et manger un bout.

— On l'adore, et j'ai dit à Flynn de ne pas la faire chier, intervint Nora.

Je ris de bon cœur.

— Jusqu'ici, il ne s'est pas mis en travers de mon chemin.

— C'est parce que tu es une bonne cheffe, et il le sait, affirma Nora avec conviction. Au fait, as-tu engagé la dernière cuisinière qui était chez nous et qui a démissionné ?

Ses yeux se tournèrent vers Delia.

Celle-ci secoua la tête.

— Marley m'a dit qu'elle s'était plainte de Flynn lors de l'entretien. Ce n'est jamais bon signe, et je ne dis pas ça pour prendre la défense de Flynn.

Nora acquiesça tandis que je restais silencieuse, je n'avais pas grand-chose à ajouter sur ce sujet. Delia me regarda à nouveau.

— Bienvenue dans la région. Si tu continues à servir des plats aussi bons que les rumeurs le disent, je ne pense pas que tu aies à te soucier du comportement de Flynn.

Delia s'éloigna après m'avoir légèrement pressé l'épaule, puis s'arrêta immédiatement près d'une autre table pour vérifier que tout se passait bien.

— Elle a l'air vraiment sympa, dis-je après avoir pris une gorgée de vin.

— Delia est géniale. Nous avons toutes les deux grandi dans le coin, mais je n'ai appris à la connaître que ces dernières années. Elle avait quelques années de plus que moi à l'école, et tu sais ce que c'est. Enfin bref, c'est la gérante de ce restaurant. Elle a été mère célibataire pendant des années, puis elle est tombée amoureuse de Garrett Hamilton, dont la famille possède ce chalet de ski. C'est un avocat de renom originaire de Seattle. Son frère, Gage, dirige cet établissement avec sa femme. Garrett est venu en vacances et est tombé amoureux de Delia. C'était tellement romantique, expliqua Nora. Ça me fait plaisir de la voir si heureuse. Et si elle a entendu parler de tes plats, c'est bon signe.

Je levai les yeux au ciel.

— Ça fait toujours plaisir d'entendre des compliments, mais ce n'est pas une question de stratégie commerciale. Quoi qu'il arrive, les gens mangeront au complexe. Ils iront peut-être déjeuner ou dîner à Diamond Creek de temps en temps, mais...

Je laissai ma phrase en suspens et haussai les épaules.

— Je sais, mais nous tenons à ce que la nourriture soit bonne. Tu sembles être épargnée par la mauvaise humeur de Flynn, ajouta-t-elle avec un sourire malicieux.

— Je n'en suis pas vraiment sûre. Il est parfois grognon, mais il ne s'énerve pas trop contre moi.

Nora semblait être en pleine réflexion, mais elle se contenta de soulever son verre d'eau et d'en boire une gorgée.

— Ce vin te plaît? demanda-t-elle en désignant mon verre.

Elle s'en tenait à l'eau puisqu'elle conduisait, mais elle avait insisté pour que j'essaie ce vin en particulier.

— Il est délicieux. Il est produit ici, c'est ça?

— Oui. Il vient de la brasserie de Diamond Creek. Ils font aussi du vin. Je ne cesse de dire à Flynn que nous devrions en acheter de temps en temps, mais il le trouve trop cher. Il est constamment préoccupé par l'argent.

— J'avais remarqué.

J'étais tellement, *tellement* curieuse au sujet de Flynn, mais je n'allais pas commencer à poser des questions indiscrètes à sa sœur.

Nora continua tout de même sur sa lancée.

— Il s'inquiète parce que quand il est revenu, il a découvert une montagne de dettes. Grant venait d'entrer à l'université, et j'étais au lycée quand notre mère est décédée. Il nous a permis, à Grant et à moi, d'aller à l'université, et il s'occupe de Cat depuis qu'elle a neuf ans. Il veut s'assurer d'avoir assez de côté pour qu'elle puisse aussi aller à l'université. Alors je le taquine, mais c'est le meilleur des grands frères. Même s'il a parfois tendance à trop râler.

Mon cœur fit un drôle de bond dans ma poitrine. Il ne fallait surtout pas que je commence à penser que Flynn était incroyable, en plus d'être si sexy que je pouvais à peine arrêter de penser à cette nuit passée ensemble.

— Waouh, dis-je. Tu as de la chance de l'avoir.

Nora acquiesça vigoureusement.

— Oui, il a quitté l'armée de l'air pour rentrer à la maison. De toute façon, je crois qu'il était temps. On lui donne du fil à retordre parfois, mais on est vraiment protecteurs avec lui.

Au moment où je pensais que Nora avait oublié qu'elle voulait me poser des questions sur moi, elle me demanda :

— Dis-moi, quelle vie menais-tu pour pouvoir te permettre de venir seule en Alaska pendant un mois ? Et comment as-tu fait pour changer tes plans et rester travailler avec nous ?

— C'est bien plus qu'une simple question, répondis-je en riant, prise au dépourvu.

Nora haussa les épaules sans gêne.

— Peut-être bien. Nous t'aimons tous, et nous sommes vraiment contents que tu sois restée.

— Je suis presque sûre que Flynn ne m'aime pas, murmurai-je.

À cela, Nora éclata de rire.

— Il raffole de ta cuisine, il est reconnaissant que tu l'aies dépanné, et il t'aimera encore plus si tu restes.

Je pris une grande gorgée de mon vin, puis fis tourner le verre entre mes doigts avant de le reposer.

— Ma réponse n'est pas simple. S'il y a bien une chose que j'ai apprise cette année, c'est qu'il vaut toujours mieux être honnête. C'est assez difficile à entendre, alors si tu ne préfères pas savoir, je comprendrai.

Le regard de Nora devint sérieux tandis qu'elle me fixait.

— Raconte-moi.

— Pour répondre à ta première question, j'ai pu me permettre un mois en Alaska après avoir fermé mon restaurant parce que j'ai grandi dans une famille aisée.

Je haussai les épaules.

— C'est une question de chance. Je ne pense pas mériter cet argent, ni que ma famille le mérite, d'ailleurs. Crois-moi, si je pouvais échanger cet argent, je le ferais. Ma vie a volé en éclats il y a environ un an et demi. J'avais un fils, Brandon. J'étais mariée, j'avais mon restaurant et des amis. Je me disais que j'avais une belle vie. Jusqu'à ce qu'on diagnostique à Brandon une forme rare de cancer du cerveau à l'âge de quatre ans.

Nora écarquilla les yeux, et elle porta la main à son cœur.

— Oh non, je suis vraiment désolée.

J'avais tellement répété ces mots que j'arrivais désormais à les prononcer sans m'effondrer. Je ressentais un vide dans ma poitrine, mais je pouvais respirer, et mon cœur, obstinément, continuait de battre.

— Merci. Le taux de survie pour ce cancer est très faible. Nous avons su presque immédiatement qu'il y avait peu de chances qu'il s'en sorte.

— Quel type de cancer ? demanda doucement Nora.

— Un médulloépithéliome. C'est rare et généralement diagnostiqué chez les jeunes enfants. Le taux de survie moyen est de cinq mois.

Je déglutis péniblement, la gorge nouée, alors que les larmes me montaient aux yeux. Je clignai rapidement des yeux et poursuivis.

— Il est décédé quatre mois plus tard.

Nora tendit la main au-dessus de la table et saisit la mienne. Nous n'étions pas proches, du moins pas encore, mais son contact était si chaleureux et si sincère qu'il faillit me faire pleurer.

Je me ressaisis et continuai.

— C'est une terrible épreuve, et je ne la souhaite à personne. Mais le mois avant que Brandon ne meure, j'ai découvert que mon mari me trompait avec une de mes amies proches.

— Mon Dieu, c'est juste... c'est juste horrible !

Nora semblait horrifiée.

C'est ma colère qui me portait chaque fois que je racontais cette partie de l'histoire, et cette fois ne fit pas exception.

— Oui, c'était horrible. Il m'a dit que c'était parce que j'étais trop distante émotionnellement. Je ne sais pas si c'est la véritable raison. Je pense que je ne le saurai jamais. Je crois qu'il ne m'aimait pas vraiment. En toute honnêteté, je ne sais pas si je l'aimais vraiment, moi non plus. Peut-être aimais-je l'idée de ce que nous représentions, mais tout cela s'est révélé n'être qu'une façade quand nous avons été confrontés à une véritable épreuve. Ce dernier mois a été très dur. Mon amie, ou plutôt ma « non-amie », dis-je en mimant des guillemets avec mes doigts, a essayé de s'excuser. Elle était horrifiée quand la vérité a éclaté parce que je n'avais pas cherché à la cacher. J'étais trop ébranlée. Garder les apparences pour le bien d'autrui n'avait plus aucune importance.

Nora secouait la tête, les yeux écarquillés.

— Mon Dieu. Elle croyait vraiment que tu allais taire ça pour son bien ?

— Je ne sais pas. Ça m'importe peu. Après la mort de Brandon, je me suis effondrée. J'avais déjà fermé mon restaurant quand on avait appris le diagnostic de Brandon, mais j'ai refusé de retourner travailler dans l'entreprise familiale. Mon père dirige un consortium d'investissement, et ses associés sont les membres de la famille de mon ex-mari. Mon amie, celle qui a eu une liaison avec mon ex, y travaillait également. Mon père a eu la décence de la licencier, mais il m'a dit que j'allais devoir composer avec mon ex, qu'il était trop important pour l'entreprise. Je ne déteste pas mes parents, mais nous n'avons pas les mêmes priorités. Pour eux, le business passe avant tout.

En voyant que Nora restait silencieuse, je poursuivis.

— J'ai suivi une thérapie pendant quelque temps. Une fois que j'ai enfin retrouvé un peu de stabilité, j'ai eu envie d'un changement si extrême que je pourrais peut-être comprendre ce que je voulais faire de ma vie. J'ai trouvé votre complexe presque par hasard. Il y avait une annonce en ligne. J'ai cliqué dessus et décidé que c'était suffisamment loin et tellement différent de tout ce que j'avais fait auparavant que cela pourrait être ce dont j'avais besoin.

— Je n'arrive pas à croire tout ce que tu as traversé, souffla Nora.

— Je vais bien, dis-je.

Et je le pensais vraiment.

— Aussi éprouvante que fût la situation, je n'avais au moins pas à m'inquiéter financièrement parlant. J'ai hérité d'un peu d'argent de ma grand-mère, ce qui m'a aidée à tenir. Maintenant, je peux enfin passer des nuits complètes sans me réveiller. Je ne sais toujours pas vraiment ce que je veux faire à long terme, donc vous n'avez pas à vous inquiéter de me voir quitter mon poste de sitôt. En plus, ça me plaît. Vous n'avez pas d'attentes particulières, alors je varie les plaisirs et fais ce qui me plaît chaque jour. C'est amusant.

Nora, visiblement inquiète, scrutait mon visage, les sourcils froncés.

— Vraiment, Nora, je vais bien. Soit je mens aux gens sur ce qui s'est passé, soit je dis la vérité. Je me suis promis de dire la vérité si on me le demandait. Tu n'as pas à me plaindre. Point final, dis-je fermement.

— Ton fils est mort. Je n'arrive même pas à imaginer à quel point cela a dû être difficile.

— Oh, ça a été très dur, c'est certain. Mais je suis encore là, et j'arrive encore à profiter de la vie. Perdre quelqu'un est toujours difficile, quoi qu'il arrive. Ta mère est morte quand tu étais encore au lycée, c'est ça ?

— Eh bien, oui. C'était très dur, vraiment. Mais c'était ma mère, pas mon enfant. Même si elle est partie plus tôt que je ne l'aurais voulu, on s'attend toujours à ce que les parents partent les premiers.

— Je ne pense pas qu'on puisse vraiment comparer les situations. Tout est relatif. Au lieu de t'apitoyer sur mon sort, parle-moi de ta famille.

Nora resta silencieuse un moment avant de baisser la tête pour signifier son approbation.

— Tu es l'une des personnes les plus fortes que je connaisse. Bon, ma famille. Eh bien, tu nous connais tous. Flynn est l'aîné de sept ans. Nous n'avons pas le même père, nous n'avons jamais connu le sien. Notre mère se laissait facilement berner par les hommes, mais c'était une femme formidable. Le père de Flynn est parti avant même sa naissance. Elle l'a élevé seule jusqu'à ce qu'elle rencontre notre père. Puis Grant est né, puis moi, puis enfin et surtout Cat, la petite dernière.

Je pouffai de rire.

— Oh oui, surtout.

— Bref, notre père était assez détestable. Il n'était pas horrible, mais il trompait ma mère à droite et à gauche et allait et venait comme bon lui semblait. Financièrement, on arrivait tout juste à s'en sortir. Ma mère a hérité de cette propriété après le décès de ses parents. Il travaillait dans la construction, donc ils ont commencé à construire le complexe et monter l'affaire, mais il a de nouveau disparu. Un jour, il est finalement mort d'une crise cardiaque, et notre mère s'est retrouvée avec une tonne de dettes et plein d'autres problèmes. Flynn envoyait de l'argent dès qu'il le pouvait, mais ce n'est pas comme s'il gagnait des masses à l'armée. Notre mère avait une maladie auto-immune génétique, et elle est finalement décédée des complications de cette maladie. Elle me manque encore.

— Je n'en doute pas. Je suis contente que vous puissiez compter les uns sur les autres.

Nora sourit doucement.

— En effet. Parfois, nous nous tapons mutuellement sur les nerfs, mais Flynn a maintenu notre famille unie. S'il n'était pas rentré quand notre mère est décédée, Cat et moi aurions peut-être fini en famille d'accueil. Grant était à l'université, mais il n'avait pas beaucoup d'argent, et le tribunal craignait qu'il ne puisse pas subvenir à nos besoins. Flynn est tout de suite intervenu malgré la distance. Nous avons pu rester chez nous parce que Grant était revenu de la fac. Flynn a dû rentrer très vite. Ensuite, il a dû gérer ma crise d'adolescence à mes seize ans.

Je souris.

— Ça devait être amusant.

Nora haussa légèrement les épaules.

— En effet. C'est drôle maintenant, mais j'étais probablement insupportable.

— Il t'aime, ça, c'est évident.

Parce que c'était le cas. Flynn pouvait se montrer grincheux avec moi, mais son amour pour sa famille transparaissait clairement dans chacun de ses gestes.

— Mon nouveau but, c'est de lui trouver une petite amie, déclara Nora.

Je manquai de m'étouffer avec la gorgée de vin que je venais de prendre.

— Tu es sérieuse ?

— Oui ! Il faut qu'il se détende. Peut-être qu'il serait plus détendu s'il s'envoyait en l'air. Il ne fait que travailler, travailler, encore et toujours travailler, sans jamais s'amuser.

Je choisis de rester silencieuse. Je ne savais même pas quoi penser de l'élan de possessivité que je ressentais. Je n'avais *aucun* droit de me sentir possessive envers Flynn de quelque manière que ce soit.

Seulement, je le voulais pour moi toute seule. Même si jamais je n'aurais cru pouvoir désirer quelqu'un d'autre à nouveau un jour. Sans parler du fait que j'étais presque sûre que je n'étais pas son genre.

— Ce sera toi, peut-être, dit Nora en me jaugeant du regard.

— Oh non, dis-je en levant une main. Ne t'avise pas d'essayer de me caser avec quelqu'un, encore moins avec Flynn.

— Eh bien, s'il ne se montre pas bougon quand tu es aux fourneaux, je pense que c'est parce qu'il te trouve carrément à son goût.

Mes joues s'enflammèrent, mais je réussis à ne pas m'étouffer avec ma boisson.

Chapitre Seize

FLYNN

Tard la nuit suivante, je roulais dans l'obscurité en observant la lune se lever au-dessus des montagnes de l'autre côté de la baie. J'avais fait un détour imprévu par Anchorage pour récupérer des pièces de moteur d'avion après que l'un des nôtres avait rencontré des problèmes.

Je me doutais qu'à mon retour au complexe, tout le monde serait endormi. Bien que je n'avais pas spécialement tenu à faire ce trajet supplémentaire, ce changement de rythme m'avait fait du bien. La nuit dernière, Nora m'avait raconté la vie de Daphné. Je pensais être un homme endurci. Mes sept années dans l'armée de l'air et mes deux missions en service actif m'avaient fait traverser bien des épreuves, mais rien de ce que j'avais vécu n'était comparable à l'horreur de ce qu'avait enduré Daphné.

Ce matin, je l'avais observée de l'autre côté de la cuisine alors qu'elle préparait efficacement le petit déjeuner pour tous nos hôtes et s'occupait simultanément des préparatifs des repas du midi et du soir. Elle avait perdu son fils et avait subi une trahison douloureuse, et pourtant, elle continuait à avancer avec cette inébranlable étincelle de bonne humeur qui la caractérisait. Comme un rayon de soleil s'insinuant à travers les fissures.

Le fait de connaître son passé me faisait apprécier encore plus le surnom que je lui avais donné. Elle avait vraiment une allure de princesse. Elle avait retrouvé assez de son caractère et de son énergie pour que cela se remarque.

Quand elle se retourna et que ses magnifiques yeux verts croisèrent les miens à l'autre bout de la pièce, les souvenirs de cette nuit de pure folie me revinrent à l'esprit. Il ne fallait pas que je commence à *ressentir* quelque chose pour Daphné. Alors j'étais parti précipitamment, en prétextant devoir vérifier deux de nos avions. Cela ne faisait jamais de mal de vérifier nos avions, mais le moment était bien choisi, car l'un d'eux avait effectivement un problème.

Nous avions besoin des autres avions pour les excursions touristiques, alors j'avais pris mon fidèle pickup pour traverser le col montagneux en direction d'Anchorage. Il était minuit passé lorsque je quittai l'autoroute pour emprunter la route qui me ramènerait chez moi. Lorsque je me garai, je fus surpris de voir les lumières de la cuisine allumées, mais je pensais que quelqu'un avait simplement oublié de les éteindre. Le reste du complexe était calme, et les lumières avec détecteur de mouvement s'étaient activées au passage de mon véhicule.

Mes bottes crissaient sur le gravier tandis que je rangeais mes clés dans ma poche. Je montai les marches silencieusement. Après avoir traversé le couloir arrière pour entrer dans l'entrée des quartiers privés de ma famille, je déposai mes clés dans le bol sur la table près de la porte. Nora avait emménagé dans une petite maison à proximité l'année dernière, et Grant, quand il n'était pas ici, allait de lit en lit, selon ses conquêtes du moment. Il ne restait plus que Cat et moi. La lumière de Cat était encore allumée, alors je passai la main pour l'éteindre ; elle s'était endormie en lisant. Je traversai la pièce et retirai le livre de sa poitrine, insérai le marque-page, puis le déposai sur sa table de nuit.

Je me dirigeai vers la cuisine pour éteindre les lumières. Lorsque j'ouvris la porte, je fus surpris de voir Daphné absorbée dans son travail. Depuis que je l'avais embauchée sur un coup de tête, il y a quelques semaines de cela, j'avais découvert qu'elle était une travailleuse acharnée. Elle se levait généralement bien avant tout le monde pour préparer tout un éventail de pâtisseries pour le petit déjeuner et travaillait souvent jusqu'après le dîner.

Je pris un moment pour m'imprégner de sa présence. Ses cheveux étaient noués en un chignon désordonné sur le sommet de sa tête, avec des mèches tombant autour de son cou. Elle portait un tablier par-dessus un t-shirt et un legging. Mes yeux s'attardèrent sur la courbe de ses hanches et le creux de sa taille.

La seule pensée de traverser la cuisine et de pencher la tête pour passer ma langue le long de son cou me mettait l'eau à la bouche, car je savais qu'elle avait un goût sucré. Je savais aussi qu'elle sentait le sucre.

Pour me distraire, je lançai :

— Tu cuisines souvent la nuit quand tout le monde est couché ?

Daphné sursauta légèrement et se retourna, la main sur la poitrine.

— Oh mon Dieu, tu m'as fait peur !

Mon bon sens perdit immédiatement la bataille

face à mon besoin de me rapprocher d'elle. Je traversai la pièce et m'arrêtai à seulement quelques pas d'elle.

— Désolé, dis-je sincèrement. Je ne voulais pas te faire peur. Mais tu travailles vraiment aussi tard d'habitude ? Parce que je ne pense pas te payer suffisamment dans ce cas.

Ses joues virèrent au rose. Elle fronça le nez avant de hausser légèrement les épaules.

— Parfois. Tu n'as pas besoin de me payer plus. J'aime faire des pâtisseries.

— Tu aimes dormir ? Parce que tu es debout tous les jours vers cinq heures, d'après ce que j'ai pu voir.

Je plaisantais, mais je vis une lueur passer dans les yeux de Daphné. Avant que je puisse dire autre chose, elle répondit :

— Je ne dors pas très bien. Quand je n'arrive pas à dormir, je descends ici pour cuisiner.

Je n'avais pas réfléchi, ou peut-être avais-je trop réfléchi à ce que Nora m'avait dit. En apprenant qu'elle ne dormait pas bien, tout ce à quoi je pouvais penser était que la vie avait été trop cruellement injuste envers Daphné. Je parlai sans réfléchir.

— Je suis désolé pour ton fils.

Les nuits sans sommeil, je connaissais bien, les aléas de la vie m'avaient souvent tenu éveillé. Je ne pouvais qu'imaginer combien le sommeil devait lui être inaccessible après tout ce qu'elle avait enduré.

Daphné écarquilla les yeux et lâcha un souffle de surprise. Quand je la regardais, je pouvais presque voir sa carapace se fissurer.

— Nora t'en a parlé, constata-t-elle, pesant soigneusement chaque mot.

— C'est vrai. Je n'aurais pas dû en parler.

Je ne savais pas comment me sortir de ce moment

d'intimité dans lequel je m'étais immiscé sans le vouloir.

Daphné fit un léger signe de tête, puis releva le menton.

— Je ne lui ai pas demandé de le garder pour elle. Ce n'est pas un secret. C'est simplement ma vie, dans toute sa complexité.

Nos regards se croisèrent, et je repensai à tout ce que Nora m'avait confié : après qu'on avait diagnostiqué au fils de Daphné un cancer très grave, elle avait découvert l'infidélité de son mari avec une de ses amies. Quel connard. J'avais envie de combattre ses démons moi-même.

Comme elle m'avait, d'une certaine manière, donné son accord, je m'avançai d'un pas. Parce que, étrangement, j'avais besoin qu'elle le sache.

— La vie peut être vraiment cruelle, et j'en suis tellement désolé. Ton ex était un idiot et un salaud. Il ne te méritait pas. Tu en es consciente, n'est-ce pas ?

Les beaux yeux de Daphné s'élargirent, et ses joues prirent une teinte rose intense. Elle inspira profondément, les narines dilatées.

— Peu importe. C'est du passé.

On aurait dit que Daphné tentait autant de se convaincre que de me convaincre. Je ne saurais dire pourquoi, mais je ne supportais pas l'idée qu'elle ait été traitée avec tant de désinvolture et de cruauté.

D'un seul pas, je réduisis la distance entre nous, levai une main et attrapai une mèche de cheveux rebelle tombant sur sa joue. Je la replaçai derrière son oreille.

— Ce n'est pas pour rien que je t'appelle princesse, murmurai-je.

La langue de Daphné jaillit pour passer sur sa lèvre inférieure avant qu'elle ne demande :

— Ah oui ?

Comme cette nuit-là, il y a des semaines de cela, j'avais l'impression que ce moment était hors du temps et de l'espace. Un instant suspendu pour oublier toutes les raisons pour lesquelles je ne devrais pas désirer Daphné avec une envie qui me bouleversait jusque dans mes entrailles.

— Parce qu'à mes yeux, tu en es une, et tu devrais être traitée comme telle.

Daphné me fixa en retour. En caressant la peau douce de son cou du dos de mes doigts, je sentis le battement impétueux de son pouls.

— Oh, fit-elle.

Puisqu'il semblait que c'était la seule chose à faire en ce moment précis, je baissai la tête et effleurai ses lèvres des miennes. Une tension électrique crépitait entre nous et m'embrasait tout entier.

En un instant, ce qui n'était au départ qu'un test — vérifier si la flamme brûlait toujours aussi intensément que dans mon souvenir, si Daphné en avait envie autant que moi — s'était mué en quelque chose de bien plus tangible. J'effleurai de nouveau ses lèvres des miennes. Lorsque j'entendis un petit bruit dans sa gorge, sentis sa main glisser autour de mon cou et ses doigts jouer avec les extrémités de mes cheveux, je me rapprochai. Ce moment semblait fluide comme du miel chaud coulant d'une cuillère. En expirant, je penchai sa tête sur le côté et plongeai ma langue dans sa bouche.

Dès que sa langue glissa contre la mienne, notre baiser devint frénétique. Je m'entendis grogner, et je la plaquai contre moi tandis que nos langues se mêlaient dans un duel tendre et sensuel.

Comme si toutes mes barrières avaient cédé, je l'attirai maladroitement contre moi. Daphné ne faisait qu'ajouter de l'huile sur un feu qui ne brûlait déjà que pour elle.

Je sentis la pression de ses ongles lorsque sa main descendit rapidement le long de mon dos, puis sa paume chaude sur ma peau lorsqu'elle releva ma chemise.

Lorsque j'arrachai brusquement ma bouche de la sienne pour tracer un chemin humide le long de son cou avec mes lèvres et mes dents, elle s'exclama :

— Flynn !

Je ne prêtais attention à rien d'autre qu'à Daphné et au désir qui me dévorait. Je remontai son T-shirt d'une main et grognai bruyamment lorsque ma paume rencontra sa peau douce. Je lui agrippai un sein sans ménagement, pinçai légèrement son mamelon et laissai échapper un grognement de satisfaction lorsqu'il se durcit entre mes doigts.

Après avoir relevé son T-shirt plus haut, je plaçai ma bouche sur son téton tout en tirant son soutien-gorge vers le bas, faisant rebondir sa poitrine. J'avais besoin de la toucher, de la posséder. Sa main agrippa mes cheveux tandis que ma bouche s'emparait de son mamelon, peut-être trop brutalement. Mais j'étais incapable de réfléchir ; j'étais incapable de ralentir.

Daphné était aussi impatiente que moi. Ses mains s'acharnaient sur les boutons de mon jean tandis que je descendais son legging autour de ses hanches. Je décalai sa culotte pour découvrir son sexe humide, brûlant et prêt. Sa tête retomba dans le creux de mon cou, et je sentis son souffle chaud sur ma clavicule quand elle frissonna en sentant mes deux doigts s'enfoncer dans son intimité.

J'avais besoin de plus. Cette fois, je la voulais *entièrement*. Elle poussa un cri lorsque je retirai mes doigts, mais je la soulevai dans mes bras, murmurant :

— Ne t'en fais pas. Laisse-moi m'occuper de toi.

Mon esprit était embrumé par la luxure et le désir, mêlé à une intense envie de protection. Je me retournai, fis glisser ses hanches sur le comptoir, puis arrachai son legging et sa culotte qui tombèrent au sol.

Quand je me glissai entre ses jambes, Daphné plongea sa main dans ma braguette ouverte, caressa ma queue à travers mon boxer, puis le retira pour la libérer. Tout se passa en un éclair, nos corps communiquaient sans qu'on ait besoin de parler.

J'ai besoin de toi.

Maintenant.

Peux pas attendre.

Vite.

Puis mon gland se retrouva à l'entrée de son sexe humide, et ses jambes s'enroulèrent autour de ma taille. La lente pénétration dans son fourreau luisant était d'une ivresse indescriptible. Nos têtes se penchèrent l'une vers l'autre alors que nous respirions bruyamment. Nos cœurs semblaient battre à l'unisson.

Chapitre Dix-Sept

DAPHNÉ

Je pouvais à peine respirer dans cette tempête de sensations, agrippée à Flynn. Le sentir me remplir était intense. Cela faisait longtemps, ma chatte était étroite. Lorsque je poussai un cri étouffé, il murmura juste à côté de mon oreille :

— Attends, je vais m'occuper de toi.

J'étais agitée et impatiente, tenaillée par mon désir. Il resta immobile puis tira mes hanches plus près du bord du comptoir, provoquant un gémissement presque animal lorsque je sentis l'étirement délicieux de son corps s'enfonçant plus profondément en moi.

Avec ce changement de position, mes jambes se détendirent, et l'angle créa une friction subtile exactement là où il fallait. Flynn me tenait aisément, une main emmêlée dans mes cheveux tandis que nos têtes se penchaient l'une vers l'autre. Son autre main enserrait mes hanches, sa paume me soutenant avec aisance.

Je baignais dans le plaisir. Je me laissai simplement aller, m'abandonnant à l'instant, dans l'étreinte forte de Flynn d'une manière que je n'avais jamais expérimentée dans ma vie. J'étais tellement habituée à être forte, à me maîtriser, que le fait de lâcher prise amplifiait chaque sensation.

Flynn pressa ses lèvres contre mon cou dans un baiser ardent et langoureux. Toutes les sensations s'entremêlaient. Encore et encore, il se retirait légèrement puis se replongeait en moi. Pendant tout ce temps, je cherchais désespérément à atteindre l'extase tandis que la tension en moi devenait presque insupportable.

Je m'entendis le supplier, puis vint sa réponse chuchotée :

— Compte sur moi. Laisse-toi aller.

Et c'est ce que je fis. Tout se crispa en moi, puis se relâcha, et le plaisir se répandit comme une vague brûlante dans tout mon corps tandis que mon intimité se resserrait autour de lui. J'entendis son souffle saccadé tandis que sa bouche glissait le long de mon cou dans un autre baiser langoureux. Je sentis la chaleur intense de sa jouissance me remplir et je me cramponnai à lui.

Nous restâmes figés ainsi pendant plusieurs secondes. Mon cœur battait à tout rompre dans ma poitrine. J'étais comblée, détendue au possible. Comme si mon esprit et mon cœur savaient quelque chose que mon corps ignorait, un sentiment de panique commença à m'envahir, et je me crispai.

Flynn semblait toujours savoir ce dont j'avais besoin avant même que je le sache moi-même. Sa main se détendit dans mes cheveux, puis il fit glisser sa paume le long de mon dos dans une caresse apaisante.

— Détends-toi, princesse.

Et c'est ce que je fis. Je n'avais aucune idée du temps que j'avais passé là avec lui, perchée sur le comptoir de manière peu élégante. Flynn finit par se détacher, et nous réajustâmes nos vêtements.

J'étais presque sous le choc du degré d'intimité qui

s'était établi entre nous. Lorsque je parvins finalement à le regarder, je lui dis :

— Je prends la pilule.

Les yeux de Flynn sondèrent mon visage silencieusement.

— D'habitude, je prends le temps de réfléchir, mais tu as le don de me faire perdre la tête.

Je me mordis la lèvre, sentant mes joues s'échauffer.

— Il semblerait que nous nous fassions cet effet l'un l'autre.

Flynn eut l'air de vouloir ajouter quelque chose, mais je n'étais pas prête à l'entendre. Je réduisis la distance entre nous et me redressai pour déposer un baiser sur sa mâchoire mal rasée.

— Bonne nuit, Flynn, murmurai-je avant de me retourner et de me précipiter hors de la cuisine.

Ce ne fut qu'en plein milieu de l'escalier en colimaçon que je me souvins avoir laissé des popovers dans le four. Lorsque je retournai dans la cuisine, Flynn était en train de les examiner. Il finit par m'aider à tout ranger sans qu'un mot ne soit échangé entre nous. C'était comme s'il savait que j'avais besoin de calme.

Je m'endormis peu après, en me demandant comment Flynn pouvait si bien me comprendre.

Chapitre Dix-Huit

FLYNN

— Répète, dis-je en jetant un coup d'œil en direction de Diego.

— J'ai dit que tu as l'air d'énerver Mandy, commenta Diego, en se renversant dans sa chaise avant de prendre une gorgée de sa bière.

Je n'avais même pas jeté un coup d'œil vers Mandy. Il m'arrivait de passer du temps avec elle, de manière *très* occasionnelle et sans engagement. Je n'irais même pas jusqu'à parler de *sexfriend*. On s'entendait bien, et il nous arrivait de coucher ensemble.

Je pris une bouchée de ma pizza et haussai les épaules.

— J'en doute. De plus, pourquoi serait-elle énervée contre moi ?

Elias haussa les sourcils.

— Parce que tu l'ignores. Je ne dis pas qu'elle peut exiger quoi que ce soit de toi. Mais quand tu la vois, elle obtient généralement ce qu'elle veut de toi. C'est tout.

— C'est comme si elle était invisible à tes yeux, ce soir, ajouta Diego en levant ses yeux verts au ciel.

Je regardai mes deux amis et haussai les épaules.

— Elle n'est pas invisible. Je ne suis simplement pas d'humeur.

Nous étions sortis dîner à la brasserie de Diamond Creek. Elle était installée dans un vieux hangar à avions. L'espace ouvert avait été transformé en restaurant et brasserie. La partie brasserie de l'entreprise se trouvait à l'arrière, dont on distinguait l'équipement en acier inoxydable derrière un mur de briques. Des modèles réduits d'avions étaient suspendus au plafond, ajoutant une touche de fantaisie. Cet endroit était populaire auprès des locaux et des touristes.

Toutes les quelques semaines, nous venions ici pour manger et boire. On y mangeait toujours bien, et il était difficile de surpasser leur sélection de bières. Gabriel et Grant venaient de partir quelques minutes auparavant pour jouer au billard au Sally's Bar, un autre lieu prisé de la région. Tucker se trouvait à quelques heures de là, en excursion touristique dans la région de Katmai.

Diego passa une main dans ses cheveux bruns et m'adressa un sourire complice.

— Je crois savoir pourquoi tu n'es pas intéressé.

Elias s'éclaircit la voix.

— Nous savons tous pourquoi.

Je gardai une expression impassible.

— Dites toujours.

— Tu en pinces pour Daphné, répliqua Elias promptement.

— Ta princesse, ajouta Diego avec un clin d'œil.

Je masquai mon irritation en prenant une gorgée de bière.

— C'est quoi cette soudaine curiosité pour savoir à qui je m'intéresse ?

Diego haussa les épaules avec désinvolture.

— Mec, te faire chier, c'est notre raison de vivre. Ce qui n'est pas facile. D'ailleurs, je ne pense pas qu'une femme t'ait autant affecté depuis que je te connais. Daphné est la première.

— Eh bien, c'est parce que je n'ai pas le temps. Au cas où vous ne l'auriez pas remarqué, je travaille tout le temps, et ça me va très bien.

À l'autre bout de la table, Elias me regardait, l'air grave.

— Tu travailles tout le temps, en effet. Je connais bien cette tendance, car je fais de même. On aime tous Daphné. Elle est géniale.

— Et sa bouffe est juste exceptionnelle, ajouta Diego avec un hochement de tête vigoureux. Ne fous pas tout en l'air en étant de mauvaise humeur avec elle.

— Mieux encore, ne gâche pas tout en couchant avec elle et en compliquant les choses, souligna Elias.

Mes amis n'avaient aucune idée de la complexité de la situation. C'était déjà assez difficile quand elle m'obsédait déjà un peu avant cette nuit-là. Après celle-ci, j'avais l'impression de jouer au chat et à la souris avec mes pensées pour Daphné, qui se faufilaient dans mon esprit chaque fois que je baissais ma garde.

Après l'autre nuit dans la cuisine ? J'étais complètement fichu.

Chaque seconde de ce moment était gravée profondément dans mon esprit et avait laissé son empreinte sur chaque cellule de mon corps. Ajouter des émotions à ce mélange s'avérait incroyablement compliqué pour moi.

— Est-ce qu'on pourrait arrêter de me faire chier avec Daphné ? Je ne veux pas prendre le risque de tout gâcher avec la meilleure cheffe qu'on ait jamais eue.

L'évitement était ma seule défense pour le moment.

Diego acquiesça solennellement.

— Exactement.

— Ta mère semble bien s'amuser, fis-je remarquer à Elias, espérant ainsi détourner l'attention qu'ils me portaient.

Elias afficha un sourire.

— Oui, elle s'amuse bien. Elle a aussi remarqué que tu avais un faible pour Daphné et elle trouve que Daphné serait parfaite pour toi.

Je baissai la tête en gémissant.

Diego me prit en pitié.

— Oooh, allez, on te laisse tranquille pour le moment.

— Salut les gars, dit une voix.

En tournant la tête, je vis Jared Winters s'approcher de notre table. Après que nous l'eûmes salué en chœur, Jared se tourna vers moi.

— Alors, tu vas accepter l'offre de Trey ?

— Je pense, oui, répondis-je. Il me reste juste à finaliser les aspects financiers. Je n'ai pas assez de liquidités pour le racheter d'un coup, donc je dois parler à la banque.

Jared me regarda pensivement.

— Tu trouveras une solution. J'aimerais savoir piloter. J'aurais accepté son offre sur-le-champ.

— Eh, mec, on te fera faire tes heures de vol, lui proposa Diego en souriant.

Jared gérait une entreprise de location de bateaux avec ses deux frères. Tandis que nous volions dans les cieux, ils faisaient tout sur l'eau. Ils nous envoyaient souvent des clients, et nous faisions de même en retour.

Jared se mit à rire, et ses yeux verts à pétiller.

— Nan, mec. Je n'ai pas le temps de me lancer dans

quoi que ce soit de nouveau. N'oublie pas que j'ai un petit qui court partout, ajouta-t-il.

Diego prit la parole en premier.

— Les enfants en bas âge découragent certains d'avoir d'autres enfants. Dans quel camp tu te situes ?

Jared s'esclaffa.

— Bien vu. Ce sont les nuits blanches qui ont eu raison de moi quand il était bébé.

— Eh bien, ça se comprend, répondit Diego en souriant.

Jared acquiesça.

— Ouaip. Crois-moi, avoir un bébé, c'est plus dur que de piloter un avion, mais je le referais sans hésiter. Enfin bref, je dois y aller. Je suis juste passé prendre ma commande à emporter et quelques cruchons de bière.

— À plus tard, dis-je en agitant la main.

L'interruption de Jared détourna Diego et Elias de toute discussion ultérieure sur Daphné. Nous bavardâmes de tout et de rien. Malheureusement, pour moi du moins, Daphné ne quittait jamais vraiment mes pensées. Après leur avoir dit au revoir, puisqu'ils étaient venus ensemble, Mandy m'interpella sur le parking.

— Flynn ! appela-t-elle.

En jetant un coup d'œil par-dessus mon épaule, je la vis traverser le parking, ses pas crissant sur le gravier.

Je souris tout en gardant une expression neutre. Mandy s'arrêta à côté de moi, derrière mon pickup.

— Salut.

J'inclinai la tête.

— Salut.

Mandy était magnifique. Elle avait de beaux cheveux châtains et de grands yeux bleus. Elle était grande et élancée, et généralement partante pour passer un bon moment sans se prendre la tête.

Cela me convenait la plupart du temps. Seulement, je ne ressentais même pas la moindre once d'intérêt pour elle maintenant. Je ne les comparais pas, car cela n'aurait pas été juste. Mais Daphné, avec son corps petit et voluptueux et ses yeux verts étincelants, était la seule qui captait mon intérêt ces derniers temps. Alors que Mandy se tenait devant moi, les yeux rétrécis et curieux, j'essayai vraiment de m'intéresser à elle.

Je ne ressentais rien, absolument rien.

— Je suis libre ce soir, dit-t-elle, presque comme si c'était une question.

— Je suis content de te voir, Mandy, mais j'ai eu une longue journée et je suis fatigué. Je commence tôt demain.

Ce qui était tout à fait vrai.

Les yeux de Mandy sondèrent mon visage.

— J'imagine que tu n'es pas intéressé.

Je secouai la tête.

Mandy me fixa et plissa légèrement les yeux alors qu'elle posait une main sur sa hanche.

— Tu sais, c'est la première fois que tu me repousses.

Oh, merde. Elle ne lâchait pas l'affaire.

— Mandy, ne le prends pas personnellement.

Mandy leva les yeux au ciel.

— *C'est* personnel, Flynn.

Manifestement, elle le prenait personnellement. Je n'étais pas sûr de comprendre son irritation.

— Écoute, je pensais que c'était clair entre nous. Pas de prise de tête. Ça fait des mois qu'on ne s'est pas vus.

Mandy me dévisagea longuement avant de pousser un soupir agacé.

— Je n'attends rien de toi, mais je pensais qu'il se passait quelque chose entre nous.

Apparemment, Mandy était seulement sans prise de tête tant que je lui donnais ce qu'elle voulait. Je fis tourner mes clés autour de mon index en la regardant.

— Je ne sais pas quoi te dire, Mandy.

Vraiment, je ne savais pas.

— Va te faire foutre, Flynn.

— Je suis désolé, Mandy.

Elle s'éloigna d'un pas rapide, laissant éclater sa colère en levant son majeur par-dessus son épaule. Voilà qui était réglé. Je n'avais vraiment pas voulu blesser Mandy. Nous n'avions jamais été sérieux. À vrai dire, je ne l'avais vue que trois ou quatre fois l'année passée. Ma vie ne laissait pas beaucoup de place à la vie sociale. Visiblement, son attitude décontractée disparaissait si elle n'obtenait pas ce qu'elle voulait. Avec un soupir, je montai dans mon pickup.

Sur le chemin du retour, je tentais de faire abstraction de l'impatience qui montait en moi. Je ne pouvais m'empêcher de me demander si Daphné allait encore veiller tard dans la cuisine.

Il ne m'échappait pas que mon anticipation rendait mon rejet de Mandy hypocrite. J'étais fatigué, et j'avais une matinée chargée le lendemain. Pourtant, cela ne changeait rien au fait que je désirais Daphné. Je resterais debout toute la nuit pour elle.

Chapitre Dix-Neuf

DAPHNÉ

— Flynn ! Je t'ai dit que j'étais chez Sara. Je n'étais pas avec Jonathon.

Cat tourna les talons avec un soupir irrité et quitta la cuisine.

Je continuais à m'activer au comptoir, où j'ajoutais des épices à une sauce.

La réponse sèche de Nora me parvint aux oreilles.

— Tu sais qu'elle se fâche quand tu ne vérifies pas avant de la critiquer sur quelque chose.

Je n'eus même pas besoin de lever les yeux pour savoir que Flynn devait sûrement lancer un regard noir à Nora.

— Je sais. Je vais passer un coup de fil à la mère de Sara. Ce n'est pas facile d'élever une adolescente de seize ans, marmonna-t-il.

Il s'éloigna, passant par la porte qui menait à l'espace privé où lui et Cat vivaient. Je levai les yeux pour voir Nora, qui se tenait près de la table, l'air inquiet. Elle leva les yeux en même temps que moi et me regarda dans les yeux.

— Vraiment, ces deux-là.

Elle fit un geste vers l'endroit où Flynn venait de disparaître.

Je haussai légèrement les épaules.

— Ce n'est pas facile d'être adolescent. J'imagine que ce n'est pas simple pour Flynn, en tant que grand frère, qu'elle soit sous sa responsabilité.

Nora traversa la cuisine et s'installa sur un tabouret de l'autre côté du comptoir.

— Non, ce n'est pas simple. Flynn n'a pas signé pour ça.

— Il ne semble pas du tout éprouver de rancœur face à cette responsabilité, fis-je remarquer. Même les gens qui ont choisi d'être parents n'apprécient généralement pas de devoir s'occuper de leurs adolescents.

— Bien sûr que non. J'aimerais juste que Flynn ne travaille pas autant. Cela ne fait qu'ajouter à son stress.

J'acquiesçai et me tournai pour vérifier quelque chose dans le four. J'avais mille et une questions sur Flynn, mais assouvir ma curiosité en les posant ne ferait qu'attiser la curiosité sur pourquoi j'étais si curieuse. Il y avait *bien* trop de curiosité dans l'air.

— Flynn et Cat vont se réconcilier, affirmai-je en me retournant pour attraper un plat de cuisson. Je le posai sur le comptoir, puis commençai à verser la sauce de poivrons rouges et d'épinards dans le plat.

— Je sais qu'ils finiront par se rabibocher. Cat l'adore. C'est bien que tu sois ici. En dehors de la nourriture, qui est excellente d'ailleurs, Cat t'apprécie vraiment, dit Nora.

Je souris.

— Je l'apprécie aussi. Elle est si drôle. Elle ne rêve que d'une chose : piloter des avions comme Flynn et Grant.

— Je sais. Elle veut aussi plus de liberté que ce que Flynn lui accorde.

— Étonnant, répondis-je sèchement.

— Elle veut aussi rejoindre l'armée de l'air comme Flynn. Inutile de dire que Flynn est totalement contre. Cela fait un an qu'ils se disputent par intermittence à ce sujet.

Mon cœur se serra pour Cat et Flynn.

— Je comprends pourquoi Cat veut faire comme lui. Mais je comprends aussi pourquoi Flynn s'inquiète.

Nora acquiesça.

— Je comprends aussi, alors pour l'instant, je reste en dehors de tout ça. De plus, Flynn est vraiment de mauvais poil ces derniers temps. J'aimerais qu'il trouve quelqu'un pour le détendre. Mais il refuse de l'envisager. Il ne croit pas en l'amour à cause de notre mère et de sa malchance avec les hommes.

D'accord, les mille et une questions que je me posais sur Flynn venaient d'être multipliées par deux. Flynn ouvrit la porte à l'arrière de la cuisine, mettant fin à mes réflexions, et entra d'un pas décidé avec une expression sombre. Il ne dit rien à Nora et à moi en passant. Nora me lança un regard inquiet et se détacha du comptoir pour suivre son frère.

Quelques minutes plus tard, Cat sortit.

— Flynn est trop chiant, annonça-t-elle.

J'étais en train de mettre la vaisselle dans le lave-vaisselle et jetai un coup d'œil par-dessus mon épaule.

— Il est parti, alors pas besoin d'en faire toute une scène.

— Depuis que j'ai oublié de lui dire que Jonathon serait à la fête de Sara le week-end dernier, nous nous sommes disputés trois fois. Est-ce que tu pourrais lui parler pour moi ? me demanda-t-elle.

Surprise, je baissai les mains et me tournai vers elle.

— Certainement pas.

— Daphné, s'il te plaît, implora Cat.

— Cat, il n'est pas question que je parle de ça à ton frère. C'est clairement une affaire de famille, répliquai-je en saisissant une serviette propre de la pile que je gardais à côté du lave-vaisselle.

— Mais Flynn t'aime bien. Il t'écoutera, protesta Cat.

Je repensai à ce que nous avions fait sur le comptoir de la cuisine quelques nuits auparavant. Depuis lors, Flynn était redevenu distant avec moi et ne m'avait appelée princesse qu'une seule fois. Je ne pensais pas que ce qui s'était passé dans cette cuisine – je priais tous les dieux possibles pour que Cat n'en sache rien – était la raison pour laquelle elle disait que Flynn m'aimait bien.

— Ma chérie, dis-je en traversant la cuisine pour la rejoindre. Je travaille ici maintenant, et Flynn a pour habitude de faire fuir ses chefs. J'aimerais rester en bons termes avec lui. Je suis absolument certaine que ce serait une très mauvaise idée que je m'immisce dans votre dispute. De plus...

Je marquai une pause et levai la main pour lui presser légèrement l'épaule.

— Tu as seize ans. Tu vas faire des erreurs, grandes et petites. Sois patiente.

Les yeux bleus de Cat, si semblables à ceux de Flynn avec ce contour fumé, se plissèrent tandis qu'elle fronçait le nez et poussait un soupir dramatique.

— Pourquoi tout le monde me dit d'être patiente ? J'ai l'impression que ça va prendre une éternité avant que je sois assez vieille pour faire ce que je veux.

Nora revint dans la cuisine à ce moment-là. Cat se tourna vers elle.

— Même Daphné ne veut pas parler à Flynn.

Sur ces mots, elle s'élança hors de la pièce.

Je croisai le regard inquiet de Nora et levai les mains en l'air avant de les laisser retomber.

— Désolée. Je ne voulais pas l'énerver davantage. Je viens de lui dire que je ne m'immiscerais pas entre elle et Flynn.

Nora soupira.

— Si elle doit écouter quelqu'un, ce serait toi. Elle t'adore, tu sais ?

— Vraiment ?

Nora sourit.

— Elle demande à t'accompagner en ville chaque fois qu'elle en a l'occasion. Elle est contente que tu sois là. Elle ne s'attache pas facilement aux gens, donc le fait qu'elle veuille passer du temps rien qu'avec toi relève du miracle. Je pense qu'elle te considère un peu comme une mère.

J'accueillis sans un mot cette remarque surprenante.

— Tu veux un café frais ? demandai-je lorsque Nora appuya ses coudes sur le comptoir.

— Oui, s'il te plaît.

Quelques minutes plus tard, Nora et moi sirotions notre café, quand elle fit le commentaire suivant :

— On ne peut pas dire que nos parents étaient des exemples à suivre. C'est pour ça que Cat t'admire tant.

Je pensai à mes propres parents, obsédés par les apparences.

— Comment ça ? Vous êtes si proches.

Nora acquiesça.

— Nous le sommes. Notre mère était formidable ; c'est juste qu'elle n'a pas eu de chance en amour. Le père de Flynn a toujours été absent. Nous sommes proches de Flynn maintenant, mais ce n'était pas le cas quand nous étions plus jeunes. Il était trop âgé. Notre père était un salaud, dit Nora, les lèvres pincées. Il n'était jamais là, il allait et venait. Il était vraiment odieux avec Flynn parce qu'il ne supportait pas que ma mère ait été avec quelqu'un d'autre. Et, crois-moi, nous avons probablement des demi-frères et sœurs quelque part, car cet homme ne savait pas se tenir.

— Était-il violent ?

Nora tapota du bout des doigts sur la table.

— Pas physiquement, si c'est de ça que tu parles. Mais assurément sur le plan émotionnel avec notre mère. Il la manipulait constamment. Quand elle est tombée malade, il ne s'est même pas donné la peine d'être là pour elle. Elle a hérité de cette propriété au décès de ses parents. Et là, comme par hasard, il est réapparu. Ils avaient entamé la construction de ce complexe il y a des années, sans jamais le mener à terme. Il était bon en bricolage, alors il s'est occupé d'une grande partie des travaux. Quant à nous, les enfants, il n'en avait tout simplement rien à faire de nous. Il se montrait particulièrement cruel avec Flynn. Flynn et lui se sont disputés à plusieurs reprises avant sa mort. Flynn est ce qui se rapproche le plus d'un père pour nous, mais je ne sais pas vraiment comment il vit ce rôle. Il est extrêmement loyal et protecteur, donc je pense qu'il en a parfois bavé. Il se démène pour nous. Cat l'admire tellement. C'est pour ça qu'elle veut rejoindre l'armée de l'air. Elle ne comprend pas que ça l'inquiète. Si tu ne l'avais pas encore remarqué, tous nos pilotes sont venus ici après avoir quitté l'armée de l'air.

— C'est ce que j'avais compris. J'ai remarqué qu'ils sont tous très proches.

— J'aimerais juste que Flynn laisse quelqu'un prendre soin de lui comme il prend soin de tout le monde. Tout le monde passe avant lui.

Chapitre Vingt

FLYNN

Cat me fit la tête toute la journée. Heureusement, j'avais quelques vols courts à assurer, donc j'étais occupé. Plus tard, Cat m'envoya un message pour demander la permission de passer la nuit chez son amie Sara. Après avoir confirmé avec la mère de Sara, je l'autorisai à y aller. Lorsque je revins cette nuit-là, il était tard. Encore une fois. Cette fois-ci, c'était parce que j'avais fini par faire des vérifications sur les moteurs de tous nos avions.

Honnêtement, je méritais mon étiquette de bourreau de travail. Lorsque je coupai le moteur de mon pickup et éteignis mes phares, je ne manquai pas de remarquer que deux fenêtres étaient éclairées dans l'obscurité. Ces fenêtres donnaient sur la cuisine.

La simple pensée que Daphné puisse être éveillée envoya une décharge électrique le long de ma colonne vertébrale. Je tentai de réprimer cette sensation, mais ce que je croyais être la décision la plus sage et la plus juste – éviter Daphné – n'avait que peu d'effet face à mon désir grandissant pour elle.

J'entrai discrètement par la porte latérale, qui

donnait sur un couloir avec une entrée secondaire vers l'espace privé où Cat et moi vivions. Je suspendis ma veste à l'un des crochets du mur et m'arrêtai près de la porte qui menait à la cuisine lorsque j'entendis une voix.

— Maman, je ne rentre pas, et je n'arrive pas à croire que tu me le demandes.

C'était incontestablement la voix de Daphné. Son accent du sud des États-Unis n'était pas très marqué, mais de temps en temps, il ressortait.

Elle se tut, et je n'arrivais pas à croire que j'étais en train d'écouter aux portes. Mais dès qu'il était question de Daphné, je ne comprenais plus mes propres réactions. La rationalité ne faisait plus partie de l'équation.

Au bout de quelques secondes, où je supposais qu'elle écoutait sa mère à l'autre bout du fil, elle dit :

— Brandon est mort. Je sais que ce serait pratique pour vous si je revenais et me réconciliais avec Pete, mais je ne le ferai pas. Je me moque que ce soit bon pour vos affaires. Si j'avais des doutes sur l'importance que j'ai pour toi et papa, je sais maintenant que je n'ai jamais été votre priorité. J'ai juste cru l'être parce que j'allais tout le temps dans votre sens. Je ne rentre pas. Brandon est mort, et je n'en reviens pas que tu me demandes de me réconcilier avec son père. Pete m'a trompée avec quelqu'un que je considérais comme une amie. Pendant que Brandon était malade.

Elle prononça cette dernière phrase d'un ton cinglant.

La colère me tenailla le cœur. Je savais de quoi elle parlait, car Daphné avait tout raconté à Nora. Pourtant, cela me mettait quand même hors de moi de l'entendre le dire.

Il y eut un autre long silence, puis Daphné dit :

—Je raccroche. Au revoir.

Je n'avais pas remarqué que j'avais la main sur la poignée de la porte jusqu'à ce que je me sente la serrer fermement. Je ne savais pas ce que ressentait Daphné, mais j'étais foutrement en colère contre sa mère.

Son silence dura suffisamment longtemps pour que je me convainque presque de ne pas entrer dans la cuisine. Jusqu'à ce que j'entende son soupir déchiré.

Je franchis la porte en moins d'une seconde. Je la fermai doucement derrière moi et vis Daphné, les mains posées sur le comptoir, la tête baissée, les épaules tremblant légèrement.

— Daphné.

Elle se retourna brusquement et porta sa main à sa poitrine. Ses yeux verts étaient brillants de larmes, et ses joues humides.

— Flynn. Je ne savais pas que tu étais là.

— J'ai entendu la dernière partie de ta conversation. Je n'aime pas ta mère, déclarai-je simplement.

Les yeux de Daphné s'élargirent. Elle se frotta les yeux avec le poing et haussa les épaules.

— Je ne l'aime pas beaucoup non plus, répondit-elle avec un rire amer.

— Je tiens à te dire que je n'ai pas l'habitude d'écouter aux portes.

Elle m'observa en silence.

— Vraiment ?

Elle esquissa un léger sourire.

— Vraiment. Tu as fini ta journée ?

Je détournai enfin mon regard du sien et parcourus la cuisine du regard. Tout était éteint et rangé. Le tablier de Daphné gisait en boule sur le comptoir à côté d'un torchon.

Lorsque mes yeux se posèrent de nouveau sur elle, elle acquiesça.

— Je m'apprêtais à monter, mais je pensais prendre un verre de vin d'abord. Quelle *journée*.

— Viens avec moi.

Je m'approchai d'elle, pris le torchon et son tablier sur le comptoir et les lançai dans le bac à linge à côté du lave-vaisselle. Après avoir pris sa main dans la mienne, je l'entraînai vers la porte.

Elle s'arrêta en me tirant par la main.

— Je ne peux pas aller là-bas, chuchota-t-elle. Cat pourrait me voir, et elle devrait être au lit si ce n'est déjà fait.

— Cat passe la nuit chez une amie. Pas besoin de chuchoter.

Daphné ouvrit la bouche en un joli petit O, je dus me retenir de toutes mes forces pour ne pas l'embrasser.

— Viens avec moi, répétai-je. J'ai quelque chose pour toi.

Daphné me suivit. Quand j'étais revenu de l'armée pour m'occuper de Grant, Nora et Cat, cette partie du complexe était inachevée. J'avais immédiatement terminé cette partie du complexe en premier pour que nous ayons un endroit confortable où vivre.

L'espace principal était constitué d'un salon et d'une cuisine ouverte. Je me déchaussai, et Daphné en fit autant. Elle portait un T-shirt ample noué à sa taille et un legging. Elle leva les yeux vers moi comme si elle attendait que je lui indique où aller.

— Je reviens dans une seconde, dis-je en désignant le canapé d'angle qui occupait la majeure partie du salon.

En passant dans la cuisine, je pris deux bouteilles de cidre fort de la brasserie Diamond Creek. De retour dans le salon, je posai les bouteilles sur la table. Daphné était assise sur le bord du canapé, les mains jointes sur les genoux. Elle dégageait une aura soignée, tout à fait princière. J'avais envie de l'embrasser à perdre haleine et d'ébouriffer ses cheveux.

— As-tu goûté à ceci quand tu es allée au restaurant du chalet avec Nora ? demandai-je en ouvrant les bouteilles.

Daphné secoua la tête.

— J'ai pris du vin. C'est quoi, ça ?

— Le cidre de Delia. Il est vraiment bon. Elle a commencé à le mettre en bouteille et à le vendre à la brasserie il y a environ un an.

Daphné enroula sa main autour d'une bouteille et la souleva, puis se pencha en avant pour la sentir.

— Il est frais.

Je pris une gorgée et commentai :

— Frais ou pas, il est délicieux.

Daphné prit une gorgée, et un sourire s'étira lentement sur ses lèvres.

— C'est absolument délicieux. Le cidre n'est pas très répandu dans le Sud, tu sais.

— En fait, je ne sais pas, je ne suis jamais allé dans le Sud. Comme les pommiers poussent là où il fait plus froid, c'est en effet plus logique que ce soit populaire là où il neige.

Daphné prit une autre gorgée. Elle laissa échapper un faible gémissement en reposant la bouteille sur la table basse. Putain de merde. Mettre Daphné en présence de nourriture et de boissons formait un cocktail explosif. Elle s'extasiait sans cesse des saveurs et des arômes. Heureusement que j'avais rarement le temps de traîner dans la cuisine, sauf pour avaler un truc en vitesse.

— Tu peux te détendre, tu sais, dis-je en tapotant le dossier du canapé.

Daphné leva les yeux au ciel en se calant plus

profondément dans les coussins. Elle replia ses genoux contre sa poitrine et les entoura d'un bras. Je n'aimais pas la vulnérabilité qui se lisait dans ses yeux. Aussi forte qu'elle soit, son regard était presque meurtri ce soir. Sachant tout ce qu'elle avait enduré, il m'étonnait de constater qu'elle ne craquait presque jamais.

— Comment s'est passée ta journée ? demanda-t-elle poliment.

Je pris une autre gorgée de mon cidre avant de le reposer. Elle se pencha pour attraper sa bouteille, mais je la devançai et la lui tendis.

Elle fit glisser ses genoux jusqu'à être assise en tailleur, les mains enroulées autour de la bouteille de cidre.

Elle prit une autre gorgée tandis que je répondais :
— Chargée.

— Tes journées sont toujours chargées, Flynn. Nora pense que tu travailles trop et s'inquiète pour toi.

Je ris.

— Je le sais bien. On est comme la parabole de la paille et de la poutre, toi et moi. Je trouve que tu travailles trop depuis que j'ai découvert ton habitude de veiller tard pour cuisiner.

Elle soutint mon regard avec sérieux et prit une autre gorgée de son cidre. Il descendait à vue d'œil.

— Ce truc est fort, murmurai-je.

— J'ai besoin de quelque chose de fort ce soir.

— Dis-moi pourquoi tu ne veux pas rentrer chez toi.

Daphné prit deux autres gorgées avant de baisser à nouveau sa bouteille.

— Nora t'a tout raconté, n'est-ce pas ?

— Je pense que oui.

— Eh bien, la situation est compliquée parce que mon ex et sa famille sont les partenaires commerciaux de mon père. Il est pressenti pour devenir directeur financier de l'entreprise de mon père. Mes parents aimeraient que je fasse des efforts et que je calme les choses. Les apparences sont très importantes pour eux. Je n'avais pas réalisé à quel point les apparences importaient peu jusqu'à ce que Brandon meure.

Les paroles de Daphné étaient calmes et mesurées, avec peu d'émotion. C'était presque comme si elle avait répété ce discours.

Je ne m'étais pas rendu compte que je m'étais rapproché d'elle et que je la touchais jusqu'à ce que ma paume glisse le long de son bras. Elle libéra une de ses mains de la bouteille, me permettant ainsi d'enrouler la mienne autour de la sienne.

— Tu as froid.

Elle haussa les épaules.

— J'ai froid la plupart du temps. C'est l'inconvénient d'être petite.

— Je ne suis pas fan de ta mère, fis-je remarquer.

Daphné me regarda en silence et prit une autre gorgée de son cidre.

— Je n'ai pas besoin que tu te mettes en colère à ma place.

Elle leva légèrement le menton en parlant, un moyen infaillible de raviver mon désir pour elle.

— Je sais que tu peux te débrouiller toute seule, Daphné, mais ça ne m'empêche pas de vouloir te protéger. Tu ne peux rien y faire.

— Je suis à peu près sûre de ne pas pouvoir influencer ce que tu penses ou ce que pense qui que ce soit, d'ailleurs.

Elle prit une autre gorgée de son cidre, vidant la bouteille avant de se pencher pour la poser sur la table basse. Lorsqu'elle se renfonça dans le canapé, je la pris dans mes bras et la tirai sur mes genoux.

FLYNN

— Viens ici, murmurai-je en penchant la tête et en pressant un baiser langoureux sur le côté de son cou. Elle avait un goût de sucre légèrement salé ce soir.

— Ce n'était pas vraiment une demande, étant donné que tu m'as attirée sur tes genoux, dit-elle avec un rire rauque.

Relevant la tête, j'acquiesçai en écartant ses cheveux de son visage.

— Je suppose que non. Dis-moi ce que tu préparais ce soir avant mon retour.

— Des croissants.

Je me penchai en avant et laissai le bout de mon nez suivre la ligne de sa mâchoire.

— C'est du beurre que je sens, alors ?

Elle gloussa de nouveau, et mon sexe enfla douloureusement.

— Peut-être.

Ce simple mot sortit d'une voix haletante tandis que je mordillais légèrement son lobe d'oreille. Je levai une main pour retirer l'élastique de ses cheveux.

— Que fais-tu, Flynn ? demanda-t-elle.

Elle laissa échapper un petit cri lorsqu'en lui prenant un sein, je fis glisser mon pouce sur la pointe de son mamelon.

— Je te goûte, murmurai-je dans son cou.

Je promenai ma langue le long de sa peau douce avant de la gratter légèrement avec mes dents.

Daphné frissonna dans mes bras. Je sentis sa main se refermer sur mon épaule et glisser vers le bas.

— Pas juste, haleta-t-elle lorsque je pinçai son téton.

— Qu'est-ce qui n'est pas juste, princesse ?

Daphné s'immobilisa sur mes genoux, et je relevai la tête. Elle scruta mon visage avant de faire remarquer :

— C'est seulement la deuxième fois que tu m'appelles princesse depuis l'autre soir.

Mon cœur battit à tout rompre dans ma poitrine. Bien sûr, elle l'avait remarqué. Daphné faisait attention à tout. En vérité, j'avais fait un effort conscient pour ne pas l'appeler par ce surnom. C'était une sorte de tentative stupide pour me convaincre que je n'étais pas tant obsédé par elle que ça.

— Pourquoi ? ajouta-t-elle.

— Dis-moi d'abord ce qui n'est pas juste, répliquai-je alors que mon cœur battait la chamade.

Ses joues rosirent, et je dus me retenir de l'embrasser. Elle passa ses doigts sur ma poitrine.

— Tu es trop sexy. Je parie que tu ne fais même pas de sport.

Je secouai lentement la tête.

— Princesse, ma vie est une séance de sport.

Elle me fixa et leva légèrement le menton, comme si elle me mettait au défi d'oser esquiver sa question. Mon cœur se serra étrangement. Je savais exactement pourquoi je ne l'avais pas appelée princesse. C'est juste que je ne voulais pas le lui dire ouvertement. Durant tout ce temps, Daphné, incarnation de la sensualité, était assise sur mes genoux.

— Pour être honnête, tu me rends un peu fou, et je lutte pour rester maître de moi quand tu es dans les parages.

Daphné cligna des yeux et mordit le coin de sa lèvre. Le coin que je voulais embrasser. Alors, je me penchai en avant et déposai un baiser sur un coin de sa bouche, puis sur l'autre.

— Je te rends fou ? demanda-t-elle d'une voix éraillée.

— Mmh mmh.

Je sentis mes lèvres s'étirer lentement dans un sourire.

— Je n'aime pas l'admettre, mais c'est vrai.

— Eh bien, ça tombe bien. Parce que tu me rends folle, et je pensais que tu allais recommencer à m'ignorer.

— Recommencer ? rétorquai-je.

Ses joues prirent une teinte plus foncée de rose.

— Oui. Après cette nuit chez ce type.

Elle fit un vague geste dans une direction, qui était en fait à l'opposé de l'endroit où se trouvait le pavillon de chasse de Henry.

Je passai un bras autour de ses hanches, puis attirai Daphné un peu plus près. La tentation était telle que je dus me contenir pour ne pas la prendre sur-le-champ.

— Je sais que j'ai parfois mauvais caractère, mais il se trouve que je t'aime bien, princesse.

Je n'avais pas prévu que cela se passerait comme ça. Bordel, je n'avais rien prévu du tout. Malgré tout, cette situation avait une dimension intime. Je dévoilais des secrets que je n'osais même pas m'avouer, encore moins avec la candeur d'un adolescent amoureux.

Daphné, cette petite diablesse, posa sa tête contre mon épaule et remua légèrement son derrière.

— Il se trouve que je t'aime bien aussi, Flynn.

Elle releva la tête, et sa main vint tracer le contour de ma mâchoire mal rasée. Puis nous nous embrassâmes, encore et encore, langoureusement. Elle se redressa pour se mettre à califouchon sur mes genoux. Quand elle abaissa ses hanches avec un petit fredonnement provocant, je grognai et détachai mes lèvres des siennes.

— Tu me rends dingue, murmurai-je entre deux souffles.

Daphné me lança un sourire espiègle avant de se reculer et de tendre la main vers ma braguette. Elle agit rapidement. En une seconde, sa main se referma autour de ma longueur dure et brûlante. Elle caressa le bout de mon sexe, où une goutte de liquide pré-séminal perlait. Lorsqu'elle porta son pouce à ses lèvres pour le lécher, ce fut la chose la plus excitante que j'avais jamais vue.

Une seconde plus tard, elle se mettait à genoux et se penchait en avant pour me goûter, d'un mouvement subtil sur le bout, puis dans un tourbillon en aspirant mon gland dans sa bouche. Lorsqu'elle inclina la tête sur le côté et me lança un regard brûlant, je faillis jouir sur-le-champ.

— Princesse...

Un gémissement m'échappa.

Immédiatement après, elle me prit dans sa bouche, faisant glisser sa langue le long du dessous de ma queue. Pendant les minutes qui suivirent, je découvris que Daphné était tout à fait disposée à me torturer. Elle me taquina en m'aspirant profondément puis en se retirant, me laissant presque atteindre la jouissance sans jamais me laisser y parvenir. Elle monta et tourna sa langue autour de mon gland. Ensuite, elle enserra légèrement la base dans son poing.

À un moment donné, je luttai pour reprendre le contrôle tandis que des vagues de chaleur électrique faisaient se contracter mes testicules.

— Daphné, haletai-je en agrippant ses cheveux.

Si cela lui faisait mal, elle n'en avait rien à faire. Elle rit doucement avant de me reprendre dans la chaleur de sa bouche.

Cette fois, je tirai peut-être trop fort sur ses cheveux, et elle releva la tête.

— Oui ?

Elle était insolente et tellement sexy que j'étais presque sûr que j'étais définitivement foutu. Aucune autre femme ne pourrait jamais me rendre aussi fou. Elle était entrée en collision avec moi telle un astéroïde, annihilant toute trace des passions passées.

— J'ai besoin d'être en toi, articulai-je avec difficulté.

Heureusement, elle répondit à ma demande et se leva. J'eus droit à un strip-tease rapide lorsqu'elle retira son T-shirt et se débarrassa de son legging. Vint le tour de son soutien-gorge tandis que je tendais la main entre ses cuisses et posais ma paume sur son pubis. La soie de sa culotte était trempée.

Elle se tenait maintenant entre mes genoux, et lorsque je levai les yeux, je vis ses seins monter et descendre au rythme de sa respiration saccadée. Ses tétons étaient durs comme des cailloux, et je ne pus résister à l'envie de me pencher en avant pour faire glisser ma langue autour de l'un d'eux et le sucer. Elle plongea les doigts dans mes cheveux tandis que je passais à l'autre. Je taquinai doucement de ma phalange son clitoris enflé que je sentais à travers la soie.

J'adorais son corps. Je renversai la tête en arrière pour admirer sa silhouette. Elle était petite, et ses seins tenaient parfaitement dans mes mains. Son cul était superbe. La courbe luxuriante de l'une de ses fesses se creusa sous mes doigts lorsque je la pressai. Elle haleta quand je ramenai ma main entre ses cuisses pour continuer de la taquiner à travers la soie.

— Flynn, souffla-t-elle en laissant échapper un petit gémissement.

— Oui ? répondis-je sur le même ton aguicheur qu'elle avait employé précédemment.

— J'ai besoin de toi en moi.

Ses cils se relevèrent, et elle me cloua de son regard sombre.

Ne pouvant plus résister, je repoussai la soie et taquinai son intimité humide de mes doigts. Je sentis sa chatte palpiter à son entrée. Je me levai rapidement.

Daphné me lança un autre regard provocateur.

— Tu as trop de vêtements sur toi.

Avec un léger rire, je jetai mon T-shirt et enlevai mon jean et mon boxer. Elle se retourna et fit glisser sa culotte. J'avais vue sur ses fesses, en forme de cœur et rebondies. Je glissai une main sur l'une d'elles et lui donnai une petite tape. Lorsqu'elle me regarda par-dessus son épaule, je sus exactement ce que je voulais.

— Penche-toi.

Je fus ravi de voir que Daphné s'exécuta aussitôt. En une seconde, ses mains se recroquevillèrent sur le dossier du canapé, et je glissai une main sur sa hanche tandis que je la tenais de l'autre. Enserrant mon sexe dans mon poing, je le fis glisser entre ses replis.

Elle émit un petit son entre le gémissement et le soupir. D'un seul coup de reins, je la remplis et fis remonter une paume le long de sa colonne vertébrale pour lui agripper légèrement les cheveux.

Daphné balançait ses hanches contre moi, son antre humide et serré m'enveloppait, et je la remplissais encore et encore. J'étais si proche de l'orgasme ; je faisais tout pour me retenir. Une chaleur électrique parcourut ma colonne vertébrale tandis qu'elle accompagnait chacun de mes va-et-vient.

Je relâchai ses cheveux pour glisser ma main sous elle et la taquiner en faisant tourner mes doigts autour de son point sensible gonflé. Elle cria, ses hanches se cambrèrent contre moi et son sexe se contracta, me faisant jouir.

Un grondement sourd résonna en moi, mon corps se tendit avant que mon plaisir n'explose. Quand je repris conscience, j'avais la tête penchée vers le bas, je haletais et des tremblements me secouaient le corps.

Je serrais trop fort la hanche de Daphné, alors je relâchai doucement ma prise et caressai sa peau. Je me retirai à contrecœur et la soulevai dans mes bras parce que j'avais besoin de rester près d'elle.

Daphné leva le bras et ses doigts taquinèrent la base de ma nuque dans mes cheveux.

— Où allons-nous ?

Sa voix était légèrement enrouée.

— Sous la douche, murmurai-je avant de pencher la tête et de presser un baiser langoureux sur le côté de son cou.

J'adorais sentir la chair de poule se lever sur sa peau alors que je traversais ma chambre pour entrer dans la seule zone de vie privée que j'avais ces jours-ci, ma salle de bains personnelle.

Quand je donnai un coup de coude sur l'interrupteur, Daphné leva la tête et regarda autour d'elle.

— Oh, ce n'est pas la même salle de bains que la dernière fois.

— Non. C'est ma salle de bains.

Je la gardai dans mes bras tout en traversant la pièce jusqu'à la douche où j'atteignis le robinet pour l'allumer d'un bras.

— Tu peux me poser, tu sais, dit-elle avec un petit rire.

C'était ça, la chose folle. D'ordinaire, le sexe n'était pour moi qu'un besoin de base, comme manger. J'aimais bien, mais sans grand enthousiasme. Une fois le besoin assouvi, j'étais content.

Mais avec Daphné, j'en voulais plus. En fait, j'aurais pu recommencer tout de suite, mais surtout, je voulais m'endormir avec elle.

— Dans une seconde.

Je pénétrai dans la douche et la déposai sous l'eau chaude.

DAPHNÉ

Avec Flynn, le temps filait sans que je m'en rende compte. Je me retrouvai sous la douche avec lui. Il se savonna rapidement et avec efficacité. L'instant d'après, il faisait glisser ses mains sur moi et me soulevait contre le mur carrelé tout en me remplissant à nouveau.

Être avec Flynn était une profusion de plaisir. Il me fit atteindre un autre orgasme en quelques secondes avec ses doigts. Il entama alors des va-et-vient tandis que l'eau ruisselait autour de nous. Mon second orgasme déferla en moi comme de lentes vagues de plaisir intense.

Après cette expérience – étonnamment intime et différente de ce à quoi je m'attendais –, il m'enveloppa dans l'un des peignoirs moelleux du complexe. Nous nous prélassâmes sur son lit en mangeant du fromage. Il en avait envie, alors j'en avais pris dans la cuisine plongée dans le noir. J'appris aussi qu'il adorait *Star Trek*. Étant donné que j'étais moi-même une grande fan et que c'était mon plaisir coupable, c'était génial.

J'appris également qu'il aimait les émissions de

rénovation de maison. Ce qui était un autre de mes plaisirs secrets. Je m'endormis sans m'en rendre compte, appuyée contre les oreillers, jusqu'à ce que je sente les draps frais me recouvrir. Flynn avait dû enlever mon peignoir car j'étais nue.

Parcourue d'un frisson, je murmurai :

— Quand est-ce que Cat rentre à la maison ?

— Pas avant demain après-midi.

Sa voix était basse dans la pénombre. Il se blottit derrière moi et m'attira contre son corps fort et musclé.

Alors que je sombrais dans le sommeil, un souvenir frappant me revint en tête. Mon horrible appel téléphonique avec ma mère. Je l'avais complètement oublié. Mon cœur se serra douloureusement, car mon petit garçon me manquait. Mais je me sentais bien. En fait, je me sentais plus que bien. Je me sentais au chaud, en sécurité et comblée outre mesure.

Étrangement, Flynn savait exactement ce dont j'avais besoin pour oublier. Parce que parfois, j'avais simplement besoin de me libérer du poids de ce deuil. Vu que les doigts magiques, les lèvres, la langue et le corps de Flynn pouvaient me faire oublier tout sauf lui et les sensations qui m'envahissaient, il était l'échappatoire parfait.

Je ne tomberais pas amoureuse. Je ne pouvais pas. Je ne croyais vraiment pas en être capable. J'allais donc profiter de cette expérience sans me poser de questions.

Je sombrai dans un sommeil sans rêve, plus détendue que je ne l'avais été depuis peut-être toujours. Même avant que ma vie ne vole en éclats, je ne vivais qu'à moitié. Je n'y pensais pas souvent, mais je savais que la vie ne se résumait pas à cela. Je restais éveillée la nuit à m'inquiéter de toutes les choses que je n'avais pas faites dans mon restaurant et dans l'entreprise familiale. Puis j'avais troqué ces soucis contre la peur glaciale et brutale de faire face à la mort presque certaine de Brandon. Puis j'avais survécu à sa mort réelle et à la trahison brutale de mon mari, de mon amie et de ma famille.

Ici, en Alaska, enveloppée dans les bras forts de Flynn, je pouvais oublier tout cela. Quand le pire est déjà arrivé, il n'y a plus rien à craindre.

———

Durant les semaines qui suivirent, Flynn et moi nous installâmes dans une routine. Il se faufilait dans ma chambre chaque nuit, sauf celles où Cat passait la nuit chez des amis. Ce qui arrivait environ une fois par semaine. Elle m'avait expliqué qu'elle vivait trop loin de la ville pour faire des activités amusantes, alors elle passait généralement la nuit chez ses amis là-bas.

Flynn et moi avions ce que je pensais être une de ces alchimies qui n'arrivent qu'une fois dans une vie. Le sexe était comme une *évidence* entre nous. C'était toujours incroyablement torride et tellement bon que ça en faisait presque mal. Dans l'obscurité de nos nuits, il n'y avait aucun jugement et une liberté totale.

Un jour, je nettoyais la cuisine après le déjeuner quand mon téléphone sonna.

— Allô, dis-je en répondant sans vérifier le numéro.

— Daphné, j'ai besoin que tu viennes me chercher, dit Cat, de toute urgence.

Elle renifla, et je soupçonnai qu'elle pleurait. Mon estomac se serra d'inquiétude. J'étais seule dans la cuisine et regardai autour de moi comme si quelqu'un allait apparaître pour me dire quoi faire. Il était tôt dans l'après-midi, l'heure où tout le monde était habituellement parti. Flynn était probablement dans un avion, tout comme Grant, et Nora emmenait un groupe en randonnée.

— Cat, où es-tu ? Tu n'es pas en cours ?

Elle renifla de nouveau, et un petit sanglot lui échappa.

— Je suis censée y être.

Un silence pesant s'installa.

— Mais je n'y suis pas. Tu peux venir me chercher, s'il te plaît ?

— Cat, ma puce, je ne suis pas certaine que Flynn soit d'accord.

Je voulais dire oui — désespérément —, mais je ne savais pas quoi faire.

La respiration bruyante de Cat résonnait dans le téléphone. Je ne savais pas ce qui s'était passé, mais je savais reconnaître quand une adolescente était sur le point de craquer. J'étais passée par là et je me souvenais parfaitement d'à quel point cette période de la vie pouvait être compliquée.

— Je sais, mais je ne peux pas appeler Flynn. Il est de l'autre côté de la baie aujourd'hui. Chaque matin, il m'envoie son emploi du temps de vol pour que je sois au courant.

Mon cœur se serra. Bien sûr qu'il le faisait. Flynn voulait que Cat sache où il était.

— Il n'atterrira pas avant cinq heures trente. Nora est en randonnée, et Grant est en vol aujourd'hui. S'il te plaît, Daphné, implora Cat.

Je n'hésitai pas.

— Bien sûr. Dis-moi où tu es, et j'arrive dès que possible.

Cat me donna rapidement l'adresse, et j'hésitai à raccrocher.

— Tu vas tenir le coup jusqu'à ce que j'arrive ? demandai-je.

J'avais abaissé mon téléphone pour la mettre en haut-parleur tout en entrant l'adresse dans une application de cartographie. Il y avait une demi-heure de route.

— Oui, mais dépêche-toi.

L'inquiétude grandissant en moi, je conduisis aussi vite que possible sur la route de gravier jusqu'à ce que j'atteigne l'autoroute. Le goudron me rendit plus confiante dans ma conduite, et je fonçai vers la ville. Malheureusement, on captait mal pendant la majeure partie du trajet, mais cela s'améliora dès que j'approchai de Diamond Creek.

En arrivant devant une petite maison, je jetai un coup d'œil à l'horloge sur mon tableau de bord. Cat devrait sans aucun doute être en cours, et elle ne l'était pas. Au lieu de cela, elle était ici. Avant même que j'aie eu le temps de sortir, elle sortit en trombe par la porte d'entrée de la maison.

Un instant plus tard, elle grimpait dans mon SUV, la voiture de location que j'avais encore même si je l'utilisais rarement. Tant de questions me traversaient l'esprit, mais en regardant son visage, tout ce que je voulais, c'était la serrer dans mes bras. Ce n'était pas le moment.

— Attache ta ceinture, dis-je en redémarrant le moteur.

Cat obéit, et je roulai jusqu'au bout de l'allée avant de reprendre la route.

— Ça va ? demandai-je finalement entre ses renifle-ments occasionnels.

— Pas vraiment, avoua-t-elle finalement.

— Tu veux bien me dire pourquoi tu n'es pas en cours ? Autant te débarrasser de ça tout de suite et me le dire, parce que tu devras de toute façon l'expliquer à Flynn plus tard, lui proposai-je doucement.

Je sentis Cat me regarder, et je jetai un coup d'œil sur le côté.

— Quoi ?

— J'espérais que tu ne le dirais peut-être pas à Flynn, murmura-t-elle en détournant le regard pour fixer la fenêtre.

— Cat, je ne peux pas faire ça, dis-je fermement. Que s'est-il passé ?

Je vis une larme rouler sur sa joue quand je la regardai de nouveau, même si elle regardait fixement par la fenêtre. J'attrapai un paquet de mouchoirs dans la console entre les sièges et le lui tendis en silence.

Elle se moucha bruyamment, puis poussa un long soupir.

— Tu sais, ce gars avec qui je sors plus ou moins ?

— Je crois que j'ai entendu Nora te taquiner un peu à ce sujet l'autre jour. Est-ce le même gars avec qui Flynn ne voulait pas que tu sortes en bateau ? Jonathon ?

— Ouais. J'ai séché les cours avec lui, et il m'a emmenée chez son père. Il voulait coucher avec moi, et j'ai dit non. Il m'a traitée d'allumeuse.

Ses paroles étaient ponctuées de reniflements.

— Cat, je suis désolée. Les garçons peuvent vraiment être des salauds parfois. Tu n'es pas une allumeuse.

Elle renifla de nouveau.

— Il a probablement déjà posté quelque chose à ce sujet quelque part. J'en ai vraiment ras-le-bol de ces conneries.

— Je suis d'accord avec toi. Les réseaux sociaux n'arrangent rien dans ce genre de situations. Est-ce que tu l'aimes toujours ? demandai-je doucement.

— Je ne sais pas. Je suis juste en colère.

— Eh bien, ne te blâme pas si c'est un peu le cas, dis-je prudemment. Parfois, les gens font des choses merdiques, et malgré tout, on essaie de leur plaire.

— Je sais. C'est un connard.

— Bienvenue dans la vie, ironisai-je. Les gens peuvent vraiment se comporter comme des merdes, et pas seulement les garçons.

— Vraiment ? demanda Cat.

Je la regardai brièvement et hochai la tête.

— Absolument. Ça m'est moi-même arrivé de me tromper sur le compte de quelqu'un. Crois-moi, c'est inévitable. Je suis vraiment fière de toi d'avoir dit non. Même s'il s'est comporté comme un salaud, au moins il ne t'a pas forcée.

Cat poussa un soupir dramatique, suivi d'un rire rauque.

— Je lui ai dit que je lui mettrais un coup de pied dans les couilles. Et je l'aurais fait.

— Tu as bien fait, affirmai-je.

Elle était moins bouleversée maintenant qu'elle n'était plus sur place.

Nous roulâmes en silence pendant un moment jusqu'à ce que je prenne la route qui nous ramènerait à la maison.

— Peut-être qu'on devrait réfléchir à la façon dont tu vas l'annoncer à Flynn.

Cat appuya sa tête contre le siège et laissa échapper un grognement.

— Il va vraiment être furieux. Je ne peux pas te convaincre de me couvrir ?

Je la regardai brièvement et secouai la tête.

— Non. Je ne peux pas faire ça. Tu as séché les cours, alors si ça se trouve, ton lycée l'a peut-être déjà appelé. Je comprends pourquoi tu ne veux pas qu'il le sache, mais je ne peux pas mentir à ce sujet. C'est moi qui suis venue te chercher.

Cat resta silencieuse jusqu'à ce que nous nous garions devant le complexe.

— D'accord. Je vais lui dire. Mais je ne vais pas lui raconter tout ce qui s'est passé.

— Ça marche, dis-lui ce que tu veux. Sache juste que s'il me pose des questions, je lui dirai que tu m'as appelée, et je lui dirai où je t'ai récupérée.

Cat me regarda, les yeux rouges de larmes.

— D'accord.

Chapitre Vingt-Trois

FLYNN

Je frappai à la porte de la chambre de Cat et attendis. Un silence total m'accueillit.

— Cat, appelai-je à travers la porte. Le directeur m'a laissé un message cet après-midi pendant que je volais. Je sais que tu as séché tes cours de l'après-midi et raté le bus pour rentrer. S'il te plaît, viens juste me parler et dis-moi ce qui se passe.

Je posai une main sur le chambranle de la porte au-dessus de ma tête. Être parent n'était pas facile. De plus, je n'étais techniquement pas le parent de Cat. Ça avait déjà été assez difficile avec Nora. Grant avait dix-huit ans quand notre mère était morte. Il était bien trop mature pour son âge, ayant été le parent de fait pour Nora et Cat pendant que leur père était à peine présent avant de décéder, et ensuite pendant que notre mère était malade.

C'était certes injuste pour Grant, mais il m'avait facilité la tâche. Il avait enfin pu souffler quand j'étais rentré. Nora avait traversé son adolescence avec une humeur massacrante et une colère immense due au deuil. J'avais été tellement soulagé quand elle s'était calmée.

Maintenant, Cat me donnait du fil à retordre. À ma connaissance, elle n'avait jamais séché les cours auparavant. Elle avait encore moins raté le bus. Le bus ne venait pas jusqu'à chez nous, mais il la déposait à un point de rendez-vous où les parents se relayaient pour récupérer les enfants qui habitaient dans le coin. Nora allait généralement chercher Cat pour moi.

Je n'étais pas en train de paniquer parce que je savais qu'elle était à la maison. Daphné m'avait envoyé un texto pour me faire savoir qu'elle l'avait récupérée à la demande de Cat.

— Allez, Cat. Tu vas devoir sortir de ta chambre à un moment donné.

J'entendis des pas s'arrêter de l'autre côté de la porte et attendis.

— Je vais bien, et je suis désolée.

Oh merde, elle avait l'air d'avoir pleuré. Cat avait été une enfant très forte, plus jeune. Ces derniers temps, elle était extrêmement émotive, et je ne savais jamais quoi faire.

— Va parler à Daphné. Elle te dira ce qui s'est passé.

— Cat, allez. Je préfère l'entendre de ta bouche.

— Je suis fatiguée, et j'ai honte. On peut en parler demain ?

Je n'avais aucune idée de ce que je devais faire. Étais-je censé la punir parce qu'elle avait séché les cours aujourd'hui ? Ou devais-je la laisser tranquille jusqu'à demain parce que ça me brisait déjà le cœur de la savoir si mal ?

J'étais vraiment trop sensible.

— D'accord. Promets-moi qu'on en parlera demain matin avant que tu partes en cours ?

— Promis.

Elle avait même la voix éraillée, et la fissure dans mon cœur s'élargit. Quand j'entendis ses pas s'éloigner, étouffés par la moquette, je laissai tomber ma main de la porte et me retournai, puis m'appuyai contre le mur. Je devais parler à Daphné. J'avais de toute façon envie de la voir.

Parce que je ne pouvais pas rester loin d'elle. J'étais complètement sous le charme d'une petite princesse qui était bien loin de l'image que je m'en étais faite. Elle aurait dû être perdue en Alaska. Elle avait beau ne pas être habituée à la vie ici, elle ne reculait jamais. Elle relevait le menton, fronçait son nez de princesse et fonçait. Chaque fois que je la voyais, elle était comme un rayon de soleil perçant les nuages.

Daphné m'avait rendu incapable d'aimer une autre femme. Chaque nuit, après que Cat s'était endormie et que l'obscurité avait envahi la maison, je la rejoignais, même si je savais que c'était insensé. Je m'inquiétais de ce que je ferais si Daphné décidait de retourner à Atlanta. On avait même de vraies discussions, des conversations *profondes*.

Son honnêteté sans fard à propos de ce qui s'était passé dans son mariage rendait les choses plus faciles. Elle ne cherchait pas à cacher quoi que ce soit, et elle ne semblait pas avoir d'attentes à mon égard. Au fond de moi, je ne pouvais m'empêcher de vouloir qu'elle ne manque de rien, car elle le méritait. La vie avait déjà été si injuste avec elle. Je me disais que désormais, son existence devait se dérouler sans le moindre accroc. Je voulais qu'elle veuille faire sa vie ici. Avec moi.

J'étais le premier à en rire. J'avais complètement perdu la tête à cause d'elle.

Je jetai un coup d'œil à ma montre. Le dîner venait de se terminer. Je ne pouvais pas vraiment débarquer dans la cuisine maintenant et m'attendre à ce que Daphné veuille discuter. En revanche, je pouvais manger. Mon estomac gronda comme pour signifier son approbation. Je n'avais rien mangé depuis ce matin quand j'étais parti avec un scone à l'orange tiède dans ma poche parce que j'étais en retard. Bien sûr, c'était l'un de ceux que Daphné avait préparés, et c'était un pur délice.

Je trouvai Daphné quelques minutes plus tard, les bras plongés dans l'eau chaude jusqu'aux coudes en train de frotter quelque chose. Une boucle auburn tombait sur sa joue. Par chance, personne d'autre n'était là. Je la rejoignis et repoussai cette boucle, puis cédai à l'envie de déposer un baiser juste derrière son oreille.

— Flynn ! chuchota-t-elle.

Plutôt fort, d'ailleurs.

— Ouais, Flynn, dit Elias d'un ton traînant.

En me retournant, je le trouvai debout dans l'embrasure de la porte qui menait à la salle principale. *Oh, merde.* Quand je me retournai vers Daphné, ses joues étaient rose vif, mais elle était sérieusement concentrée sur ce qu'elle était en train de frotter.

Je me dirigeai vers Elias alors qu'il entrait dans la cuisine.

— Ne va pas le crier sur tous les toits, s'il te plaît, dis-je.

Étant donné que Daphné savait qu'il était là et savait ce qu'il venait de voir, je ne cherchai pas à parler doucement.

Elias ricana.

— Pas de souci, mec.

Il me tapa sur l'épaule.

— Tout le monde s'en doute, de toute façon.

Il se dirigea vers Daphné et s'appuya contre le comptoir.

— Ne te fais pas de bile, tout le monde est d'accord pour dire que tu es la meilleure chose qui soit arrivée à Flynn.

Daphné leva les yeux vers lui; son regard était teinté d'incertitude. Puis elle haussa les épaules et leva les yeux au ciel.

— Peu importe. Il n'y a plus grand-chose à faire maintenant.

Elias me regarda de nouveau. Daphné continua de frotter.

— Je venais juste aux nouvelles. D'après Nora, t'as des soucis à régler avec Cat. Tu veux que je prenne le voyage de nuit demain ?

Je passai une main dans mes cheveux avec un soupir.

— Ce serait génial.

— T'inquiète. À plus tard.

Il se détacha du comptoir et commença à sortir de la cuisine. Il s'arrêta et jeta un coup d'œil vers Daphné.

— Daphné ?

Elle leva de nouveau les yeux et sortit enfin ses mains de l'évier.

— Vraiment, ne t'en fais pas. Tu es géniale.

— Bon sang, c'est un sacré compliment venant de toi, mec, plaisantai-je.

Il haussa un sourcil.

— Eh bien, elle est géniale, et c'est une cuisinière hors pair.

Sur ce, il partit en agitant la main par-dessus son épaule. Je supposais que Nora avait raconté aux autres ce qui était arrivé à Daphné. Les gars étaient tous protecteurs envers elle, et ça m'allait parfaitement. Daphné en avait bien besoin.

Je retournai près de là où elle séchait ses mains avec un torchon.

— Je suis désolé.

Elle baissa une main et la replongea dans l'évier pour retirer la bonde. Elle me regarda en haussant légèrement les épaules.

— Ce n'est rien. Tu avais l'air de vouloir que ça reste entre nous, alors j'ai cru que...

Elle laissa sa phrase en suspens.

J'avais le sentiment qu'elle s'était fait une fausse idée sur moi, et que celle-ci ne me plaisait pas vraiment. Ses joues prirent une teinte rosée, et je la vis mâchonner l'intérieur de sa joue, ce qu'elle faisait quand elle était nerveuse.

— Tu as cru quoi ? insistai-je.

Daphné se racla la gorge et leva le menton avant de faire un vague geste de la main.

— Ce n'est pas comme si je pensais que nous étions, genre, en couple.

Elle enroula ses bras autour de sa taille.

— Mais je me suis dit que tu serais gêné si ça s'ébruitait.

— Gêné ? demandai-je, sincèrement confus.

— Oui. Je sais que je ne suis pas ton genre. Ça ne me dérange pas que tu m'appelles princesse, mais j'ai compris que ce surnom n'était pas flatteur au départ.

Je secouai la tête.

— Tu pensais que j'aurais honte de toi ?

Daphné resserra ses bras autour de sa taille.

— En fait, je comprends que tu ne voulais pas que ça devienne gênant avec Cat, mais oui, c'est ce que j'ai fini par croire. Pourquoi tu me regardes comme si j'étais folle ?

— Parce que c'est fou. Je suis fou de toi. Oui, je dois penser à Cat, mais je pensais simplement que tu voulais que ça reste entre nous. Visiblement, je dois maintenant faire comprendre à tout le monde que je suis complètement dingue de toi.

Daphné mâchonnait toujours l'intérieur de sa joue, alors je m'approchai. Je pris une de ses mains et la dégageai de sa taille, puis l'autre avant de l'attirer dans mes bras.

— Pour être clair, je suis vraiment fou de toi. Je n'ai pas honte de toi. Je préfère juste que Cat ne soit pas au courant de ce qui se passe entre nous parce que les murs sont fins, mais c'est vraiment tout ce qui m'importe.

— Oh, fit doucement Daphné après une longue pause.

— C'est tout ce que tu as à dire ? la taquinai-je alors que mon cœur martelait mes côtes.

Parce que oui, contre toute logique, j'étais *vraiment* fou d'elle.

Elle rit et appuya son front contre mon torse.

— Peut-être que moi aussi, je suis aussi un peu dingue de toi. Mais je n'ai pas l'impression que toi comme moi soyons en mesure de prendre tout cela au sérieux.

Elle releva alors la tête. Je dus ravaler mes paroles parce que j'avais envie de lui dire que nous en étions tout à fait en mesure. Je devais attendre un moment plus propice pour en parler, quand je serais en état de réfléchir.

À ce moment-là, une autre voix nous parvint.

— Oui !

En me retournant, je vis Nora debout dans l'embrasure de la porte menant au couloir arrière, le poing levé en l'air.

— On ne te dérange pas ? demandai-je en lui lançant un regard appuyé.

— Désolée, dit-elle rapidement avec un sourire contrit. Je me doutais qu'il se passait quelque chose, et maintenant j'en ai la confirmation.

— Plus tard, Nora.

— Je venais juste te dire que j'emmène Cat avec moi. Elle passera la nuit chez moi, d'accord ?

— Parfait. Je ne pense pas qu'elle veuille me parler ce soir, répondis-je. Ça te dérange de garder ça pour toi pour l'instant, jusqu'à ce que j'aie l'occasion de lui parler ?

— Bien sûr que non, répondit Nora avec un sourire beaucoup trop satisfait.

Daphné lui fit un signe de la main en restant blottie contre moi, et Nora partit enfin en fermant fermement la porte derrière elle.

— Il n'est pas très tard, au cas où tu ne l'aurais pas remarqué, donc on va encore se faire interrompre, fit remarquer Daphné.

— Je vais m'assurer que tout va bien dans les parties communes et t'aider à nettoyer, puis nous pourrons avoir un peu d'intimité chez moi.

J'étais sur le point de l'embrasser quand Diego entra de l'autre côté de la cuisine. Il nous lança un sourire amusé, mais il ne dit rien. Daphné se dégagea de mes bras et se remit au travail.

Pendant que Daphné continuait de nettoyer la cuisine, je fis ma tournée habituelle du soir à travers le complexe. Diego attrapa une bière et me rejoignit à l'avant où je rangeais du matériel de location que nous gardions sur place pour les clients.

Il s'appuya contre le mur de l'entrée.

— Alors comme ça... Daphné ?

Je fermai la porte du grand placard et le regardai.

— Oui, Daphné. Vas-y, donne ton avis, soupirai-je en lui faisant signe.

Diego ricana et prit une gorgée de sa bière. Puis, baissant sa bouteille, il me dévisagea avec curiosité.

— Je pense que c'est une bonne chose. Ne lui brise pas le cœur.

Cette remarque me transperça comme un coup de poignard. Je commençai à secouer la tête, mais il poursuivit :

— Je sais que tu penses que ce n'est pas du sérieux, et je doute que ce soit le cas pour elle. Je dis juste que vous avez tous les deux traversé beaucoup d'épreuves. Ne fais pas le con.

Sur ce, Diego se retourna et partit. Je retournai à la cuisine où je trouvai Daphné en train de remplir le lave-vaisselle. Elle le ferma et appuya sur le bouton pour le démarrer juste au moment où j'arrivais.

— Tu as déjà fini ? Je comptais t'aider.

— Je sais. Mais tout est fait.

— Viens, dis-je en attrapant une de ses mains dans la mienne.

Quelques minutes plus tard, Daphné était recroquevillée sur le canapé, les pieds repliés sous ses genoux, et me regardait.

— Cat t'a dit de me demander ?

Je hochai rapidement la tête.

— Oui. Merci de m'avoir prévenu tout de suite que tu étais allée la chercher. J'ai reçu ton texto avant d'écouter le message du directeur qui disait que Cat avait séché les cours de l'après-midi et raté le bus, donc je ne me suis pas affolé puisque je savais que tu l'avais récupérée.

Daphné plissa le nez, sa main se refermant sur le bord d'une couverture douce. Elle la frottait entre ses doigts.

— Je ne savais vraiment pas quoi faire. Je savais que tu étais en vol, tout comme Grant, et Nora était en randonnée. J'espère que tu sais que je ne serais pas allée la chercher sans t'en parler d'abord s'il y avait eu un moyen de te joindre.

— Je sais. Ne t'inquiète pas. Je suis content que tu aies été là. Dis-moi juste ce qui s'est passé.

Daphné prit une inspiration.

— Eh bien, elle m'a appelé, et j'ai tout de suite compris qu'elle pleurait...

Elle s'interrompit lorsque je grimaçai.

— Quoi ?

— J'ai remarqué qu'elle avait pleuré quand je lui ai parlé à travers la porte de sa chambre tout à l'heure. Je parie qu'elle a pleuré tout l'après-midi.

Daphné inclina la tête sur le côté, et son regard s'adoucit lorsqu'elle me regarda.

— Elle a cessé de pleurer sur le chemin du retour, je te le promets. Elle a seize ans. À cet âge, on pleure souvent. Bref, quand je suis allée la chercher, elle était chez le père de Jonathon.

— Quoi ? demandai-je plus sèchement que je l'aurais voulu.

Daphné plissa les yeux et pinça les lèvres.

— Je parie que tu faisais entrer des filles chez toi quand tu avais seize ans.

Je levai les yeux au ciel.

— Pas vraiment, mais je l'aurais fait si j'avais pu. Que s'est-il passé d'autre ?

— Je préférerais vraiment que ce soit Cat qui te raconte la suite.

— Je sais, mais elle m'a dit de te demander.

J'étais un peu frustré, mais c'était bien que Daphné veuille laisser Cat raconter ce qui s'était passé. Cat était en sécurité, c'était le principal.

Daphné plissa de nouveau le nez.

— Je vais me contenter de te dire ceci. Elle va bien.

Il a essayé de dépasser les limites, et elle a dit non. Ça ne s'est pas bien passé.

— Je vais le tuer, putain.

— Tu ne vas tuer personne. Je suis presque sûre qu'elle est en train de tourner la page avec ce type, alors laisse tomber.

— Ce connard.

— Flynn, pour l'instant, laisse tomber. Demande les détails à Cat quand tu lui parleras demain. Elle est en sécurité, et elle va bien.

Je grognai. Après avoir pris une profonde inspiration, je posai mes coudes sur mes genoux et enfouis mon visage dans mes mains.

— Je ne sais pas comment m'y prendre avec elle. Je suis vraiment nul dans ce rôle de parent.

Daphné se rapprocha, puis sa main glissa dans mon dos.

— Grant et Nora s'en sortent très bien, et Cat aussi.

Je levai la tête pour regarder Daphné.

— Oui, mais Grant avait dix-huit ans quand je suis rentré pour m'occuper d'eux, et Nora en avait seize. J'essaie d'être à la fois le frère et le père de Cat depuis qu'elle a neuf ans. Elle est tellement têtue et obstinée. Ce soir par exemple, est-ce que j'aurais dû la forcer à me parler ? Et je pense que je devrais la punir pour avoir séché les cours.

— Bien sûr, mais je ne pense pas qu'il fallait absolument le faire ce soir. Elle est en sécurité, et c'est le plus important.

— Sache juste que tu as ma permission pour aller chercher Cat n'importe quand et n'importe où dès qu'elle te le demande. Peu importe où je suis ou ce que je fais. Même si elle te demande de ne pas me le dire, va la chercher. Je veux qu'elle soit en sécurité.

Daphné soutint mon regard en silence tandis qu'une complicité naissait entre nous. Je lui faisais entièrement confiance. Je savais que si quelqu'un avait besoin d'elle, elle ferait tout ce qui est nécessaire. Elle avait beau être petite et ressembler à une princesse, elle avait des nerfs d'acier.

Et elle était badass – tellement, tellement badass.

Je sentis sa main dessiner un cercle dans mon dos.

— Bon à savoir, dit-elle finalement, d'une voix douce.

Avant d'y réfléchir davantage, je me tournai vers Daphné. D'un geste, j'attrapai l'élastique qui attachait ses cheveux. Ses cheveux tombèrent en cascade sur ses épaules. Je posai ma main sur sa joue et caressai sa lèvre inférieure pulpeuse avec mon pouce.

Chapitre Vingt-Quatre

DAPHNÉ

La sensation du pouce de Flynn glissant sur ma lèvre et la façon dont il me caressait la joue me laissaient à bout de souffle tandis que mon pouls s'emballait follement. Je m'imaginais qu'à force de le côtoyer – physiquement parlant –, l'intensité finirait par s'atténuer.

Comme si, d'une manière ou d'une autre, la nouveauté de cette connexion férocement érotique et intime avec lui allait s'estomper. Au contraire, elle semblait s'intensifier de plus en plus. Notre alchimie était exceptionnelle, le genre qu'on ne vit qu'une fois dans sa vie. Je m'attendais à ce que cela reste purement physique et sexuel.

Au lieu de cela, chaque moment passé avec lui faisait surgir mes émotions, quoi que j'en pensais. Après tout ce qui s'était passé, pendant longtemps, seul mon deuil réussissait à me faire ressentir quelque chose. Après que ma vie avait volé en éclats, tout le reste avait été relégué au second plan. Depuis, j'avais surmonté mon deuil, et la glace qui entourait mon cœur fondait.

Flynn traça le contour de mes lèvres avec son pouce dans une caresse sensuelle avant que sa main ne glisse le long de mon cou pour se poser entre mes seins. Mon cœur réagit instantanément à son contact, comme s'il le reconnaissait. Je crois bien que c'était le cas.

Le bleu de ses yeux, qui sondaient les miens, s'assombrit tellement qu'il se fondit dans son contour charbon.

— Je n'arrive pas à croire que tu pensais que j'avais honte de toi.

Il parlait d'une voix douce et rauque, toujours à voix basse quand nous étions seuls. Sa voix pouvait m'embraser de désir à elle seule.

Je tentai de reprendre mon souffle, mais l'air me manquait et je commençai à paniquer. C'était toujours ainsi quand j'étais proche de lui. Il m'attirait irrésistiblement, comme un aimant.

Je déglutis, et mon souffle se coupa lorsque je commençai à parler.

— Je ne savais pas. Au début, je pensais que c'était à cause de Cat. Mais tu restes toujours un peu distant quand il y a d'autres personnes.

Les lèvres de Flynn s'étirèrent en un sourire, et des papillons me chatouillèrent le ventre. Je savais qu'il pouvait sentir les battements effrénés de mon cœur sous sa paume.

— C'est juste parce que j'essaie de ne pas te sauter dessus à chaque fois que je te vois, murmura-t-il en m'attirant sur ses genoux.

Les genoux de Flynn étaient mon endroit préféré. Ou du moins l'un de mes trois préférés. Sur ses genoux, ou lui sur moi, ou enroulé autour de moi. En fait, toute position impliquant ses mains magiques me tenant près de lui et me faisant tout oublier.

Je n'attendais vraiment rien de Flynn. Peut-être que je commençais à m'attacher, mais ça irait. Cela me faisait tellement de bien. Me perdre dans cette passion intense. Même si j'avais cru que Flynn avait honte, ce qui était apparemment faux, je savais qu'il avait très envie de moi. Entre nous, c'était comme une évidence.

Après l'infidélité de mon ex avec mon amie, j'avais eu tellement honte et m'étais sentie complètement dévalorisée. Cette histoire avec Flynn était tellement différente de ma vie d'avant que je pouvais oublier tous mes soucis et ma peine.

À califourchon sur ses cuisses, je laissai mes hanches se poser sur la dureté de son membre. Il bougea légèrement, et je laissai échapper un doux gémissement tandis qu'une vague de plaisir me traversait. Je sentais l'humidité de mon excitation entre mes cuisses.

Il plissa les yeux.

— Nous portons trop de vêtements.

Je gloussai, laissant ma tête tomber dans son cou et respirant son odeur. Flynn sentait le vent et parfois l'océan avec une subtile touche boisée.

Flynn, avec sa tendance à être bougon parce qu'il en faisait toujours trop et s'occupait de trop de gens, était le seul à pouvoir me faire glousser comme une gamine. Ce sentiment de légèreté avait été rare pendant des années et avait disparu après la mort de Brandon.

Je relevai la tête et me penchai en avant pour déposer un baiser sur le côté de son cou tout en frottant mes hanches contre sa queue.

— Faisons la course, le taquinai-je en le regardant dans les yeux.

Je me détachai de ses genoux et traversai le salon jusqu'à sa chambre. Flynn, dont les foulées étaient bien plus longues que les miennes, me rattrapa en une seconde alors que je franchissais la porte. Je ris en jetant mon T-shirt par terre.

Je ne me souvenais plus de qui avait gagné la course et, honnêtement, je m'en fichais. Tout ce que je savais, c'est qu'en peut-être moins d'une minute, Flynn me soulevait contre son corps nu, dans toute sa splendeur, et me portait jusqu'à son lit. Il s'arrêta au pied de celui-ci pour capturer l'un de mes tétons dressés dans sa bouche. Il le titilla avec sa langue et le frôla de ses dents. Son membre se dressait entre nous, pressé contre mon ventre.

— Flynn ! haletai-je.

Il leva la tête, et son regard intense rencontra le mien.

— Oui, princesse ?

— Dépêche-toi. J'ai besoin de toi en moi.

— Eh bien, je vais devoir prendre tout mon temps, me taquina-t-il en me déposant doucement sur le lit.

Je me reculai rapidement, tout en essayant de l'entraîner avec moi. Il ne se laissa pas faire et entoura mes chevilles de ses mains pour me maintenir en place.

— Ce soir, c'est moi qui commande, princesse.

Sa voix était basse et profonde, elle me fit frissonner de la tête aux pieds.

Ses paumes glissèrent sur mes mollets, écartèrent mes genoux. Ses lèvres suivirent, comme du miel coulant, les baisers frôlant ma peau et me rendant folle de désir. Je sentis son poids s'enfoncer dans le matelas, et ses épaules se calèrent entre mes cuisses.

Flynn souffla légèrement sur mon sexe avant de lécher la partie la plus intime de moi. C'était un homme méticuleux. Les lentes caresses de sa langue et ses doigts qui s'enfonçaient en moi me firent m'accrocher à ses cheveux tandis que le plaisir me submergeait.

Sans la moindre honte, je le suppliais et l'implorais, jusqu'à ce qu'il me donne *enfin* ce dont j'avais besoin. Il exerça une pression parfaite avec sa langue sur mon clitoris et enfonça deux doigts en moi. Mon corps tout entier se mit à trembler, et mon orgasme me submergea par vagues successives.

Des échos de plaisir se propageaient encore dans tout mon corps alors qu'il se relevait et s'allongeait sur moi. Ses coudes encadraient mon visage, et j'ouvris les yeux quand il écarta mes cheveux emmêlés de mon visage.

— Regarde-moi, princesse.

Il poussa ses hanches contre moi, et je sentis le gland épais de sa queue se frotter à mon entrée.

— Flynn, haletai-je quand il s'enfonça un peu plus, mais sans aller jusqu'au bout.

Avec ses yeux bleus intenses posés sur moi, j'eus l'impression que toutes les portes de mon cœur s'ouvraient en grand lorsqu'il pénétra lentement en moi. Il resta immobile une fois entièrement enfoncé. Mes parois se contractaient autour de lui à cause des répercussions de mon orgasme précédent. J'étais tellement sensible. Mon clitoris était enflé, et je sentais la friction de notre union.

Il me regarda quand il se retira par étapes. Le lent va-et-vient de ses mouvements était enivrant. J'entendais mes halètements et mes supplications. Sa respiration était rauque, et sa voix, grave. Mes doigts s'enfoncèrent dans son dos, et je me cambrai violemment contre lui.

OhDaphnébébés'ilteplaît. Il inspira profondément. *Bébé, laisse-moi juste...*

Mon orgasme suivant me prit par surprise, m'envoyant des vagues de plaisir lentes et enveloppantes tandis que mon sexe se contractait autour de sa queue, déclenchant ainsi sa propre jouissance. Il murmura quelque chose d'une voix rauque, et je sentis sa semence chaude et épaisse me remplir.

Flynn s'effondra contre moi, et je savourai la sensation de son corps lourd contre le mien. Je ne pus en profiter qu'un court instant, car il nous fit rapidement rouler de sorte que j'étais allongée sur lui. Je m'endormis ainsi, avec ses doigts passant paresseusement dans mes cheveux.

———

Je ne m'étais pas rendu compte que je m'étais laissée bercer par une illusion de sécurité. J'avais l'impression que je commençais enfin à retrouver mes repères et à dépasser peu à peu le chagrin paralysant de la mort de Brandon. Je commençais aussi, pour la première fois, à accepter que ma vie avant la mort de Brandon n'était qu'un château de cartes qui s'était écroulé au premier *vrai* coup dur.

Élevée dans l'opulence et destinée à travailler dans l'entreprise familiale, la seule chose que j'aimais vraiment, c'était mon petit restaurant. Si j'avais pu poursuivre cette lubie, comme mon père l'appelait, c'était uniquement parce que, par chance, elle rapportait de l'argent et avait du succès. Ce projet s'intégrait bien dans toutes ses stratégies d'investissement.

Ici, en Alaska, avec des gens qui se fichaient de combien d'argent j'avais, et où le souffle et le piétinement d'un élan derrière un arbre me faisaient me sentir plus vivante que jamais, je ne reconnaissais presque pas la personne que j'avais été auparavant. Je n'arrivais pas à croire que j'avais épousé un homme qui se vantait de gagner de l'argent sans pitié, peu importe qui en souffrait.

La réalité revint me gifler en pleine face quelques jours après l'incident avec Cat. Les rapports entre Cat et Flynn étaient encore tendus. Elle lui avait raconté ce qui s'était passé. Je savais que Flynn aurait bien voulu lui passer un savon, mais il s'était retenu de le faire. En revanche, il l'avait punie en la privant de sortie pendant une semaine pour avoir séché les cours. C'était amusant de les voir se lancer des piques tous les jours. À la décharge de Flynn, c'était généralement Cat qui commençait.

J'étais dans le garde-manger quand j'entendis la voix de Cat.

— Excusez-moi, où allez-vous ? demanda Cat, l'air indignée.

— Jeune fille, je suis ici pour trouver ma fille.

Un sentiment de terreur me tordit le ventre. Je connaissais cette voix. C'était ma mère. Bien que je n'en avais pas vraiment envie, je l'avais appelée presque chaque semaine depuis que j'étais ici, en espérant que cela suffirait pour la tenir à l'écart.

Je n'avais même pas envie de me demander comment elle m'avait trouvée. J'étais sûre qu'elle avait engagé un détective privé pour fouiller dans mes cartes de crédit, ou Dieu sait quoi d'autre. Je lui avais seulement dit que j'allais en Alaska. C'était tout.

Mon cœur battait à tout rompre, et je me sentais mal. J'étais soudain glacée et faillis laisser tomber le bocal d'olives que j'avais en main. Je le posai soigneusement sur l'étagère du garde-manger et sortis dans la cuisine.

Ma mère dégageait la main de Cat de son coude.

— Ne t'avise pas de me toucher, siffla-t-elle.

Ma mère était assez snob et pouvait se montrer odieuse, mais je l'aimais quand même.

— Maman.

Elle se tourna, et nous nous regardâmes un moment. Je la détaillai. Elle portait un manteau léger et coûteux qui lui arrivait aux genoux, ceinturé à la taille, par-dessus une jupe et une paire de bottes en cuir noir avec des bas. Ses cheveux étaient remontés en un chignon soigné, et des boucles d'oreilles en or pendaient à ses oreilles. Le gros diamant de son alliance brillait tandis qu'elle lissait ses paumes sur son manteau.

Je repensai au jour où j'avais rencontré Flynn. Je portais une jupe et des bottes quand j'étais arrivée ici. Je me rappelai le regard incrédule sur son visage et réalisai que je ressentais exactement la même chose en regardant ma mère en ce moment.

— Daphné, je suis venue te récupérer, dit ma mère.

Je portais un legging avec un T-shirt et mon tablier lâchement noué autour de ma taille. Cat nous regardait à tour de rôle. Elle ne dit rien, mais je sentis qu'elle était prête à me soutenir si nécessaire, et cela me fit presque rire.

— Je ne bougerai pas d'ici. Mais je suis contente de te voir. Comment s'est passé ton voyage, maman ? demandai-je, la voix dégoulinante de sarcasme.

Je sentis plus que je ne vis Flynn entrer dans la cuisine. Après avoir regardé ma mère puis moi, il s'approcha pour se tenir à mes côtés.

— Puis-je vous aider ? demanda-t-il.

Ma mère fixa Flynn d'un air glacial.

— Non, vous ne pouvez pas m'aider. Je suis venue récupérer ma fille.

— Oh, mon Dieu, maman, je suis devant toi. Je ne partirai pas avec toi.

Lorsque ma mère ferma les yeux et poussa un soupir agacé, je réalisai à quel point je lui ressemblais. J'avais hérité de ses cheveux auburn, de ses yeux verts et j'étais petite comme elle. Elle semblait à cran, d'une rigidité implacable.

Elle avait été une mère d'une rigidité implacable. Toute mon enfance avait consisté à veiller à ce que tout soit parfait, y compris moi.

Mon cœur battait de manière irrégulière, et la terreur me nouait le ventre. Ce n'était pas que je ne pouvais pas faire face à ma mère. Mais sa présence ici, dans un endroit juste à moi et qui était entièrement séparé d'elle, me donnait l'impression qu'elle le souillait.

Ma mère rouvrit les yeux.

— Daphné, viens avec moi, dit-elle sévèrement, comme si je n'étais qu'une petite fille.

Ma mère attendait beaucoup de moi, et pendant toute ma vie jusqu'à la mort de Brandon, je n'avais jamais hésité à essayer de la satisfaire. Je l'aimais, peu importe à quel point j'avais appris à la comprendre. Mais avant que ce deuil brutal et la désillusion ne me brisent, je ne faisais pas les choses parce qu'elles me semblaient justes. Je les faisais parce qu'on m'avait profondément inculqué ces attentes.

La mort de mon fils et la tromperie de mon ex pendant cette période terrible avaient déchiré le voile des apparences. Ma mère n'était vraiment pas à sa place ici. Moi non plus. Pourtant, depuis que j'étais ici, je changeais à une vitesse surprenante.

— Maman, je ne viendrai pas avec toi. Je ne sais pas pourquoi tu as décidé de venir ici, mais je ne bougerai pas d'ici.

La paume de Flynn se posa sur ma taille, et j'eus presque l'impression qu'il me transmettait une partie de sa force. J'en avais bien besoin. Nous avions beau être en public, je devais vraiment lutter contre l'envie de me tourner vers lui pour chercher le refuge que je savais qu'il m'offrirait. Peut-être que ce n'était que du sexe, mais cela n'avait pas d'importance pour l'instant.

Je vis les yeux de ma mère se porter sur la faible distance qui nous séparait, Flynn et moi. Je savais qu'elle avait remarqué son geste et devait déjà en tirer des conclusions.

Ses yeux perçants remontèrent vers les miens, je pouvais y lire de la colère et de la déception.

— Je serai à Anchorage pendant trois jours. J'aimerais que tu réfléchisses à revenir à la maison.

Sans un mot de plus, elle se retourna, les talons de ses bottes résonnant bruyamment sur le sol carrelé alors qu'elle s'éloignait. Incapable de m'en empêcher, je la suivis, mais à distance. Je ne manquai pas de remarquer que Flynn était juste derrière moi.

Je regardai ma mère traverser le parking de gravier pour monter dans un SUV tout noir avec un chauffeur. Je ne pouvais pas le lui reprocher. Cela n'avait pas été très malin de ma part de conduire jusqu'ici alors que je ne connaissais pas la région.

Au moment où le véhicule disparaissait en faisant crisser le gravier sous les pneus, je m'affaissai contre le mur de l'entrée.

Flynn, qui attendait à quelques pas de là, s'approcha pour s'arrêter devant moi.

— Ça va ?

Je relevai les yeux, pris une inspiration et hochai la tête.

— Ouais. C'était ma mère.

Ses yeux scrutèrent mon visage avant qu'il n'acquiesce.

— J'avais compris. Je t'avais déjà dit que je ne l'aimais pas, et je maintiens cette affirmation.

Je lui offris un sourire désolé, intérieurement surprise de ne pas être si bouleversée que cela. Avec le départ de ma mère, mon rythme cardiaque ralentit, et la sensation de malaise dans mon estomac disparut. Bien que je ne le souhaite à personne, un avantage à traverser une terrible perte était que l'on voyait les choses sous un autre angle.

Avant la mort de mon fils et le chaos qui s'était ensuivi, j'aurais pensé qu'être en mauvais termes avec ma mère et la décevoir serait horrible. Maintenant, cela ne me paraissait plus aussi grave. Parce que rien ne serait probablement à la hauteur de la douleur que j'avais ressentie après la mort de Brandon. J'avais traversé des moments où tout me semblait vide et sans vie. J'étais encore vivante et, contre toute attente, peut-être que ça allait.

— J'ai un vol de prévu. Tu veux venir avec moi ? demanda Flynn.

En levant les yeux vers lui, mon cœur bondit. Je savais qu'il me proposait cela parce qu'il pensait que j'avais besoin de me changer les idées. C'était le cas, et je ne savais même pas quoi penser du fait qu'il me comprenait si bien.

— Oui, s'il te plaît. Où allons-nous ?

Chapitre Vingt-Cinq

FLYNN

— Quelle rue ? demandai-je.

— Celle-là, répondit Elias en pointant devant nous.

Nous avions fait un saut imprévu à Anchorage pour récupérer une pièce d'avion qui venait d'arriver. Nous venions de la récupérer et nous nous étions arrêtés pour déjeuner dans ce qu'Elias prétendait être le meilleur restaurant de burgers d'Anchorage.

Peu de temps après, nous savourions notre repas quand je sentis une présence à côté de notre table. En levant les yeux, je rencontrai le regard froid de la mère de Daphné. Je sentis les yeux d'Elias sur moi avant que son regard ne se dirige de nouveau sur la mère de Daphné puis vers son assiette. Il resta silencieux, prit une bouchée de son burger et mâcha.

Je répétai la même question que j'avais posée à la mère de Daphné lorsqu'elle était apparue quelques jours plus tôt au complexe.

— Puis-je vous aider ?

Je trouvais que c'était vraiment poli de ma part dans ces circonstances. Je n'avais aucune raison de penser que la mère de Daphné était autre chose qu'une mégère. Pendant les jours qui avaient suivi son arrivée, Daphné avait été agitée et tendue, ce qui avait déclenché mes instincts protecteurs à leur paroxysme.

— Je pense que oui, fit-elle de sa voix hautaine. J'aimerais que vous laissiez ma fille tranquille. Il me semble qu'elle travaille pour vous, alors j'aimerais que vous la licenciiez.

Elias termina de mâcher et prit une gorgée de son eau. Une colère sourde me parcourut l'échine.

— Non, dis-je comme seule réponse.

Ses narines se dilatèrent et elle plissa les yeux en me regardant.

— Vous ne savez pas à qui vous avez affaire.

— Je ne pense pas que vous sachiez à qui *vous* avez affaire, répliquai-je. Et à vrai dire, je m'en fiche. Quel genre de mère s'attend à ce que sa fille travaille avec un homme qui l'a trompée alors que son fils était en train de mourir ? Parce que c'est le genre de mère que vous êtes.

On aurait dit qu'elle venait de recevoir une gifle en plein visage. Pendant une fraction de seconde, sa façade se fissura et sa douleur se refléta dans ses yeux. Je me fichais de lui avoir fait de la peine.

Je me demandai si cette femme respirait réellement. Mais elle prit alors une inspiration légèrement saccadée. C'était tellement incongru venant d'elle que je ressentis une pointe de culpabilité pour avoir été si franc.

— Qu'est-ce que ça peut vous faire ? répondit-elle finalement.

— Peu importe. Je doute que vous vous préoccupiez réellement de comment va Daphné. J'ai plutôt l'impression que vous vous souciez simplement des apparences. Si vous voulez qu'elle rentre à la maison, peut-être devriez-vous essayer de vraiment vous en préoccuper.

Mes paroles étaient dures et la colère qui bouillonnait en moi était si intense que j'avais envie de frapper quelque chose. Pas la mère de Daphné. Peut-être qu'un mur ferait l'affaire. Je voulais juste qu'elle prenne le temps de réfléchir à ce que Daphné avait traversé.

Sa mère se contenta de me fixer. Je ne saurais dire pourquoi, mais je pense qu'elle comprit qu'elle n'obtiendrait pas ce qu'elle voulait de moi. Elle me regarda avec insistance.

— Dieu seul sait pourquoi vous voulez protéger ma fille. Elle m'a toujours déçue.

Sur ce, la femme que j'avais du mal à considérer comme une mère se retourna et partit, les talons de ses bottes claquant sur le sol. Je ne m'étais même pas rendu compte que l'un de mes poings était serré jusqu'à ce que je regarde Elias.

— Tu peux te calmer maintenant, dit-il sèchement.

Détendant mon poing, je posai ma paume à plat sur la table avant de prendre une gorgée de mon eau.

— Tu aimes vraiment Daphné, affirma Elias.

Il n'y avait aucun doute dans ses mots.

— Évidemment. Je n'aime pas sa mère, en revanche.

Elias ricana.

— Ah bon ? Je n'avais pas remarqué.

À ce moment-là, quelqu'un parla.

— Salut les gars.

En levant les yeux, nous vîmes Trey Holden s'approcher.

— Sortie shopping ? demanda-t-il en s'arrêtant à côté de notre table.

Je hochai la tête.

— On est venus chercher des pièces. Et toi ?

— Des courses et encore des courses. Je viens chercher du bois parce qu'on va faire une petite extension
de la maison. Avec le nouveau bébé, on passera à trois
enfants, donc on a besoin de plus de place, expliqua-t-
il. Tu as eu le temps de réfléchir à l'achat de mon
entreprise ?

— Je n'avais pas besoin d'y réfléchir, répondis-je
sèchement. Je dois juste voir avec la banque. Je pense
que ça peut le faire. Tu me donnes quelques semaines ?

— Mec, tu as des mois. De toute façon, mon avion
est à l'arrêt pendant l'hiver. Tant que tu te décides
avant, disons, mars prochain, ça devrait aller. Ça va,
toi ? demanda-t-il.

Je sentis plus que je ne vis le sourire moqueur
d'Elias. Cela signifiait que ma brève rencontre avec la
mère de Daphné m'avait déstabilisé, il était donc
possible que Trey remarque que quelque chose n'allait
pas. Je haussai les épaules.

— J'ai juste quelques trucs à régler.

Elias, toujours aussi utile, ajouta :

— On a parié sur le fait que Flynn tomberait
amoureux.

— Qu'est-ce que t'y connais, toi, à l'amour ?
grognai-je en fourrant une frite dans ma bouche.

Un sourire lent s'étira sur le visage de Trey tandis
qu'il nous regardait tour à tour.

— Vraiment ?

Je soupirai.

— Putain, j'en ai marre d'être le sujet des
commérages.

Elias haussa les sourcils.

— Ce ne sont pas des commérages puisque tu es là.

Trey me tapa sur l'épaule.

— Je vais te dire une chose. L'amour est la

meilleure chose qui me soit jamais arrivée. Pas besoin d'en avoir peur.

Chapitre Vingt-Six

DAPHNÉ

— Maman, pourquoi es-tu venue ici ?

Nous étions en appel vidéo. J'avais fini par l'appeler avant qu'elle ne prenne son vol.

— Tu es ma fille, et j'aimerais que tu rentres à la maison. Il est important pour ton père et moi que les choses reviennent enfin à la normale. Nous t'avons laissée faire ce que tu voulais pendant cette année difficile, mais il est temps de rentrer, expliqua-t-elle aussi calmement que jamais.

Depuis l'arrivée de ma mère, je me sentais déséquilibrée, et je peinais à retrouver mon équilibre. J'avais tout le temps froid et me sentais légèrement malade. Cela faisait remonter des souvenirs désagréables. Dans les premières semaines après la mort de Brandon, je pouvais à peine manger. Bien sûr, sa mort était survenue après les mois les plus difficiles de ma vie, durant lesquels je mangeais à peine. J'avais perdu tellement de poids que ça en était devenu inquiétant.

Je serrai une tasse de thé entre mes mains, j'avais besoin de chaleur mais aussi de quelque chose auquel me raccrocher.

— Pete travaille-t-il toujours là-bas ?

— Bien sûr que oui.

Ma mère ne prit même pas la peine de dissimuler son exaspération.

— Tu sais que nos deux familles sont trop imbriquées pour que nous rompions cette relation d'affaires. Il m'a déçue, bien sûr, mais il faut que tu relèves la tête et ailles de l'avant.

— Oh mon Dieu. Déçue ? Pete t'a déçue parce qu'il a eu une liaison avec l'une de mes amies alors que notre fils était en train de mourir ?

Ma mère haussa un sourcil et poussa un soupir contrôlé. Tout ce qu'elle faisait était contrôlé.

— Il faut que tu passes à autre chose. Si cela peut te rassurer, Natalie a été renvoyée. Ils sont sortis ensemble pendant environ six mois après ton départ, mais ils ont rompu depuis.

Comme si cela allait arranger les choses. Ma mère n'était vraiment pas croyable.

— Donc Nat mérite d'être renvoyée, mais pas Pete ?

— Sa famille n'a pas de parts dans l'entreprise, contrairement à celle de Pete. Il est temps que tu dépasses ces futilités et que tu te remettes à faire ce que tu es censée faire.

Je fixai ma mère sur l'écran vidéo de mon téléphone et ravalai le cri qui me montait à la gorge.

———

Cette nuit-là, je haletais sur le torse de Flynn après une nouvelle session intense de baise. Dans mon corps, dans mon esprit, dans mon cœur et dans mon âme, je sentais que nous faisions l'amour à chaque fois. Mais je ne crois pas que Flynn le voyait de cette manière.

Depuis quelques jours, il était plus distant, juste un peu plus renfermé qu'avant. Je ne savais pas si c'était à cause de la visite inattendue de ma mère ou d'autre chose. Il était parti à Anchorage pour la journée pour faire quelques courses. J'avais appris par hasard par Elias qu'ils avaient croisé ma mère, et que Flynn l'avait en quelque sorte remise à sa place. Quand je lui en avais parlé, il s'était contenté de hausser les épaules.

Je ne savais pas quoi en penser. Bien que je n'aie pas l'intention de rentrer chez moi et de revenir à la vie que j'avais avant, je devais y retourner pour régler certains détails.

En levant la tête, je posai mon menton sur ma paume contre son torse. Comme s'il pouvait sentir mon regard, il ouvrit les yeux.

— Si j'avais besoin de quelques semaines de congé, est-ce que ce serait possible ? demandai-je.

Je ne savais pas comment interpréter son regard tandis qu'il scrutait mon visage.

— Princesse, tu peux faire ce que tu veux. Je sais que tu n'as pas besoin de ce travail pour l'argent. On s'arrangera. Tu rentres chez toi ?

— Pas pour y rester. Mais je dois régler quelques trucs.

Une part de moi voulait que Flynn pose plus de questions, mais il ne le fit pas. Je ne me souvenais pas de m'être endormie, mais je me rappelai m'être réveillée pendant la nuit alors qu'il sortait du lit. Je restai éveillée dans l'obscurité, je savais qu'il retournait dans sa chambre. Nous avions un accord tacite : lorsque Cat était à la maison, comme c'était le cas la nuit dernière, je ne dormais pas là-bas. Même si elle était au courant de ce qui se passait entre nous, je ne me sentais pas à l'aise de passer la nuit là quand elle était chez elle. Parce que je ne savais pas comment définir notre relation.

Quelques jours plus tard, je plongeai mon regard dans celui de Flynn.

— Je reviendrai.

La main de Flynn effleura légèrement mon front pour en écarter les cheveux.

— Tu n'as pas besoin de faire des promesses, princesse.

— Je ne pars pas pour de bon, insistai-je.

Parce que je le pensais. Vraiment.

Il resta silencieux et, autour de nous, l'atmosphère était lourde de toutes ces émotions non dites. J'étais tombée amoureuse de Flynn. Je sentais que c'était réciproque, mais la distance qui s'était créée entre nous après l'arrivée de ma mère était toujours là. Je ne savais pas quoi en penser.

— Appelle-moi, dit-il doucement. Tu vas nous manquer.

Chapitre Vingt-Sept

DAPHNÉ

Tu vas nous manquer.

Mon esprit ne pouvait pas se détacher de ce « nous » dans sa déclaration. Flynn ne parlait pas de lui-même en tant qu'individu. C'était à eux tous, en tant que groupe, que j'allais manquer.

En attendant, Flynn me manquait tellement que mon cœur en souffrait. Oh, Cat, Nora et tous les gars me manquaient aussi, mais c'était toujours à Flynn que mes pensées revenaient encore et encore.

Je me tenais devant les bureaux de ma famille à Atlanta tandis que la circulation encombrait les rues. L'air était chaud et encore humide, même en automne. J'avais toujours aimé cette ville. Je l'aimais toujours, mais c'était tellement différent maintenant. J'avais passé toute ma vie avant la mort de Brandon à appréhender le monde à travers le prisme que mes parents m'avaient transmis. Maintenant, je savais à quel point l'air pouvait être frais et la nature splendide en dehors de la ville. Et tant d'autres choses encore.

Même si je ne savais pas si Flynn m'aimait, c'était sa force et sa confiance en moi qui m'aidaient à tenir lorsque j'entrai dans le bâtiment, prête à affronter mon passé. J'étais vaguement surprise de constater que je ne m'effondrais pas.

En entrant dans le hall du bâtiment, je reçus un sourire surpris de la part de l'homme derrière le comptoir de la réception.

— Bonjour, George, lançai-je en agitant la main.

— Bonjour, mademoiselle Bell. Je ne savais pas quand nous te reverrions.

Son accent du Sud était comme du miel apaisant.

Je m'arrêtai, me demandant depuis combien de temps je connaissais George.

— Depuis combien de temps nous connaissons-nous ?

Les rides autour de ses yeux se creusèrent lorsqu'il sourit.

— Eh bien, Daphné, je travaille ici depuis que tu as dix ans.

Ses yeux marron pétillèrent alors que je tendais la main pour serrer la sienne.

— Dix-huit ans. Waouh. Tu m'as manqué, même si je ne peux pas dire que le reste m'a manqué.

Les yeux de George s'assombrirent. Il était venu à l'enterrement de Brandon et lui avait également rendu visite à l'hôpital. Avant que Brandon ne tombe malade, George lui tenait parfois compagnie lorsque je faisais des allers-retours entre mon restaurant et mon bureau ici.

— Ça me fait plaisir de te voir. Je comprends parfaitement pourquoi tu n'aimes pas revenir ici, dit George en hochant légèrement la tête.

À ce moment-là, quelqu'un d'autre s'approcha du comptoir. Avec le sourire rapide de George et la compréhension dans ses yeux qui me réconfortait, j'entrai dans l'ascenseur.

Quand j'étais mariée, je prenais cet ascenseur chaque matin avec mon ex. J'avais eu de nombreuses révélations abruptes dans les mois précédant et suivant la mort de Brandon – la mort a le pouvoir de nous ouvrir les yeux comme aucun autre événement. Une révélation devenait encore plus aveuglante à présent.

J'étais si jeune quand je m'étais mariée, fraîchement diplômée de l'université. Je ne savais rien, pourtant je pensais tout savoir. Pas de manière arrogante, juste de manière naïve et insouciante.

À l'époque, je me considérais chanceuse d'être tombée amoureuse du fils des plus proches partenaires commerciaux de ma famille. Cela semblait presque être un coup du destin. Maintenant, je savais que ce n'était pas de l'amour. Ce n'était en fait que l'idéalisation d'une personne et d'un concept, édifiés sur des fondations si précaires qu'elles n'avaient pas résisté à la première épreuve. C'était comme du verre soufflé qui se brisait à peine l'avait-on touché.

J'essayai d'imaginer si Flynn était avec moi. Bien que je sache qu'il serait en dehors de sa zone de confort, sa présence imposante traverserait ces couloirs avec une véritable assurance que mon ex n'avait jamais eue.

En sortant de l'ascenseur et en voyant la porte vitrée menant aux bureaux de l'entreprise familiale, je ressentis un intense désir pour Flynn. Je ne me laissais pas aller à me demander ce que je représentais vraiment pour lui. Parce que cela n'avait pas d'importance. Ce que nous avions et les nuits que nous avions passées ensemble étaient plus réels que tout ce que j'avais vécu auparavant. Il en était de même pour les amitiés que j'avais nouées au cours des quelques mois passés en Alaska. J'avais survécu au pire. Que Flynn tombe amoureux de moi ou non, j'irais bien. Mais là, tout de suite, il me manquait terriblement, et je me sentais soudainement fatiguée.

Je me rappelais combien il pouvait être bougon et l'autre facette de sa personnalité. Je me rappelais la sensation de sa main au creux de mon dos quand ma mère était arrivée, et la sensation de sa paume sur ma joue quand il m'appelait princesse. Je relevai le menton et forçai mes jambes à avancer.

Je m'attendais à me sentir un peu malade et intimidée. C'est ce que j'avais ressenti pendant des mois chaque fois que j'essayais de venir dans ces bureaux pendant que je faisais face au cancer de mon fils.

En franchissant les portes, je regardai devant moi et vis Carol, la réceptionniste. Elle écarquilla les yeux en me voyant. Elle se reprit rapidement et adopta une expression neutre et polie.

— Bonjour, Daphné.

Carol avait été amie avec Nat et avait couvert la tromperie. Bien que Nat ait été renvoyée, je supposais que personne ne savait que Carol était au courant. Je lui souris avec retenue. Dire que j'allais « bien » était la meilleure description que je pouvais donner de mon état.

— Bonjour, répondis-je.

En passant devant elle, je longeai le couloir. Je n'avais pas demandé, mais je m'attendais à ce que mon bureau soit occupé par quelqu'un d'autre. Je n'avais pas l'intention de l'utiliser, mais j'étais un peu curieuse. En m'arrêtant devant la porte, je vis que mon nom y figurait encore et qu'elle était verrouillée. En glissant ma clé dans la serrure, j'entrai dans le bureau, puis refermai la porte derrière moi.

Quelqu'un avait dû le nettoyer, car tout était parfaitement en ordre. Rien ne traînait sur la surface de mon bureau, et il était intact. Je n'étais pas venue dans ce bureau depuis que j'avais appris la liaison de Pete. Cela remontait à avant même la mort de Brandon.

Je découvrais que j'étais plus forte que je ne le pensais. Je pensais que ce serait douloureux, mais ça ne l'était pas. J'avais déjà laissé tout cela derrière moi. Je me retournai, laissai la porte de mon bureau déverrouillée et marchai d'un pas décidé dans le couloir. Arrivée devant le bureau de mon père, je frappai. Lorsque je l'entendis dire « entrez », je pénétrai à l'intérieur et refermai immédiatement la porte derrière moi.

— Bonjour, papa.

Il n'avait même pas encore levé les yeux. J'avais un atout de mon côté : la surprise. Ses yeux se levèrent brusquement.

— Daphné ! Je ne savais pas que tu étais là.

— Je sais. Je suis sûre que George ou Carol ont essayé de te prévenir.

Mon père jeta un coup d'œil à son téléphone et afficha un sourire en coin.

Il se leva de sa chaise et fit le tour de son bureau. Je me tenais devant, les doigts posés sur le bord du bureau. Lorsqu'il s'arrêta devant moi, je fus surprise de voir du regret et de la tristesse passer dans ses yeux.

— Je veux juste que tu saches que je suis désolé, dit-il lentement, d'une voix rauque.

J'étais choquée. Je ne réalisai pas tout de suite que j'avais la bouche grande ouverte. Dès que je m'en rendis compte, je la refermai.

— Pour quoi ?

— Pour ne pas t'avoir fait passer avant le reste.

Mon père me prit dans ses bras, les refermant autour de moi.

Après un moment où je restai figée, je lui rendis son étreinte avant de me reculer.

— Je ne reviendrai pas travailler ici. Je suis venue te le dire en personne.

Mon père se dirigea vers les fenêtres, qui donnaient sur le centre-ville d'Atlanta. Après un moment, il revint à son bureau et s'appuya contre celui-ci.

— Je comprends. J'ai même étudié la possibilité de défaire le partenariat avec la famille de Pete. C'est une possibilité lointaine, mais rien qui ne puisse se faire rapidement d'un point de vue juridique. J'allais te demander ce que tu aimerais que je fasse.

De toutes les choses que j'avais anticipées et pour lesquelles je m'étais préparée, celle-ci n'en faisait pas partie. Je me ressaisis et haussai les épaules.

— Même si tu te donnes la peine de faire cela, je ne travaillerai pas ici. Cela ne me procure aucune joie. Fais ce qui est le mieux pour l'entreprise.

Les yeux de mon père scrutèrent mon visage, son regard était perçant et évaluateur. Après un moment, il hocha la tête.

— Compris. Eh bien, je vais faire un seul changement.

— Lequel ?

— Je vais maintenir le partenariat uniquement si Pete ne travaille plus ici. Étant donné que ça a été une année difficile et chaotique, j'ai laissé cela de côté. Mais ce sera le seul changement que je ferai.

Ma surprise dut à nouveau se lire sur mon visage. Mon père me regarda tranquillement avant de se diriger à nouveau vers les fenêtres. Ses épaules étaient raides, et sa fatigue était évidente.

— Il y a beaucoup de choses que je n'ai pas bien faites dans cette vie, Daphné. Mais te demander de rester après ce qui s'est passé avec Pete restera l'un de mes plus grands regrets.

J'attendis en silence. Je ne pouvais pas dire que cela me rendait heureuse. C'était plutôt que, pour la première fois de ma vie, j'avais l'impression que mon père essayait de comprendre.

En se retournant pour me regarder, il poursuivit :

— Je suis désolé. Ta mère a encore du mal parce qu'elle veut que tu rentres à la maison. Je lui ai fait comprendre qu'il était peut-être temps qu'elle décide si elle veut vraiment continuer à t'avoir dans sa vie.

Je déglutis difficilement à cause de l'émotion qui me serrait la gorge et hochai lentement la tête.

— Ce n'est pas dans ma nature de ne plus vous parler, à toi et à elle, mais cette année a permis de mettre certaines choses en perspective. Tu n'étais pas obligé, mais merci d'avoir pris cette décision concernant Pete. Honnêtement, je ne vais pas travailler ici, donc si c'est mieux pour l'entreprise de le garder, ça me va.

Mon père secoua légèrement la tête.

— Ce n'est pas vraiment une décision d'affaires. Enfin, je suppose que ça l'est. Notre famille contrôle cinquante et un pour cent de cette entreprise, et sa famille contrôle quarante-neuf pour cent. Il m'a fallu du temps pour en arriver à cette conclusion, mais je ne peux pas travailler efficacement avec quelqu'un qui t'a fait ce qu'il t'a fait. Alors, voilà. Ta mère sait-elle que tu es ici ?

— J'avais prévu d'aller la voir après. Elle n'est pas au courant de ma venue.

Mon père gloussa doucement.

— Eh bien, je le sais, ma chère. Mon téléphone aurait explosé de ses appels si c'était le cas.

Je m'approchai de lui et il me serra fermement dans ses bras avant de se reculer et de me presser les épaules. Alors que ses mains retombaient, il demanda :

— Qu'est-ce que tu comptes faire ?

— Je ne sais pas.

Je quittai le bureau de mon père et montai les escaliers jusqu'au dernier étage où se trouvait le bureau de ma mère. Au fil des ans, ma mère avait occupé différents postes dans l'entreprise. Au cours de la dernière décennie, elle s'était presque exclusivement occupée des projets caritatifs de l'entreprise, un petit service, mais qui ne chômait pas.

La question de mon père résonnait dans mes pensées. *Qu'est-ce que tu comptes faire ?*

Honnêtement, je ne savais pas. J'avais quelques idées, mais rien de plus. J'improviserais, et tout se passerait bien. Je commençais à comprendre que je vivrais avec une cicatrice béante dans mon cœur à cause de la perte de mon fils pour le reste de ma vie. Mais le tissu cicatriciel est plus fort que le tissu original après sa guérison.

Je me souvenais des yeux de Flynn, ce bleu glacial avec un bord charbon. Je l'entendais dire « princesse » dans mes pensées encore et encore. Je sentis mes lèvres s'étirer en un sourire en me rappelant à quel point il m'avait initialement agacée et à quel point il pouvait être grognon.

Un autre élan de désir me traversa. Il me manquait. Je savais que je me remettrais de lui. Je retournerais en Alaska, et je cuisinerais là-bas. Ensuite, je partirais probablement quand le moment serait venu parce que je ne savais pas si Flynn pourrait un jour suffisamment baisser sa garde pour aimer quelqu'un, et je ne voulais pas qu'il change, jamais.

Quand je frappai à la porte de ma mère, elle s'ouvrit brusquement. Elle se tenait là, pratiquement vibrante d'énergie.

— Ton père vient d'appeler pour me faire savoir

que tu étais ici. Pourquoi n'as-tu pas appelé pour nous dire que tu rentrais à la maison ?

Elle m'entraîna presque dans son bureau.

— Heureusement que tu as eu assez de bon sens pour...

Elle s'arrêta de parler quand je la regardai sévèrement.

— Maman, ne parlons pas du bon sens que tu penses que j'ai ou non. Je suis revenue pour t'informer officiellement que je ne reviendrai pas travailler ici.

— Tu vas donc rouvrir ton restaurant.

Elle dit cela fermement, comme si c'était une tâche déjà accomplie. Comme si rouvrir mon petit café était rapide et facile.

Je secouai de nouveau la tête.

— Je ne pense pas. Je vais prendre le temps de réfléchir à ce que je veux faire. Pendant ce temps, j'ai un travail en Alaska et je n'ai pas l'intention de les laisser tomber.

Ma mère soupira en pinçant les lèvres.

— Es-tu tombée amoureuse de cet homme ?

Je n'étais pas prête à parler de mes sentiments pour Flynn avec ma mère.

— Maman, cela n'a pas d'importance. Je ne travaille pas ici et je ne prévois pas de vivre à Atlanta. Je viendrai vous rendre visite, et tout ira bien. Quant à ce que je fais et à qui j'aime, cela n'a vraiment pas d'importance.

Les lèvres de ma mère se pincèrent jusqu'à ne devenir plus qu'une ligne fine, et je fus choquée de voir ses yeux s'embuer.

— Je n'aime pas t'avoir si loin de moi, avoua-t-elle finalement.

— Maman, je ne sais pas où je vais finir, mais ce ne sera pas ici. Ce n'est tout simplement pas ce que je veux. Peut-être que cela changera, mais pour l'instant, je le sais. Peux-tu essayer de comprendre ?

Les yeux de ma mère, si semblables aux miens, se levèrent. Elle me regarda en silence.

— J'essaie. Ton père t'a-t-il dit qu'il allait conditionner le partenariat au départ de Pete ?

Je hochai la tête.

— Cela ne change toujours pas ma décision, et je le lui ai dit.

Ma mère poussa un léger soupir et acquiesça vivement.

— Combien de temps resteras-tu ici ?

— Quelques jours.

Ma mère, qui n'avait jamais été la personne la plus chaleureuse même dans les bons moments, s'approcha de moi et leva les mains pour presser mes épaules.

— Je t'aime, Daphné. Je ne comprends pas, mais j'essaierai.

Elle se pencha et posa un baiser sur ma joue, la preuve ultime d'affection pour ma mère.

— Où loges-tu ? demanda-t-elle en se reculant.

— Eh bien, j'espérais chez toi et papa.

— Bien sûr. Nous dînerons ensemble ce soir.

Chapitre Vingt-Huit

DAPHNÉ

Je réservai ma visite à la tombe de Brandon pour le matin de mon vol de départ. Ce n'était peut-être pas la meilleure chose à faire, mais je ne voulais pas m'attarder à Atlanta après cela. En effet, partout où j'allais, les souvenirs m'assaillaient comme des pierres dans une avalanche. Je les évitais constamment pour ne pas être écrasée par leur poids.

Alors que je chargeais ma valise dans ma voiture de location, mon téléphone vibra. Bien que j'aie supprimé le numéro de Pete de mon téléphone, je le connaissais encore par cœur. Je sentis la vibration dans ma paume en regardant l'écran, puis décidai qu'il valait mieux en finir. Cela ne servait à rien de l'éviter.

Je fis glisser mon pouce sur l'écran et portai le téléphone à mon oreille.

— Allô ?

— Daphné, c'est Pete. J'ai entendu dire que tu étais passée au bureau l'autre jour.

— Oui, c'est vrai.

C'était il y a trois jours, et il m'appelait seulement

maintenant. J'attendis de voir ce qui avait motivé son appel.

— J'ai besoin que tu parles à ton père.

Je faillis éclater de rire nerveusement. Lorsque j'avais compris à quel point l'affection dans mon mariage était superficielle, Pete avait cessé de faire semblant. Je savais qu'il aimait profondément notre fils, mais je ne me faisais pas d'illusions sur le fait qu'il m'ait jamais aimée. Je pense qu'il considérait notre mariage comme une alliance commerciale intéressante.

— À propos de quoi ?

— Apparemment, il conditionne mon départ de l'entreprise à la non-division de celle-ci. C'est toi qui lui as soufflé cette idée ?

— Absolument pas. Je n'ai pas l'intention de reprendre mon poste là-bas. Mon père a pris cette décision seul et attendait simplement de pouvoir m'en parler. Je te laisse te débrouiller pour trouver une solution. C'était tout ce dont tu voulais me parler ?

J'étais un peu choquée de voir à quel point j'étais calme. Sans doute avais-je vraiment tourné la page sur Pete et sur les idées fausses que je me faisais de notre relation.

Pete resta silencieux. Je sentis qu'il ne savait pas comment se comporter avec cette nouvelle version de moi. Lorsque j'avais découvert son infidélité, j'avais été anéantie et hystérique. J'étais passée de cet état à une colère froide, puis mon attention s'était entièrement portée sur la maladie et la mort de Brandon. De son côté, Pete avait adopté une attitude plutôt polie. Quand j'avais demandé le divorce, il avait opposé une faible résistance avant de céder rapidement lorsque j'avais engagé un avocat réputé impitoyable.

Visiblement, son avocat avait assez de jugeote pour réaliser combien leur cas serait mal vu au tribunal.

Après quelques secondes de silence, Pete reprit la parole.

— Je sais que ça a été une année de merde. Ça ne change pas grand-chose, mais je suis vraiment désolé. Brandon me manque.

Le chagrin me frappa si fort que j'en eus le souffle coupé. Même si Pete ne me manquait pas et que je voyais désormais clairement ce que notre relation n'avait jamais été, nous partagions une perte terrible. Je savais que personne d'autre ne pouvait comprendre ma douleur autant que lui.

Quand je repris mon souffle, je dis :

— Je sais qu'il te manque. Tu as été un père exemplaire. Malgré la manière dont tu m'as traitée, cela ne change rien au fait que je sais à quel point tu l'aimais.

Pete resta silencieux si longtemps que je crus qu'il avait raccroché. Quand il parla à nouveau, j'entendis les larmes dans sa voix.

— Tu as absolument raison. J'étais un mari minable, mais j'aimais Brandon, et il me manquera toujours.

Nous restâmes en silence au téléphone, et un étrange sentiment de paix m'envahit.

— Tu peux m'appeler si tu en ressens le besoin, dis-je finalement. Je te souhaite vraiment le meilleur, Pete.

Je ne me souvenais pas de la manière dont nous nous étions dit au revoir, mais nous raccrochâmes. C'était l'un des paradoxes que j'avais appris. Tout le monde avait différentes facettes – certaines bonnes, certaines neutres, certaines maladroites, certaines mauvaises. Pete était superficiel à bien des égards, mais il avait aussi été un bon père pour Brandon. Il n'avait jamais été comme tous ces pères qui ne s'oc- cupent pas de leurs enfants. Il changeait les couches, donnait les biberons pendant la nuit et n'hésitait jamais à l'emmener faire des activités.

Je pouvais reconnaître et aimer sincèrement cet aspect de lui pour ce que cela avait apporté à notre fils. Mais en tant que mari, il m'avait fait énormément souffrir, chose que je ne voulais en aucun cas revivre.

Je rassemblai mes forces, comme j'enroulerais un manteau autour de mes épaules, et terminai de faire ma valise. Après un court trajet, je marchai jusqu'à la petite plaque. *Brandon Lind. 2014 – 2018. Il a rempli nos vies de lumière, d'amour, de rire et de joie. Que sa mémoire vive pour l'éternité.*

Pendant presque tout le premier mois qui avait suivi la mort de Brandon, j'étais presque incapable de pleurer. Je me sentais tendue comme un nœud, le genre que vous essayez de le défaire avec vos doigts sans jamais réussir à le desserrer. Quand j'avais enfin réussi à desserrer le nœud, les larmes avaient jailli bruyamment, et cela me faisait presque mal de parler à quiconque. C'était comme si ma peau était meurtrie par mon deuil, sensible à l'air, à la lumière, et à la simple présence de quiconque savait ce qui s'était passé.

Pendant ces mois-là, il était plus facile d'être entourée d'inconnus parce qu'ils ne savaient pas. Je pouvais faire semblant d'aller bien. Étrangement, ce n'était pas du déni. C'était plutôt pour m'entraîner à garder la tête haute. Parce que je ne pouvais pas le faire avec ceux qui savaient ce qui s'était passé. Le simple fait qu'ils le sachent était un rappel suffisant pour que je m'effondre.

Puis vint la phase suivante : la colère. Je passais de la colère au déni et à une sorte de souhait irréaliste. Même maintenant, je savais exactement où j'avais rangé une tenue de Brandon, au cas où il réapparaîtrait mystérieusement. J'avais même apporté cette tenue dans mes bagages en Alaska. C'était au plus fort de ma colère que j'avais enfin consulté une thérapeute.

Elle m'avait, entre autres, assuré que je n'étais pas absolument folle de garder une tenue de Brandon. Apparemment, c'était commun. C'était une sorte de pensée magique que les gens avaient quand ils perdaient quelqu'un. Lorsque la mort était inattendue, elle m'avait dit que les gens avaient toutes sortes de pensées bizarres, et que l'espoir – peu importe à quel point il était parfois irrationnel – aidait à surmonter la douleur.

J'avais appris que le chemin sinueux du deuil n'avait pas d'ordre logique. Il était différent pour chacun, et mon processus était exactement ce dont j'avais besoin. C'était étrange d'y penser maintenant, mais avec le recul, je m'étais rendu compte que ma colère envers Pete et Nat m'avait en fait donné de la force pendant les moments les plus difficiles.

Je m'agenouillai dans l'herbe et passai mes doigts sur son nom. Je caressai le médaillon qui contenait une de ses boucles auburn. Indépendamment de la publicité impromptue pour le complexe de Flynn qui avait surgi sur mon écran, j'avais commencé à planifier un voyage en Alaska car Brandon rêvait d'y aller. Je ne me souvenais même plus de ce qui avait fait naître cette envie chez lui. Je pensais que c'était peut-être l'un de ces documentaires animaliers qu'il aimait regarder. Nous limitions son temps d'écran, mais il choisissait souvent ces documentaires pendant sa demi-heure. Il était tombé malade si vite. Nous n'avions même pas eu le temps de faire un voyage.

Alors j'avais fait ce voyage pour lui et pour moi. À présent, je ne savais pas si j'allais rester là-bas ou partir ailleurs. Peut-être que je reviendrais ici un jour. Je ne savais tout simplement pas.

— Je t'aime, mon ours, murmurai-je.

Nous avions fini par l'appeler Brandon-oursou, qui s'était raccourci en « ours » quand il était encore bébé. Le surnom était resté.

Je m'attardai encore quelques minutes avant de me lever. Sur le chemin de l'aéroport, Flynn occupait mes pensées. Il était toujours là, toujours présent en fili-grane. Bien que je ne sache toujours pas où ma vie me mènerait, je retournerais là-bas et verrais ce qui se passerait ensuite.

Je sortis mon téléphone et utilisai la commande vocale pour envoyer un message à Flynn.

J'atterris à Anchorage demain.

J'aurais voulu ajouter autre chose, mais quelque chose me retenait.

Chapitre Vingt-Neuf

FLYNN

— Flynn, je ne suis pas un bébé. T'es vraiment chiant, dit Cat, les joues rouges et ses yeux lançant presque des éclairs de colère alors qu'elle me fixait.

— Cat, c'est la deuxième fois que tu sèches les cours l'après-midi. Daphné n'est pas là pour venir te chercher, donc c'est moi qui m'en charge. Je croyais que tu avais décidé que ce type était un crétin.

Cat éclata soudain en sanglots et se tourna dans son siège pour regarder par la fenêtre. Elle serra ses bras fermement autour de sa taille. Pitié, aidez-moi. Je ne supportais pas de la voir pleurer.

Nora avait été la première à qui Cat avait envoyé un texto pour lui parler de son problème, mais elle avait un rendez-vous médical cet après-midi et n'était pas disponible. Nora m'avait envoyé un texto juste avant que je ne décolle pour un vol touristique. Tucker m'avait gracieusement remplacé, et j'avais foncé pour aller chercher Cat à l'adresse que Nora m'avait envoyée par texto.

Ne sachant pas quoi dire à Cat et pensant que tout ce que je pourrais dire serait une mauvaise idée, je démarrai mon pickup et commençai à conduire vers la maison. Après quelques minutes, je dis :

— Écoute, je comprends que tu l'aimes peut-être, et que tu veux peut-être l'impressionner. Je suppose qu'il t'a encore mis la pression. Tu n'as pas à me dire si j'ai raison, et, personnellement, je préférerais me tromper. Peut-être que ce n'est pas un crétin fini, mais je parie qu'il veut juste coucher avec toi parce que c'est ce que la plupart des gars veulent faire à son âge et franchement, jusque dans la vingtaine et même plus tard.

J'entendis Cat rire un peu, alors je poursuivis.

— Tu n'as plus le droit de traîner avec lui. Je suis sûr que ça ne te fait pas plaisir, mais c'est comme ça. Tu sais déjà que tu n'es pas censée sécher les cours. Tu es privée de sortie pendant une semaine, et je parlerai au directeur de ce que le lycée compte faire.

Le reste du trajet se fit en silence, et j'aurais aimé que Daphné soit là. D'après le texto qu'elle m'avait envoyé ce matin, elle serait là demain, mais l'attente était trop longue.

Cat ne voulait même pas me regarder. Chaque fois que je jetais un coup d'œil dans sa direction sur le siège passager, sa tête était tournée vers la fenêtre. Elle reniflait quelques fois, et mon cœur se fissurait à chaque reniflement. Je détestais vraiment, vraiment voir Cat souffrir.

Elle avait toujours été une fille pleine d'esprit. On ne pouvait pas vraiment la qualifier de garçon manqué. En Alaska, elle était plutôt dans la norme. Elle savait comment manier un fusil, elle nous avait aidés, Grant et moi, à nous débarrasser d'une carcasse d'élan une fois, elle savait comment changer l'huile de mon pickup, et elle était en passe de devenir une excellente mécanicienne pour nos petits avions. Elle connaissait bien les bois et était à l'aise en plein air. Elle était aussi très féminine. Elle aimait se faire belle pour toute sortie.

J'avais envie de botter le cul de ce type, mais je savais que Cat serait mortifiée si j'intervenais. Tout ce que je pouvais faire, c'était lui dire qu'il se comportait comme un con et lui interdire d'aller chez lui à nouveau. Ensuite, il ne me restait plus qu'à prier pour qu'elle ne le fasse pas. Peut-être qu'elle le ferait quand même. Selon ce que j'apprendrais d'autre, je pourrais parler avec ses parents.

Daphné était avec nous depuis plus de deux mois quand elle était partie à Atlanta, et l'hiver pointait déjà le bout de son nez. Pendant ce court laps de temps, je n'avais pas manqué de remarquer que Cat se livrait plus facilement à Daphné qu'à nous autres. Probablement parce que Cat trouvait, comme la plupart des adolescents, que Daphné semblait plus neutre et n'avait pas les liens émotionnels des frères et sœurs. Elle était aussi ce qui se rapprochait le plus d'une mère pour Cat depuis la mort de la nôtre. Nora et Cat étaient trop proches en âge.

Évidemment, le fait que Cat sèche les cours n'était qu'une faible distraction qui ne suffisait pas à me détourner longtemps de mon obsession pour Daphné.

Je me demandais comment elle allait. Je n'aimais même pas penser à quel point elle me manquait. Elle me *manquait*.

Après notre retour, Cat s'enferma dans sa chambre. Je trouvai Diego dans la cuisine, en train de fouiller dans le grand garde-manger.

— Tu cuisines, ce soir ? demanda-t-il en se redressant quand il me vit entrer.

— Oui. Daphné arrive demain.

— Dieu merci, murmura Diego.

Il ouvrit le réfrigérateur et attrapa une bière. En me regardant, il en brandit une autre ; la question était implicite.

— Oui, s'il te plaît.

J'attrapai la bière qu'il lança entre nous d'une main et cherchai l'ouvre-bouteille dans le tiroir juste à côté de ma hanche.

— Donc, Daphné revient vraiment ? demanda Diego avant d'ouvrir sa bière et d'en prendre une longue gorgée.

Je hochai la tête et me dirigeai vers le garde-manger pour décider ce que j'allais préparer pour nos invités ce soir.

— Que dirais-tu de filets de saumon avec du riz et des légumes pour le dîner ? demandai-je en revenant dans la cuisine avec le riz déjà en main.

— Acceptable, répondit-il.

Je levai les yeux au ciel et pris un paquet dans le congélateur contenant assez de filets surgelés pour le groupe qui était là ce soir. Lorsque je commençai à cuisiner, Diego m'aida. Il se défendait en cuisine, mais je ne le payais pas pour ça. Son aide était toujours la bienvenue, car il était plus doué que moi pour les assaisonnements.

Nous travaillâmes en silence pendant un moment. Diego finit de mesurer le riz, puis déclara :

— J'ai entendu dire par Trey que tu allais racheter son entreprise au printemps prochain. Tout est réglé ?

— Oh, ouais. J'ai obtenu un prêt à la banque. Un avion de plus et ses clients, ça ne sera pas de refus. On l'aura aussi en renfort quand il aura le temps, répondis-je.

— Bien joué.

Diego se dirigea vers l'évier pour se rincer les mains. J'ajustais la flamme sous le riz quand il ajouta :

— En parlant de ça, t'as pris les choses en main avec Daphné ?

Je finis par augmenter la flamme au lieu de la baisser. Diego ricana et fit un geste du coude en direction de la flamme en se séchant les mains.

— Merde, marmonnai-je.

Après avoir ajusté correctement la flamme, je le regardai.

— Comment ça ?

— Je pense que tu pensais qu'elle ne reviendrait pas.

Il avait parfaitement raison, et je détestais l'admettre. J'avais pensé qu'elle partirait et découvrirait que la vie qu'elle avait avant de venir ici était celle qu'elle préférait. Je fus tenté de l'envoyer balader, mais comme tous les gars qui m'avaient suivi ici après mon départ de l'armée de l'air, je faisais entièrement confiance à Diego. Il me taquinait, certes, mais il voulait toujours mon bien.

— Tu as raison.

— Alooooors ?

— Je ne sais pas, mec. On vient de deux mondes différents.

— Nous aussi, ça n'empêche pas que tu es comme un frère pour moi. Mec, tu as grandi ici. Il fait froid et c'est magnifique. J'ai grandi sous le soleil brûlant du Texas. Je suis tombé amoureux de cette région, et je te considère comme un membre de ma famille. Ne me sors pas cette connerie des mondes différents. Beaucoup de gens viennent de mondes différents, mais en fin de compte, ça n'a pas d'importance.

Il serra le poing et le cogna contre son torse.

— C'est ça qui compte.

Mon cœur fit un bond si fort que j'eus l'impression qu'il avait réellement entendu Diego. Je pris une profonde inspiration et finis ma bouteille de bière avant de la jeter dans la poubelle de recyclage. Je remuai le riz avant de répondre :

— Je ne sais pas ce que je fous.

— Eh bien, oui, ça se voit, plaisanta-t-il.

Je levai les yeux au ciel, et son regard devint sérieux.

— Je ne t'ai jamais vu comme ça avec quelqu'un. Ne fais pas le con.

— Mec, je n'ai eu aucun modèle de relation saine. Ma mère était géniale, mais elle n'a jamais eu de chance en amour. Je n'ai jamais rencontré mon père, et mon beau-père était un connard qui l'utilisait et n'était presque pas présent pour ses enfants.

Diego me lança un regard pensif, sa langue pressée contre sa joue, un tic qu'il avait lorsqu'il réfléchissait.

— Je n'ai jamais été amoureux, mais avant la mort de mes parents, d'aussi loin que je me souvienne, ils étaient follement amoureux. Ils étaient passionnés, tant pour l'amour que pour les disputes, dit-il en riant. Ils auraient fait n'importe quoi l'un pour l'autre. Je n'étais pas sûr de tes sentiments pour Daphné jusqu'à ce que tu ne lui dises pas ce que tu ressentais avant qu'elle parte.

Confus, je penchai la tête sur le côté.

— Hein ?

— Peut-être que tu ne l'as pas fait consciemment, mais je crois que tu as choisi de ne pas lui dire à quel point elle comptait pour toi parce que tu avais peur que cela influence son choix entre rentrer chez elle et revenir. Tu n'as pas voulu peser dans la balance parce que tu tiens suffisamment à elle pour vouloir que ce soit son choix.

— Wouah, c'est profond, dit Elias en entrant dans

la cuisine, après avoir entendu la fin des propos de Diego.

Je lui lançai un regard noir, et il me fit un clin d'œil. Il sortit sa propre bière du réfrigérateur avant de nous regarder.

— Que ferions-nous sans Diego et ses conseils sur la vie et l'amour ? plaisanta-t-il affectueusement.

Diego leva les yeux au ciel.

— Flynn est stupide.

Elias me lança un regard perçant alors que son sourire s'effaçait.

— Il a raison, tu sais.

———

Daphné occupa mes pensées le reste de la soirée et jusque tard dans la nuit. En fait, elle était toujours présente dans mon esprit. Daphné était mon point faible.

Ce soir-là, allongé seul dans mon lit, je crispai ma main autour de mon membre dressé. Paradoxalement, je résistai à l'envie de me satisfaire. J'avais besoin de Daphné.

J'avais aussi besoin d'un peu de courage. Moi qui pensais avoir des nerfs d'acier grâce à mes années passées dans l'armée, je me retrouvais intimidé par une femme qui ne faisait peut-être pas plus d'un mètre cinquante et que je pourrais porter sur dix kilomètres.

Chapitre Trente

FLYNN

J'attendais dans le hall des arrivées à l'aéroport. J'avais répondu au message de Daphné pour lui demander à quelle heure elle atterrirait, mais elle m'avait simplement répondu qu'elle louerait une voiture. J'avais été surpris de recevoir ce matin un e-mail de la mère de Daphné sur notre boîte mail professionnelle. Avec l'itinéraire de voyage de Daphné, rien de moins. Sa mère avait aussi très poliment demandé si quelqu'un pouvait venir chercher Daphné à l'aéroport parce qu'elle pensait que Daphné ne le demanderait pas elle-même. Sa mère s'inquiétait qu'elle fasse un long trajet seule, même si elle savait qu'elle l'avait déjà fait auparavant.

Les passagers commencèrent à sortir par les portes, m'indiquant que le vol avait atterri. J'attendais impatiemment de voir les cheveux auburn de Daphné. Bien qu'elle soit petite, j'étais assez grand pour voir par-dessus la foule, et je ne manquai pas le moment où elle apparut dans mon champ de vision.

Mon pouls s'emballa, et cette tension familière fourmilla dans tout mon corps. Lorsqu'elle franchit les portes vitrées, je me détachai du mur. Son regard était dirigé vers le sol, alors je pris un moment pour l'observer. Elle portait encore un chemisier avec une jupe et des bottes, et mon cœur faillit bondir hors de ma poitrine. J'avais oublié à quel point elle était mignonne en jupe.

— Daphné.

Sa tête se redressa brusquement. Elle regarda d'abord de l'autre côté, et il fallut plusieurs secondes pour que son regard se pose sur moi. Mais quand elle me vit, elle écarquilla les yeux et s'avança vers moi immédiatement.

— Flynn, commença-t-elle, d'un ton étonné. Je ne savais pas que tu venais me chercher. J'allais louer une voiture.

Sous le coup de l'émotion, je n'arrivais pas à parler, alors je m'approchai d'elle et la pris dans mes bras. Elle se détendit immédiatement contre moi, enroula ses bras autour de ma taille et posa sa tête sur mon épaule.

En reposant ma joue contre ses cheveux, je me contentai de respirer son odeur, de sentir sa présence. Sa simple présence me rassurait et m'aidait à retrouver mes repères. Elle leva la tête, ses yeux sondant les miens.

— Ta mère nous a envoyé un e-mail et a demandé à ce que quelqu'un vienne te chercher. C'est ce que je voulais faire, de toute façon, mais tu es restée vague sur ton heure d'arrivée.

Je ne pus retenir mon rire quand les yeux de Daphné s'écarquillèrent de manière comique.

— Ma mère t'a envoyé un e-mail ? T'es pas sérieux ?

— Oh que si. Et tant mieux, ça m'a évité d'avoir à attendre ici toute la journée. Je ne savais pas où tu avais fait ta correspondance, alors je ne savais pas d'où tu venais.

Elle plissa le nez et esquissa un sourire gêné.

— Je ne voulais pas m'imposer.

— J'adore quand tu t'imposes, dis-je d'un ton taquin, mais j'étais on ne peut plus sérieux.

Elle se mordit la lèvre, et son sourire se dessina lentement.

— Je suis contente de te voir.

Quelqu'un la heurta par derrière.

— Tu as des bagages ? demandai-je en l'attirant contre moi tout en me tournant.

— Juste un sac.

— Allons le chercher.

Je ne pouvais m'empêcher de la toucher, alors j'enlaçai sa main dans la mienne pendant que nous marchions.

— Comment s'est passé ton voyage ? demandai-je lorsque nous nous arrêtâmes près du carrousel à bagages.

Elle leva vers moi ses magnifiques yeux verts et me regarda d'un air pensif.

— C'était ce dont j'avais besoin. Je suis contente d'être de retour.

— Je suis content de te retrouver.

———

À l'approche de l'hiver, les jours se raccourcissaient. Nous regardions le soleil faire sa majestueuse révérence tandis que nous roulions vers le sud le long du Turnagain Arm, où la route serpentait au pied des montagnes d'un côté et longeait les eaux du golfe de Cook de l'autre côté. La vue était saisissante et époustouflante.

— Oh, waouh, souffla Daphné en regardant les sommets enneigés des montagnes teintés par le coucher du soleil d'une couleur rose et lavande translucide.

— C'est l'alpenglow.

Je sentis le regard de Daphné se tourner vers moi et jetai un coup d'œil de côté, ressentant un petit choc juste en croisant ses yeux avant de reporter les miens sur la route.

— C'est la réflexion du soleil.

— On dirait que les premières neiges des sommets sont tombées, fit-elle remarquer.

— Princesse, on croirait entendre une vraie Alaskienne quand tu parles des premières neiges des sommets, la taquinai-je.

Ne pouvant pas y résister, je jetai un coup d'œil rapide dans sa direction, avant de ramener rapidement mes yeux sur l'autoroute sinueuse devant moi. Ce bref regard me suffit à voir ses joues se teinter de rose.

— C'est Cat qui m'en a parlé.

Je ris.

— Bien. Tu sais, tu as fait beaucoup de chemin depuis le jour où je t'ai trouvée en train de faire signe au milieu de la route.

Je sentis plutôt que je ne vis le sourire de Daphné.

— Je n'ai jamais été du genre à reculer plutôt qu'apprendre quelque chose de nouveau. Je me plais bien ici. Cependant, je ne me vois pas piloter un avion ou repousser des ours.

Je ris.

— J'ai beau piloter des avions presque tous les jours, je ne suis pas assez stupide pour essayer de repousser un ours.

— Comment va Cat ? demanda-t-elle ensuite.

Je pris une profonde inspiration et ne cherchai même pas à cacher mon soupir.

— J'ai dû aller la chercher hier chez ce garçon. Je

l'ai de nouveau privée de sortie pour une semaine et elle n'a pas le droit de le voir. Elle pleurait, et c'était horrible. En fait, elle s'est enfermée dans sa chambre la nuit dernière et ne m'a pas adressé la parole depuis. Elle est sortie pour aller en cours, donc je l'ai vue, mais elle a refusé de parler.

— Oh, Cat, dit Daphné d'un ton compatissant. L'adolescence, c'est dur, surtout pour les adolescentes.

— Peux-tu m'expliquer pourquoi elle a encore séché les cours avec lui ? Après ce qui s'est passé la dernière fois, je ne comprends pas vraiment. Je lui ai dit que les garçons sont un peu des crétins et qu'ils sont obsédés. Enfin, je ne l'ai pas dit comme ça, ajoutai-je précipitamment.

Le rire de Daphné me donna envie d'arrêter de conduire et de l'embrasser, mais je ne le fis pas. La nuit tombait alors que je continuais de conduire.

— Je ne suis pas Cat, donc je ne sais pas vraiment. La plupart des adolescentes ont une faible estime d'elles-mêmes. Il y a même des recherches là-dessus. De toute évidence, elle aimait ce garçon avant, donc il a probablement réussi à la convaincre qu'il n'allait plus lui mettre la pression.

— Mais Cat est tellement autoritaire et forte et...

Je secouai la tête.

— Je ne comprends pas.

Daphné me serra le genou. Dès qu'elle retira sa main, je voulus qu'elle revienne.

— Ce n'est pas si simple. Cat peut être autoritaire, forte et confiante dans certains domaines et ne pas se sentir bien dans sa peau dans d'autres. Le monde n'est pas tendre avec les filles. C'est particulièrement brutal quand on est adolescente.

— Donc, commençai-je lentement, c'est probablement une mauvaise idée si je me pointe chez ce garçon et lui fais passer un sale quart d'heure ?

— Absolument. À moins qu'il soit allé trop loin après qu'elle lui a dit non. Si c'est le cas, tu devras quand même rester raisonnable et parler à ses parents. Même si c'est un crétin, il n'a que seize ans aussi. Elle t'a dit ce qui s'est passé ?

— Tu as zappé le moment où je t'ai dit qu'elle ne m'avait pas parlé la nuit dernière et ce matin ? demandai-je sèchement.

Cette fois, le rire de Daphné fut doux et compréhensif.

— J'ai compris. Tu penses qu'elle en a parlé à Nora ?

— Nora m'a dit que non. J'espérais un peu que Cat te parlerait.

— Moi ? couina Daphné, l'air surprise.

— Oui, toi. Tu vois ce que je veux dire. Je n'ai peut-être jamais été adolescente, mais j'ai été adolescent. Je me souviens que, parfois, c'est plus facile de parler à des gens où il n'y a pas autant de...

Je m'interrompis brusquement parce que je ne savais pas comment décrire ce que je voulais dire.

— Lien affectif ? suggéra Daphné.

— Oui, c'est ça. Elle te fait confiance. Est-ce que ça te dérange d'essayer de lui parler ?

— Bien sûr que non, mais pas ce soir. Quand j'arriverai, il sera tard, donc j'essaierai demain. Peut-être que je pourrai la récupérer à la fin des cours et l'emmener prendre un café ou quelque chose comme ça.

— Fais ce que tu penses être le mieux, tant que ça fonctionne.

J'étais tellement soulagé que Daphné soit prête à essayer de parler avec Cat que, honnêtement, peu m'importait ce qu'elle ferait.

— Les trajets en voiture sont parfaits parce qu'elle peut me parler sans avoir à me regarder dans les yeux.

Je ris.

— C'est vrai.

Je marquai une pause avant de demander :

— Alors, raconte-moi ton voyage.

Un silence assourdissant s'installa pendant quelques secondes, et mon cœur se mit à battre de manière irrégulière. Je savais bien que son retour chez elle avait été un vrai parcours du combattant émotionnel. Aussi ouverte et honnête que Daphné fût à propos de ce qui s'était passé, je ne savais pas ce qu'elle était prête à partager avec moi. C'était un *grand* défi pour moi de m'aventurer sur ce terrain chargé d'émotions.

Je faillis m'effondrer de soulagement quand elle parla.

— Ça a été dur, mais ça m'a fait du bien. Étant donné que tu n'as pas vu ma mère sous son meilleur jour, tu seras peut-être étonné d'apprendre que nous sommes actuellement en bons termes.

— Bon à savoir, dis-je d'une voix rauque, et je le pensais.

Même si je trouvais que la mère de Daphné avait été dure, j'avais suffisamment vécu pour savoir que les gens sont complexes et compliqués. Il est possible de faire du mal tout en aimant réellement une personne.

Ma main trouva celle de Daphné alors que je conduisais dans l'obscurité. Le silence entre nous était confortable. Au fil des kilomètres, l'air autour de nous se fit plus lourd. Les émotions se bousculaient dans ma poitrine, et il y avait tellement de choses que je voulais lui dire. Mais il y avait un petit problème : les mots n'avaient jamais été mon fort. J'étais définitivement un homme d'action.

L'intensité de ce que je ressentais pour Daphné

s'entremêlait comme une vigne autour des sentiments inattendus que j'éprouvais pour elle. Cette liane s'entrelaçait encore plus fortement avec le désir puissant et implacable que je ressentais pour elle. Je ne réfléchis même pas quand je quittai précipitamment l'autoroute pour me rendre à un point de vue à travers un petit bosquet d'arbres.

— Où... ?

La question de Daphné resta en suspens quand j'arrêtai le pickup et me garai.

Pour la première fois de ma vie, je fus agacé par la présence de la console entre les deux sièges avant de mon pickup. Étant donné ma taille, mon siège était déjà reculé au maximum. Dès que les yeux de Daphné croisèrent les miens, je vis le désir briller dans les siens. C'était comme si nous créions notre propre électricité, tellement brûlante qu'elle chauffait l'espace autour de nous.

Je me penchai par-dessus la console, emmêlai ma main dans ses cheveux et m'emparai de sa bouche dans un baiser féroce. Je grognai. Daphné n'hésita pas à ouvrir la bouche et à glisser sa langue contre la mienne. Il n'y avait rien de gracieux ou de contrôlé dans les minutes qui suivirent, où je l'attirai sur mes genoux.

Sa tête heurta le toit, et je murmurai « désolé » contre sa gorge quand son coude se cogna contre la vitre côté conducteur.

— Tu devrais porter des jupes plus souvent, haletai-je en laissant tomber ma tête contre le siège et en faisant glisser mes paumes le long de ses cuisses.

Sa peau se hérissa.

— Bébé, tu as froid.

— Il ne faisait pas froid quand je suis montée dans l'avion.

Sa phrase s'acheva sur un petit gémissement alors

que j'atteignais sa culotte et la caressais avec ma phalange à travers la soie humide.

Elle haleta de nouveau lorsque je poussai la soie de côté pour découvrir son excitation chaude et luisante.

— Flynn, murmura-t-elle contre ma gorge tandis qu'elle posait son front sur mon cou et que ses hanches se balançaient sous mes doigts.

— Oui, princesse ?

Elle glissa sa main entre nous et passa audacieusement sa paume sur la bosse dure de mon membre. Ma queue était si enflée que je pouvais sentir les dents de ma braguette qui la pressaient.

Je gémis lorsqu'elle dézippa rapidement ma braguette et baissa mon jean juste assez pour libérer ma queue.

— Daphné, grognai-je, d'une voix rauque et gutturale.

Nous tâtonnâmes, puis mon gland se pressa contre son entrée, et je m'enfonçai en elle d'un seul coup.

Je n'avais peut-être pas les mots, mais je savais aimer Daphné avec mes mains, ma bouche, mes lèvres, ma langue, mes dents et tout mon être. Dès l'instant où je fus en elle jusqu'à la garde et la sentis se contracter autour de moi, j'apposai un baiser langoureux contre son cou. Je tirai brusquement sur son chemisier, arrachant quelques boutons au passage. Je savourais chaque petit son qu'elle émettait.

Chapitre Trente-Et-Un

DAPHNÉ

Flynn me remplissait, et la fusion glissante de notre union créait une friction qui me faisait déjà vaciller au bord de l'orgasme. Il s'insinua en moi avec des mouvements subtils, contrôlant le mouvement de mes hanches tandis que je montais et redescendais.

Mon pouls battait la chamade, et je me sentais ivre de plaisir. La vague d'émotions inattendue qui m'avait submergée lorsque je l'avais vu à l'aéroport se mêlait à un tourbillon de sensations. J'avais l'impression que j'allais prendre feu tant ce moment était intense.

Comme toujours, Flynn savait exactement ce dont j'avais besoin. Juste au moment où je commençais à me sentir désespérée, à la poursuite de l'orgasme qui me filait entre les doigts, sa main glissa dans mon dos et agrippa fermement ma hanche. Je sentis ses doigts s'enfoncer dans ma chair lorsqu'il murmura :

— Vas-y, princesse. Jouis pour moi.

Il déposa un baiser brûlant sur la peau sensible derrière mon oreille. Il ajusta notre angle, et la friction glissante sur mon clitoris me fit exploser dans un cri. Mon orgasme déferla en moi brutalement. J'entendis ma propre voix murmurer son nom et sentis la chaleur de sa jouissance me remplir. Il grogna mon nom contre ma gorge.

Nous restâmes ainsi un long moment. Nos joues étaient pressées l'une contre l'autre, mon visage enfoui dans son cou. J'étais presque dans une torpeur, complètement détendue par la vigueur de notre étreinte. Je sentis la douce pression de ses lèvres sur le côté de mon cou avant qu'il ne lève la tête et ne la repose contre le siège.

Il me fallut faire un effort pour lever la tête. Quand je croisai son regard désormais familier, mon cœur se mit à battre la chamade, et tout mon corps frissonna sous l'émotion qui me secoua avec la force d'un tremblement de terre.

— Tu m'as manqué, dit Flynn, me surprenant par ses mots et la gravité de son ton. Au cas où cela n'était pas évident.

Il esquissa un sourire en coin ironique.

Je voulais dire à Flynn que j'étais tombée amoureuse de lui, mais cela ne semblait pas être le bon moment. Je levai une main et lissai ses cheveux ébouriffés.

— Toi aussi, tu m'as manqué. Au cas où cela n'était pas évident.

Son sourire s'étendit à l'autre coin de sa bouche lorsque je repris ses mots.

— Y a-t-il un risque que quelqu'un arrive en voiture ? demandai-je, prenant seulement maintenant conscience de l'endroit où nous étions.

Je regardai l'obscurité au-dehors et vis la lune se lever au-dessus des montagnes au loin.

— Si c'était l'été, oui. Mais si c'était l'été, il ferait jour, et il y aurait beaucoup plus de touristes. Je pense qu'on devrait y aller.

Je ne parvenais pas à me résoudre à bouger. Flynn me regarda et passa son pouce sur mes lèvres avant de se pencher pour m'embrasser rapidement mais intensément.

— Je me demande si ce serait prudent de conduire avec toi sur mes genoux, ajouta-t-il en se reculant.

— Certainement pas.

Je ris et sentis mon intimité se contracter légèrement autour de lui.

Je me détachai de lui à contrecœur et rampai de nouveau vers mon siège avec son aide. Après nous être rhabillés, Flynn se pencha pour m'embrasser longuement, ce qui fit battre mon cœur à toute vitesse.

Chapitre Trente-Deux

DAPHNÉ

— Non, je l'ai quitté, déclara Cat avec un petit soupir en resserrant sa queue de cheval. Et maintenant ?

Il était six heures du matin et Cat était arrivée dans la cuisine une heure plus tôt, annonçant qu'elle voulait apprendre à mieux cuisiner. Cela faisait quatre jours que j'étais de retour et je n'avais pas encore eu l'occasion de vraiment parler avec Cat, comme Flynn l'avait espéré. Il comprenait que je ne pouvais pas forcer les choses, mais il m'en avait également parlé chaque soir. Mon cœur se serrait un peu à chaque fois, car il aimait sa petite sœur et s'inquiétait pour elle. Il affichait sa confiance et sa mauvaise humeur habituelle avec tant de naturel que voir sa difficulté à savoir comment agir avec sa sœur adolescente en devenait presque attendrissant.

Flynn et moi avions repris notre routine d'avant ; nous étions ensemble jusque tard le soir, généralement dans ma chambre. Bien que nous ne cachions pas qu'il se passait quelque chose entre nous, je n'étais toujours pas à l'aise à l'idée de passer la nuit dans les quartiers privés qu'il partageait ici, au complexe, avec Cat.

J'avais largement accepté mes sentiments pour lui, mais je sentais le petit écart que Flynn maintenait entre nous. Sauf quand nous étions nus. Là, nous étions vulnérables et à découvert. Si nos corps pouvaient parler, tout serait réglé.

Nos ébats restaient fantastiques, mais avoir des rapports torrides sans engagement n'était pas un bon exemple à montrer à Cat, surtout à son âge. Je ne pensais pas que Flynn était prêt à avouer ses sentiments, et étonnamment, cela ne me dérangeait pas. Pour l'instant.

Je désignai les deux oignons que j'avais posés sur le comptoir plus tôt.

— On doit les hacher pour les mettre dans les œufs brouillés.

— Des oignons dans les œufs ?

— Oui. Les oignons rendent tout meilleur, Cat. Tu n'as probablement même pas remarqué les oignons sautés dans d'autres plats que j'ai faits. Le couteau que j'ai sorti sur la planche à découper est le meilleur. Coupe les extrémités de l'oignon, puis tranche-le en deux. Ensuite, tu peux enlever la peau et commencer à le hacher.

Cat suivit mes instructions à la lettre et ne posa aucune question supplémentaire en commençant à les hacher. Pendant ce temps, je mis une grande poêle à sauter sur le feu et y versai de l'huile d'olive avant de mettre le brûleur sur feu doux.

— Attends un peu, puis tu pourras commencer à mettre les oignons dans la poêle.

Cat continua de hacher tout en levant brièvement les yeux et hochant la tête.

Je décidai de tenter ma chance.

— Je suis sûre que tu te doutes que Flynn se demande pourquoi tu es retournée chez Jonathon.

Cat garda les yeux baissés en répondant :

— Ben, évidemment. Je le savais.

— J'ai bien dit que je pensais que tu t'en doutais, rétorquai-je.

Cat lâcha un petit rire en posant le couteau. Je soulevai la poêle pour faire en sorte que l'huile d'olive recouvre toute la surface avant de la reposer.

— Vas-y, ajoute les oignons.

Je fis un geste vers la poêle.

— Je ne sais pas pourquoi j'y suis allée, commença Cat en raclant soigneusement les oignons de la planche à découper dans la poêle. Jonathon a dit qu'il était désolé, et ce n'est pas comme si je n'aimais pas l'embrasser. Je ne voulais juste pas que ça aille plus loin. Comme il s'est excusé, j'ai pensé qu'il avait compris.

— Et il n'a pas compris ? la relançai-je.

Je découvrais que cuisiner était tout aussi pratique que conduire pour aborder des conversations potentiellement difficiles. Nous étions toutes les deux occupées par des tâches qui ne demandaient pas trop de concentration, nous pouvions donc discuter sans nous regarder directement. Le contact visuel ne me dérangeait pas, mais je savais que Cat ne saurait plus où se mettre si l'on se concentrait trop sur elle.

Cat poussa un soupir en se tournant pour rincer la planche à découper.

— Flynn a plus ou moins dit que les garçons sont bêtes et qu'ils veulent juste avoir des rapports sexuels.

Je ris.

— C'est un peu vrai, surtout à cet âge. Si Jonathon ne respecte pas tes limites deux fois, il t'a montré qu'il ne les respectera pas. C'est aussi simple que ça.

Le soupir de Cat fut plus lourd cette fois.

— Oui. Il m'a dit que j'étais une prude. C'est tellement stupide.

Venait maintenant la partie difficile. Sans que je le lui demande, Cat avait déjà commencé à remuer les oignons.

— As-tu entendu dire qu'il aurait dit quelque chose ? Je sais que les rumeurs se répandent comme une traînée de poudre au lycée.

— Pas encore. Même si c'est un crétin, il sait que j'ai beaucoup d'amis.

— En effet. Parce que tu es une bonne amie, affirmai-je. Est-ce que ça te dérange si je pose une autre question ?

— Euh, non, hésita-t-elle.

J'avançais prudemment. Elle ne m'avait pas encore claqué la porte au nez.

— A-t-il été trop insistant ? Est-ce que c'est quelque chose dont Flynn devrait parler à ses parents, au lycée ou même à quelqu'un d'autre ?

Cat resta parfaitement silencieuse, je la regardai rapidement et constatai qu'elle n'avait pas l'air trop bouleversée. Après un moment, elle me regarda.

— C'est plutôt sérieux comme sujet.

— Ça l'est. C'est une question sérieuse, et c'est important.

Cat regarda de nouveau les oignons et les remua distraitement.

— Non, il n'a rien fait qui justifierait que Flynn parle à ses parents, au lycée, ou à la police. Je suppose que c'est ce que tu sous-entendais quand tu as dit « quelqu'un d'autre ».

Elle posa la spatule pour mimer des guillemets lorsqu'elle dit « quelqu'un d'autre ».

— Il m'a juste mis beaucoup la pression. Je lui ai dit

d'aller se faire foutre. J'ai pleuré parce que je me sentais idiote de l'avoir cru à nouveau. Je n'ai pas pleuré devant lui, cette fois. J'ai attendu dans l'allée que Flynn vienne me chercher. Laisse-moi te dire que j'aurais préféré que tu ne sois pas en voyage, ajouta-t-elle avec emphase.

Je râpais du fromage. Je posai la râpe avant de me tourner et de prendre brièvement Cat dans mes bras.

— Tu t'en sors très bien. En fait, je suis contente que ce soit Flynn qui soit venu plutôt que moi.

Quand je me reculai et passai mes mains le long de ses bras, je fus surprise de voir un léger voile de larmes dans ses yeux. Elle plissa le nez et se tourna à nouveau pour surveiller les oignons.

— Pourquoi tu dis ça ? Il m'a punie, marmonna-t-elle.

— Il ne t'a pas punie pendant quelques jours la première fois ?

— Eh bien, si, mais...

— Mais quoi ? Il faut que tu comprennes bien que je ne cacherai jamais ce genre de choses à Flynn. Jamais.

Cat me lança un faux regard noir avant d'éclater de rire.

— On ne sait jamais.

À ce moment-là, la porte de leur appartement s'ouvrit, et Flynn entra d'un pas décidé dans la cuisine. Il nous jeta un coup d'œil en se dirigeant droit vers la cafetière.

— Pourquoi es-tu déjà debout, Cat ?

— Daphné m'apprend à mieux cuisiner.

Le regard de Flynn croisa le mien un instant, assez longtemps pour que je sente une chaleur envahir ma peau. Il détourna les yeux et se concentra sur sa tâche : verser du café dans une tasse.

— Vu que c'est la meilleure cuisinière que j'ai jamais rencontrée, tu es entre de bonnes mains.

Il se tourna, sirota son café et s'arrêta à côté de Cat pour tirer légèrement sur l'extrémité de sa queue de cheval.

— Tu as une demi-heure avant que je t'emmène prendre le bus.

— Je sais, répondit-elle rapidement.

À ce moment-là, Elias passa pour prendre sa propre tasse de café. Pendant que lui et Flynn discutaient brièvement de l'emploi du temps des vols de la journée, j'incitai Cat à aller prendre sa douche. J'avais appris qu'elle avait tendance à attendre le dernier moment pour se préparer pour les cours.

Entre son départ en trombe pour aller se préparer et Elias qui s'éloignait, Flynn et moi nous retrouvâmes seuls dans la cuisine pendant quelques minutes. Il posa sa tasse de café sur le comptoir. Se plaçant derrière moi, il déposa des baisers brûlants sur le côté de mon cou, et cela me fit l'effet de gouttes de miel chaud sur ma peau.

— Pourquoi tu ne dors pas avec moi toutes les nuits ? murmura-t-il. Que dois-je faire pour te convaincre ?

Je me tournai dans ses bras et reposai mes hanches contre le comptoir en levant les yeux vers lui.

— Tu n'as rien à faire pour me convaincre. Je ne pense juste pas que ce soit une bonne idée vis-à-vis de Cat.

— Elle sait qu'on est ensemble, répondit-il.

Je levai une main et lissai une de ses mèches rebelles.

— Je sais qu'elle le sait, mais nous ne sommes pas tout à fait sur la même longueur d'onde, et je ne veux pas compliquer les choses.

Flynn semblait perplexe, alors je décidai de simplement dire la vérité. Cela avait toujours tendance à mettre les choses au clair.

— Je n'ai aucune attente, mais je t'aime. Je suis presque certaine que tu n'en es pas encore là.

Flynn parut abasourdi. Il me regarda fixement et ouvrit la bouche pour parler avant de secouer légèrement la tête comme pour chasser ses pensées.

— Daphné, je...

Il ferma les yeux, son front tombant contre le mien.

— Tu m'as pris par surprise, murmura-t-il enfin.

— J'ai remarqué, dis-je sèchement. Ce n'est pas grave, Flynn. Mais comme je l'ai dit, je ne pense pas que nous soyons sur la même longueur d'onde.

Me dégageant de ses bras, je me hissai pour déposer un baiser sur ses lèvres, juste au moment où Gabriel apparaissait dans la cuisine.

— Je dois préparer le petit déjeuner.

Je me précipitai dans le garde-manger vers le réfrigérateur. J'avais besoin d'œufs, beaucoup d'œufs. J'avais aussi besoin de ne pas trop réfléchir à ce que je venais de faire. Mon cœur battait la chamade, et je me sentais un peu essoufflée. Les *sentiments*. Ce que je croyais avoir laissé derrière moi était revenu de manière fracassante, et tout cela à cause d'un homme bougon qui avait conquis son cœur sans crier gare.

Au fur et à mesure que la journée défilait dans un flou, chaque fois que Flynn et moi nous croisions, je sentais la tension et l'inquiétude qui émanaient de lui. J'avais envie de lui dire d'arrêter de s'inquiéter. J'acceptais vraiment qu'il ne soit pas au même point que moi dans notre relation. Qu'on ne me fasse pas dire ce que je n'ai pas dit ; mon cœur, meurtri et plutôt méfiant, voulait qu'il m'aime, pourtant, après mon mariage bâti sur des fondations instables, j'avais appris qu'il ne servait à rien d'essayer de donner plus d'importance à une relation qu'elle n'en avait.

Cela ne pouvait que conduire à un chagrin d'amour.

Ma relation avec Flynn était sincère, et je voulais qu'elle le reste. Même si cela me faisait un peu mal.

Chapitre Trente-Trois

FLYNN

Les mots de Daphné tournaient en boucle dans mon esprit. Mon emploi du temps était surchargé. Les heures volées que je passais avec elle la nuit étaient quelque chose dont je ne voulais pas me priver. Absolument pas. J'avais l'impression d'être un lâche. Parce que je l'aimais et, pourtant, je n'arrivais pas à prononcer ces mots. Ils paraissaient irréversibles. J'avais peur de gâcher ce que nous avions en le nommant.

Quand je ne ressassais pas ses mots en boucle, je me souvenais de Gabriel tapant son poing sur son cœur et me rappelant ce qui était vrai et juste. J'étais terrifié à l'idée de décevoir Daphné. J'avais aussi peur qu'elle se réveille un jour et réalise qu'elle ne voulait tout simplement pas d'un homme comme moi et de la vie que j'avais.

Daphné − parce qu'elle avait un cœur plus grand que le mien − ne me repoussa pas la nuit. Trois nuits passèrent jusqu'à ce que tout tourne mal en l'espace de trois minutes.

Je volais au-dessus de la baie pour aller chercher

des touristes. Elias était venu parce que nous avions une grosse livraison à faire dans un village en chemin. Le ciel était bleu et le vent était calme. Il était trois heures de l'après-midi parce que nous devions être de retour avant le coucher du soleil. Étant donné que nous étions en octobre, il ne fallait pas tarder.

Heureusement pour nous, nous étions au-dessus de la terre et non de l'océan quand un oiseau vola droit dans le moteur. Je compris immédiatement que nous étions dans la merde quand le moteur crachota et s'arrêta. Je signalai notre position immédiatement par radio et restai calme, espérant simplement réussir un atterrissage d'urgence contrôlé.

— Accroche-toi, dis-je à Elias par-dessus le bruit assourdissant.

Alors que je manœuvrais l'avion instable, nous heurtâmes d'abord les arbres puis atterrîmes avec un craquement retentissant contre une colline. Heureusement, nous étions à une altitude suffisamment basse pour qu'il n'y ait pas de neige. Je priais juste pour que les équipes de secours arrivent avant la tombée de la nuit.

Un choc sur le côté me coupa le souffle lorsque l'avion se posa sur le sol. Je fermai les yeux, laissant échapper un souffle aigu. Une fois que je pus respirer, j'ouvris les yeux de nouveau et regardai autour de moi, faisant le point sur notre situation. Mes yeux cherchèrent immédiatement Elias. Il était inconscient et un filet de sang coulait sur son front. Mon cœur battait à tout rompre et l'inquiétude me gagnait. Je vérifiai rapidement que je sentais son pouls.

Une branche avait percé la vitre à côté de lui. Mis à part le sang sur son front, je n'arrivais pas voir s'il avait d'autres blessures de là où j'étais, mais son état le laissait penser. Il ne répondit pas quand je l'appelai plusieurs fois.

— Tiens bon, mon pote.

Bien que la fenêtre fût fissurée, je pouvais clairement voir que nous avions atterri sur une colline en pente. Au loin, plus haut, il y avait de la neige. Il y avait quelques épicéas par-ci par-là, et la forêt s'épaississait à environ quatre-cent mètres. J'essayai de deviner où nous avions atterri en fonction du paysage autour de moi. Le nez de l'avion était enfoncé.

Cet avion ne pourrait pas revoler sans d'importantes réparations. Tout compte fait, je n'étais pas trop mal en point. L'un de mes genoux me faisait mal, et je présumai que je m'étais fêlé quelques côtes. La porte s'était enfoncée à l'intérieur lors de l'atterrissage et m'avait heurté le flanc.

Heureusement, j'entendis le grésillement distinctif de la radio dans mon casque. Ils savaient que notre avion s'était écrasé et ils avaient établi notre position grâce à la balise de localisation.

— Nous devrions pouvoir vous rejoindre dans une heure environ. Nous venons en hélicoptère, dit l'opérateur radio.

— Envoyez une équipe médicale. Mon passager est blessé. Serait-il possible que je parle à ma famille ? demandai-je.

Ce n'était évidemment pas faisable. Cependant, il ajouta :

— Vous devriez être à moins de deux kilomètres d'une antenne-relais pour la ville voisine. À cette altitude, vous avez probablement du réseau.

Une fois le stress et la montée d'adrénaline initiale retombés, j'évaluai la possibilité de sortir de l'avion. Mon inquiétude pour Elias menaçait de me submerger, alors je me forçai à penser à autre chose pour garder mon calme. Daphné fut la première personne à laquelle je pensai. Parce que je voulais lui parler. *Maintenant*.

Malheureusement, mon téléphone portable était hors de portée. Il était tombé de son emplacement habituel entre les deux sièges avant. Je le voyais par terre, derrière moi. Chaque chose en son temps. Il fallait que j'aille voir si Elias allait bien.

— Elias, répétai-je.

Le silence fut sa seule réponse. Bougeant avec précaution, je déclipsai ma ceinture de sécurité et commençai à voir si je pouvais sortir de l'avion. Savoir qu'ils seraient là dans l'heure apaisait mon inquiétude, mais il faisait froid. Je devais enfiler une veste et couvrir Elias avec une couverture.

Quelques minutes plus tard, je déterminai qu'il était probable que la branche ait assommé Elias. Il reprit connaissance lorsque j'ouvris la portière côté passager. Ses yeux s'ouvrirent, vitreux et confus au début.

— C'est quoi ce bordel ? marmonna-t-il.

— Un oiseau est entré dans le moteur. Comment tu te sens ?

Elias esquissa un sourire.

— Comme une merde.

Il commença à se pencher en avant puis retomba en arrière avec un grognement.

— Putain.

D'un rapide coup d'œil, je vis du sang suinter de son flanc. Ses jambes étaient pliées. Il essaya de bouger à nouveau, et je parlai d'une voix ferme.

— Ne bouge pas. Ils envoient de l'aide médicale. Je préfère que tu restes ici. Je vais te mettre des couvertures pendant qu'on attend. Te déplacer pourrait être une mauvaise idée.

Elias ouvrit les yeux et me lança un regard noir.

— Va te faire foutre.

Son attitude allégea un peu mon inquiétude.

Je récupérai des couvertures à l'arrière de l'avion et trouvai ma veste. Une fois qu'Elias fut aussi confortable que possible malgré la situation, je voulais parler à ma famille. Et à Daphné. Les derniers jours défilèrent dans mon esprit. Tous mes doutes sur l'amour que je portais à Daphné semblaient soudainement totalement insignifiants.

Peu importait si elle ne voulait pas de la vie que j'avais et ne voulait pas partager le fardeau de ma famille. Je ne pouvais pas supporter qu'elle ignore ce que je ressentais.

En bougeant avec précaution, je fis le tour de l'avion. Il me fallut du temps et l'aide d'une branche d'arbre cassée qui était coincée à l'arrière de l'avion pour forcer la porte arrière à s'ouvrir et enfin récupérer mon téléphone.

Mon flanc me faisait mal, et il était difficile de respirer. Avec mes connaissances en premiers secours en tant que pompier volontaire occasionnel, je craignais qu'un de mes poumons ait été écrasé. Il n'y avait aucun moyen de savoir s'il y avait une hémorragie interne.

En voyant les barres de réception sur le téléphone, je commençai à rire, puis grimaçai de douleur. Dans de nombreuses régions de l'Alaska, on ne captait presque pas. Mais si vous étiez assez haut, les antennes-relais étaient installées à ces altitudes. La réception ici était excellente.

— Tu veux appeler quelqu'un ? demandai-je en revenant sur le siège du pilote à côté d'Elias.

Il tourna la tête sur le côté.

— Non. Dis juste à tout le monde que je vais bien.

Je sélectionnai le nom de Daphné sur mon téléphone, et mon cœur se serra légèrement quand je vis le nom que je lui avais donné dans mes contacts. *Princesse*.

J'appuyai sur le numéro et attendis. Il n'y eut pas de réponse. Elle n'avait aucune idée de ce qui s'était passé. Lorsque sa messagerie vocale se lança, le simple son de sa voix fit monter la tension en moi. J'hésitai à laisser un message, mais je le fis quand même.

— Princesse, c'est moi. Tu comprendras tout dans quelques heures, et je ne sais pas quand tu entendras ce message. Je voulais juste que tu saches que je t'aime. S'il arrive quelque chose, ne l'oublie pas.

Elias prit la parole après que j'eus raccroché.

— Il était temps.

Nous nous installâmes pour attendre l'équipe de secours.

Chapitre Trente-Quatre

DAPHNÉ

Un sentiment de panique me serrait la poitrine.

— Combien de temps avant qu'on y soit ? demandai-je à Grant pour la dixième fois en cinq minutes.

Grant, dont les yeux ressemblaient tant à ceux de Flynn, jeta un coup d'œil dans le rétroviseur.

— Daphné, je roule aussi vite que possible.

— Je sais, je sais, murmurai-je. Je suis désolée.

Le gravier giclait sous les roues du pickup tandis que nous fonçions vers Diamond Creek.

— Dépêche-toi, dit Cat, assise à côté de moi sur la banquette arrière.

Nora jeta un coup d'œil par-dessus son épaule.

— Accrochez-vous, on va bientôt atteindre l'asphalte.

Quelques instants auparavant, nous avions reçu un appel des services d'urgence de Diamond Creek. Flynn et Elias avaient eu un accident et étaient en cours d'évacuation par hélicoptère vers l'hôpital. Nous n'avions que des détails sommaires. Ils étaient vivants, ce qui était le plus important, mais tous deux avaient été blessés. Nous n'avions aucune idée de la gravité de leurs blessures.

J'avais besoin de voir Flynn. J'avais besoin de le toucher et de savoir qu'il allait bien. Mon calme intérieur, celui que j'avais réussi à maintenir en acceptant de patienter jusqu'à ce qu'il soit prêt pour nous, avait été piétiné. J'avais besoin que Flynn sache que je ne voulais rien d'autre que *nous deux*.

Grant appuya à fond sur l'accélérateur une fois sur l'asphalte. Nous restâmes silencieux et tendus dans son pickup pendant le reste du trajet. Il s'arrêta brusquement devant les portes des urgences de l'hôpital.

— Je vais me garer. Allez-y, dit-il rapidement.

Nora, Cat et moi courûmes à l'intérieur de l'hôpital. Arrivées devant le bureau de réception en demi-cercle des urgences, je lançai presque en aboyant :

— Nous avons besoin de savoir comment vont Flynn Walker et Elias Lowe.

La réceptionniste leva les yeux avec un sourire blasé.

— Êtes-vous de la famille ?

— Oui, répondit Cat, les yeux flamboyants. Nous sommes ses sœurs, et voici sa petite amie.

La femme, bénie soit-elle, resta totalement imperturbable face à la frustration de Cat. Elle tapa sur quelques touches de son ordinateur et regarda l'écran avant de répondre :

— On est en train de les examiner. Vous allez devoir attendre. Vous pouvez attendre ici, expliqua-t-elle en désignant les chaises le long des murs. Ou il y a une petite salle au bout du couloir.

D'un accord silencieux, nous suivîmes la direction qu'elle indiquait vers la salle d'attente au bout du couloir. Au début, je m'assis, je ne me sentais pas à ma place et ne savais pas quoi faire. Grant nous rejoignit finalement. Nora et Grant scrollaient sur leurs téléphones tandis que Cat feuilletait distraitement des magazines.

Je ne pouvais me concentrer sur rien. J'avais juste besoin de voir Flynn. Agitée, je me levai de ma chaise.

— Je pense que je vais aller chercher du café. Quelqu'un veut quelque chose ?

Grant bondit de sa chaise.

— Je viens avec toi.

Nous marchâmes ensemble dans le couloir et trouvâmes une petite machine à café. Tandis que je remplissais un des gobelets en papier de café, Grant déclara :

— Tu sais, Flynn t'aime.

Je me retournai brusquement pour le regarder.

— Hein ?

Il sourit.

— Flynn. T'aime.

Il parla lentement comme si j'étais une petite enfant à qui il fallait expliquer chaque mot.

— Comment tu le sais ?

Ma voix tremblait, et je serrai la tasse de café. La chaleur qui se diffusait à travers le papier jusqu'à mes mains apaisait à peine mes nerfs.

— Parce que je connais mon frère. Peut-être qu'il te l'a déjà dit, mais je me suis dit qu'il fallait que tu le saches.

Il passa son bras autour de mes épaules et me fit une accolade.

Son téléphone se mit à vibrer à ce moment-là. Il s'écarta, sortit son téléphone de sa poche et jeta un coup d'œil à l'écran.

— Je dois prendre cet appel. Je parie que Gabriel veut des nouvelles.

Tandis qu'il s'éloignait, j'essayai de respirer malgré

cette angoisse qui formait une boule dans mon ventre. Je commençai à marcher dans le couloir quand une porte s'ouvrit à proximité, et une infirmière passa en trombe en me regardant à peine. Je continuai à marcher lentement avant de percevoir à nouveau du mouvement. Cette fois, en me retournant, je vis Flynn.

Je me sentis trembler de partout, et mon cœur battait de façon irrégulière. Je faillis laisser tomber mon café et dus le serrer un peu plus fort avant qu'il ne m'échappe des mains.

— Flynn, murmurai-je d'une voix rauque alors que je m'approchais de lui, les jambes chancelantes.

Ses cheveux étaient humides, et ses yeux bleus m'électrisaient. Il portait une chemise ouverte et un jean éclaboussé de boue.

— Qu'est-ce que tu fais ? Tu ne devrais pas être...

Flynn s'arrêta devant moi. Sans un mot, il m'enlaça et enfouit sa tête dans mon cou. Il avait froid. Je le sentais aux légers tremblements qui le parcouraient.

Je passai mon bras libre autour de lui, et la tasse de café que je tenais se retrouva écrasée entre nous. Un peu de liquide éclaboussa ma chemise, mais je m'en fichais. S'il l'avait remarqué, il n'en montrait rien.

Nous respirions à l'unisson. C'était comme si nos corps se parlaient.

Dieu merci, tu es sain et sauf.

Je suis là.

Je ne vais nulle part.

Je t'aime.

Après quelques secondes, je levai la tête.

— Tu ne devrais pas être en train de te faire examiner ? demandai-je alors que je revenais brutalement à la réalité.

Il relâcha son étreinte, et ma main libre s'agita un peu. Je lissai ses cheveux, qui étaient salés et raides, probablement à cause de la brise marine et de la pluie qui avait commencé à tomber ces dernières heures.

— As-tu reçu mon message ? demanda-t-il en me scrutant fiévreusement tout en ignorant mon inquiétude.

— De quoi tu parles ? Non. Il faut que tu voies un médecin, ordonnai-je en m'efforçant de lui faire faire demi-tour.

Flynn me saisit par les épaules et me retourna pour me faire face.

— Je t'aime. C'était mon message.

Mon cœur fit un bond dans ma poitrine tandis que je le regardais. Je ne réalisai pas que je pleurais jusqu'à ce que je voie l'inquiétude passer dans ses yeux lorsqu'il leva une main pour essuyer une larme avec son pouce.

— Ce n'était pas censé te faire pleurer.

Il me serra à nouveau dans ses bras, et je pris un moment pour m'imprégner de lui, de son odeur masculine, de sa force et du son de son cœur battant fort et régulièrement contre mon oreille, là où elle était pressée contre sa poitrine, pour me faire savoir qu'il était vivant et qu'il allait bien.

Quand je pensai pouvoir respirer sans me transformer en fontaine, je levai la tête et déposai un baiser sous sa mâchoire.

— Je t'aime aussi, dis-je, soudainement timide.

Ses yeux plongèrent dans les miens avec une telle intensité que cela me coupa le souffle.

— Je suis désolé qu'il ait fallu que je m'écrase en avion pour arrêter d'être un lâche.

— Tu n'étais pas un lâche. Moi aussi, je gagnais du temps, j'essayais de faire croire que ça ne me posait aucun problème d'attendre. Ça me pose problème. Ça m'a toujours posé problème.

Le sourire de Flynn fit naître une immense joie en moi. C'était comme si les fenêtres de mon cœur s'ouvraient en grand pour laisser entrer la lumière et la chaleur.

Flynn me laissa glisser mes mains le long de ses bras et écarter sa chemise de côté pour voir les horribles ecchymoses sur sa cage thoracique. Il y avait une contusion profonde à un endroit.

— Flynn.

J'essayai de retenir mes larmes.

— Tu dois te faire examiner, et où est Elias ?

Je lui serrai la main.

— Il est en train de se faire opérer.

Flynn parut soudain inquiet et incertain. Je savais combien ses amis comptaient pour lui et combien il avait peur pour Elias.

— Je pense qu'il s'en sortira bien, mais il s'est fait assommer par une branche et il semblerait qu'il ait une jambe cassée. Il saignait sur le flanc, mais nous n'avons pas pu déterminer pourquoi.

— Maintenant, où...

Juste à ce moment-là, Cat apparut au coin du couloir et se précipita vers Flynn dès qu'elle le vit.

S'écartant de moi, il la prit dans ses bras, la tenant fermement tandis qu'elle s'exclamait :

— Flynn !

Lorsqu'il la relâcha, elle pleurait, et je fouillai dans mon sac pour trouver des mouchoirs. Flynn semblait désemparé face à ses larmes.

Cat lui lança un regard furieux.

— Bien sûr que je suis bouleversée, espèce d'idiot. Tu aurais pu mourir.

Il tira doucement sur sa queue de cheval et passa son bras autour de ses épaules en la serrant contre lui avec précaution. Bien qu'il donne l'impression d'aller bien, je ne manquai pas de remarquer avec quelle précaution il bougeait.

— Je vais bien. Tu ne pensais pas te débarrasser de moi si facilement quand même ?

— C'est pas drôle, dit-elle avant de se moucher bruyamment dans le mouchoir que je lui tendis.

Une infirmière apparut dans le couloir.

— Ah, vous voilà. Je me disais que vous étiez parti chercher quelqu'un. Nous devons faire quelques tests pour nous assurer qu'il n'y a pas d'hémorragie interne. Allez, venez.

Flynn ne fut autorisé à rentrer chez lui que quelques heures plus tard. Il n'y avait pas d'hémorragie interne, bien qu'il ait deux côtes fêlées. Il refusa de quitter l'hôpital tant qu'il ne saurait pas qu'Elias allait bien. Elias étant en chirurgie, tout ce que nous pouvions faire était d'attendre.

Ils nous donnèrent une chambre privée inoccupée pour que Flynn puisse attendre avec d'autres membres de la famille et amis. Grant partit ramener Cat à la maison parce que Flynn insistait pour qu'elle aille en cours le lendemain et qu'elle se couche à une heure raisonnable. Cat n'était pas ravie, mais elle était trop abattue et fatiguée pour débattre. Nora était partie plus tôt pour aller chercher des vêtements propres et les apporter à l'hôpital pour Flynn. Il s'était douché et changé après que l'équipe médicale eut fini de s'occuper de lui.

Pendant environ une heure, nous attendîmes seuls, Flynn et moi. La télévision diffusait une émission de décoration et jardinage. Flynn s'adossa contre sa chaise et tourna la tête sur le côté.

— Ne me laisse pas m'endormir. Je veux être éveillé pour entendre comment va Elias quand il sortira du bloc opératoire.

Je décidai que mentir par omission était parfaitement acceptable. J'acquiesçai.

— Je veillerai à ce que tu sois réveillé.

Je n'avais aucune intention de le maintenir éveillé,
mais je le réveillerais après avoir eu des nouvelles
d'Elias. Je posai ma main sur ses épaules, caressant
légèrement ses cheveux à la base de son cou. Il s'en-
dormit en quelques minutes.

Chapitre Trente-Cinq

FLYNN

Je n'avais aucune notion du temps. La fine bruine avait cessé, et je pouvais voir la lune entre les nuages pendant que nous roulions. Daphné était blottie contre mon côté valide et je somnolais par intermittence durant le trajet de retour. Je me réveillai lorsque Grant quitta le bitume pour le gravier, à quelques kilomètres de la maison. Une secousse me fit mal aux côtes.

Je sifflai de douleur entre mes dents et je sentis Daphné se tourner vers moi.

— Tu vas bien ?

— Parfaitement bien, murmurai-je, agacé par mon état physique.

J'allais *vraiment* bien, mais les côtes fêlées faisaient mal. Ce n'était pas la première fois que cela m'arrivait.

— Il va bien, Daphné. Il cherche juste à attirer la pitié, plaisanta Grant à l'avant.

Je sentis un rire monter et le retins de justesse.

— Va te faire foutre, mec. Ne me fais pas rire.

Quelques minutes plus tard, Grant s'était garé et Daphné marchait à côté de moi. Elle pensait qu'elle devait me soutenir. Elle passa son bras autour de ma taille et insista pour que Grant porte le sac contenant mes vêtements sales de l'accident et le sac que je transportais habituellement dans l'avion.

Il jeta mes affaires dans le salon, puis me regarda avec attention.

— Ça va ? Pour de vrai.

— J'ai mal, mais ça va. Pour de vrai. À demain matin.

— Oh, bien sûr, mais il est hors de question que tu pilotes. Nous avons déjà tout réorganisé.

— Le docteur a dit que tu devais te reposer, lança Daphné depuis la cuisine.

Grant me fit un sourire.

— Daphné veillera à ce que tu restes tranquille.

Il me fit un clin d'œil et partit.

Daphné s'approcha de moi avec quelque chose à la main.

— Qu'as-tu là ? demandai-je.

— De la glace, pour ton épaule.

Je pris la glace enveloppée dans un torchon de ses mains. Je passai devant elle et la jetai dans l'évier.

— Princesse, commençai-je en me retournant. Tu restes avec moi ce soir. Je n'ai pas besoin de glace. J'ai pris des antidouleurs, et la seule raison pour laquelle ça a fait un peu mal pendant le trajet, c'est parce que c'était cahoteux.

J'avais d'autres choses en tête, et aucune d'elles ne concernait mes blessures. Les mains de Daphné commencèrent à s'agiter autour de moi, alors je m'approchai et saisis sa nuque avant de poser mes lèvres sur les siennes dans un baiser fougueux.

Elle laissa échapper un petit cri dans ma bouche, mais sa langue glissa contre la mienne. J'entendis le léger soupir dans sa gorge lorsqu'elle se détendit contre moi.

Je réussis à la guider jusqu'à ma chambre et refermai la porte avec mon pied tout en tirant sur ses vêtements. Je ne voulais pas qu'elle me rappelle que j'étais blessé, alors je continuai de l'embrasser.

Elle arracha finalement ses lèvres des miennes et essaya de repousser mes mains.

— Flynn, tu vas te faire mal, protesta-t-elle.

— J'ai besoin de toi, dis-je simplement.

Je ne savais pas ce qu'elle vit dans mes yeux, mais elle effleura ma mâchoire du bout des doigts.

— D'accord, murmura-t-elle.

Elle m'enleva efficacement mes vêtements et m'ordonna de m'allonger sur le lit. Je n'attendais *que* ça.

Nous n'avions même pas allumé les lumières, mais la lampe à détecteur de mouvement dans le coin s'était allumée sur un réglage tamisé lorsque nous étions entrés. Sa peau était dorée dans cette lumière ombragée. Ma queue me faisait déjà mal, et lorsqu'elle m'enfourcha, je sentis son intimité humide glisser le long de ma longueur. Elle s'immobilisa un moment. Je ne pus m'empêcher de me redresser pour attraper un de ses tétons avec mes lèvres. Ça me fit un peu mal, car mes côtes me faisaient un mal de chien, mais je ne comptais pas le lui faire savoir.

— Flynn...

Elle se pencha en avant.

— Fais attention.

Je laissai ma tête retomber sur les oreillers et levai les yeux vers son visage. Il y avait une gravité tendre dans son expression qui me serra le cœur.

Elle me donna exactement ce dont j'avais besoin en se redressant et se positionnant entre nous pour que je puisse glisser en elle, dans sa chaleur douce et enserrante. Je fus instantanément au bord de la jouissance lorsqu'elle se souleva et se laissa retomber à nouveau.

— Je t'aime, haletai-je en tendant la main maladroitement pour lui caresser la joue.

Ses seins frôlaient mon torse, et je sentais déjà son corps frémir d'excitation.

— T'aime...

Ses mots furent étouffés par un gémissement.

J'ajustai l'angle de mes légers mouvements en elle pour créer un peu plus de friction là où nous étions unis. Je glissai ma main entre nous et vins titiller son clitoris. Juste au moment où elle mordit sa lèvre en gémissant, son intimité se resserra et ma jouissance me submergea, me faisant crier. Le plaisir était intense et essayer de reprendre mon souffle n'était pas une partie de plaisir.

— Flynn, murmura-t-elle.

Elle déposa un baiser au coin de ma bouche, puis à l'autre.

— Je t'ai accordé cette fois-ci, mais pas d'autres jusqu'à ce que le médecin dise que c'est bon.

— Elle l'a déjà dit, insistai-je.

J'avais effectivement interrogé le médecin à ce sujet.

— Elle a juste dit que ma respiration pourrait faire un peu mal.

Les lèvres de Daphné s'étirèrent légèrement avant que son sourire ne disparaisse. En soupirant, elle enfouit sa tête dans mon cou.

— J'ai eu peur, dit-elle contre ma peau.

Je caressai ses cheveux tandis que mon cœur battait vite et fort.

— Moi aussi. J'avais peur de ne pas avoir l'occasion de te dire ce que je ressentais.

Daphné releva la tête, les yeux larmoyants.

— Ne meurs pas, je te l'interdis.

— Je n'en ai pas l'intention, princesse.

———

Le lendemain matin, Cat fronça le nez en me regardant, signe évident qu'elle se faisait du souci pour quelque chose.

— Qu'est-ce qui se passe ? demandai-je en étalant du fromage à tartiner sur un bagel fraîchement grillé.

En plus de tout ce que Daphné préparait en cuisine, elle faisait des bagels maison. Nous avions tous découvert leur perfection, et aucun autre bagel ne pourrait les égaler.

— Est-ce que je suis toujours punie ? demanda Cat.

Je jetai un coup d'œil au calendrier accroché au mur à côté du réfrigérateur dans notre cuisine privée.

— Si je me souviens bien, tu seras officiellement dépunie demain.

Cat poussa un soupir dramatique.

— J'espérais que tu pourrais réduire ma punition d'un jour. Après tout ce qui s'est passé.

Je pris une bouchée de mon bagel, fermai les yeux et laissai échapper un gémissement. Après avoir terminé de mâcher, je répondis :

— Je sais que nous avons tous eu une grosse frayeur hier, mais j'ai juste les côtes endolories, c'est tout. Y a-t-il une raison particulière pour laquelle tu me demandes cela ?

— Eh bien, tu es amoureux de Daphné, alors je me disais que tu aimerais peut-être avoir la maison pour toi tout seul ce soir, dit Cat, essayant sans succès de ne pas sourire.

Je ne pus m'empêcher de rire.

— Ah, tu penses que je suis trop distrait ? Dis-moi juste ce que tu veux faire ce soir. Allons droit au but.

— Tara m'a invitée à passer la nuit chez elle, et j'aimerais vraiment y aller.

Je savais que je ne devrais pas céder, mais j'en avais vraiment envie. Exactement pour la raison que Cat avait mentionnée.

— Est-ce que Jonathon sera là ? Parce que ça, c'est un non catégorique.

Cat secoua la tête rapidement.

— Non. Il n'y aura que des filles. Tu peux appeler la mère de Tara pour vérifier.

— C'est ce que je vais faire. Je ne donnerai mon accord qu'après avoir parlé avec elle, compris ?

Cat hocha la tête rapidement.

Après une autre bouchée de mon bagel, je demandai :

— Comment tu te sens par rapport à ce qui s'est passé ? Pas de problèmes à l'école ?

— Non. Enfin, il a un peu parlé dans mon dos, mais je peux faire avec.

— Tu es sûre que tu ne veux pas que je parle à ses parents ou à ton lycée ?

J'essayais de ne pas laisser transparaître ma colère. La vérité, c'est qu'à chaque fois que je pensais à ce petit con et à la pression qu'il avait mise sur Cat, j'avais envie de plier un pied-de-biche en deux.

— J'en suis sûre. Ça ne se reproduira pas. Maintenant, je dois juste apprendre à ne pas aimer les garçons qui sont des crétins.

Elle baissa les yeux et rougit alors qu'elle faisait serpenter son doigt sur le plan de travail.

— Tu n'as pas à t'en vouloir. Le lycée est une période compliquée.

Cat était déjà passée à autre chose.

— Est-ce que tu vas épouser Daphné ?

Elle leva les yeux pour rencontrer les miens à nouveau.

L'espoir qu'il y avait dans son regard me fendit un peu le cœur. Notre mère manquait à Cat. Nora faisait ce qu'elle pouvait, nous faisions tous du mieux que nous pouvions, mais Cat était si jeune quand notre mère était morte.

Mon cœur s'emballa dans ma poitrine. Parce que je *voulais* épouser Daphné, mais les choses étaient encore si récentes et si fragiles. Je n'avais aucune idée de ce que Daphné pensait de ça pour l'instant.

Alors je dis la vérité à Cat.

— J'aime Daphné, et je veux l'épouser. Mais tu sais qu'elle a vécu des choses très dures, alors ça arrivera quand elle sera prête.

Cat se mordit la lèvre et hocha la tête gravement.

— Je vais la convaincre.

Je ne pus m'empêcher de rire.

— Ne fais pas ça, s'il te plaît.

Chapitre Trente-Six

DAPHNÉ

Quelques jours plus tard, Flynn grimaça en se tournant pour attraper son T-shirt posé sur le comptoir de la salle de bain. Mon cœur se serra légèrement en réaction. Il guérissait, mais il jouait les durs et essayait de faire comme s'il allait bien tout le temps.

Je parcourus du regard les ecchymoses qui s'estompaient sur son flanc, et un élan de peur me traversa. Pas pour ce moment précis, mais en souvenir du moment où nous avions reçu l'appel nous apprenant l'accident et des heures d'attente à l'hôpital.

J'avais appris cela lorsque Brandon était tombé malade et était décédé ; il était étrange de voir comment certains moments pouvaient rendre les choses si claires. J'avais déjà conscientisé mon amour pour Flynn, mais je m'étais fait croire que je pourrais me passer de lui. Dès le moment où j'avais craint pour sa vie, l'urgence de mes sentiments était devenue primordiale.

Flynn commença à enfiler son T-shirt, et je l'interpellai depuis l'embrasure de la porte, près de la commode.

— Tu ne dois pas porter ta ceinture thoracique ?

Flynn releva brusquement la tête et me lança un sourire gêné.

— D'accord.

Il attrapa la ceinture qu'il était censé porter autour de sa cage thoracique supérieure. Il la mit docilement et remit son T-shirt par-dessus avec précaution.

Il sortit de la salle de bain et s'arrêta devant moi. Traçant légèrement un doigt le long de ma mâchoire, il déposa un baiser sur mes lèvres, puis recula.

— Qu'as-tu prévu de faire aujourd'hui ?

— Cat veut encore faire un cours de cuisine. Au lieu de passer la majeure partie de ma journée seule dans la cuisine, je la passerai avec elle.

— Ça ne te dérange pas, hein ?

— Bien sûr que non. J'adore passer du temps avec Cat. Elle est tellement drôle, et elle veut vraiment apprendre à cuisiner. Tu ne pilotes pas aujourd'hui, n'est-ce pas ?

Je sortis un T-shirt propre de la commode, enlevai rapidement celui que je portais et le jetai dans le panier à linge. Flynn m'interrompit en glissant ses mains autour de ma taille et en pressant un baiser brûlant sur le côté de mon cou.

— Je dois descendre, dis-je en me retournant dans ses bras.

— Alors tu n'aurais pas dû monter ici pour te changer, répliqua-t-il avec un sourire enjôleur qui me fit chavirer.

Je ris.

— Je me suis mis de la farine partout. Et puis, que fais-tu ici au lieu d'être dans ton appartement ?

Flynn haussa les épaules.

— Je veux juste être là où tu es, et je me suis réveillé ici. Quand est-ce qu'on parle de ton déménagement en bas ? C'est ridicule que tu restes ici. Je veux que tu sois avec moi chaque nuit.

— Ce soir, promis-je. On en a déjà parlé. Je dois juste trouver le temps de déménager mes affaires.

Je reculai rapidement et enfilai mon T-shirt. Impossible d'être à moitié nue près de Flynn sans finir dans ses bras. Cat m'attendait dans la cuisine.

— Tu ne pilotes pas aujourd'hui, n'est-ce pas ? répétai-je d'un ton sévère.

— Non. Gabriel s'en charge. En revenant, on ramènera Elias de l'hôpital.

— Oh, génial !

Je joignis les mains en applaudissant légèrement.

— Je suis sûre qu'il a hâte de rentrer.

— Ouais, il est d'une humeur massacrante.

Quelques heures plus tard, je me séchais les mains avec un torchon quand Cat posa une main sur sa hanche et me fixa d'un regard perçant.

— Quoi ? demandai-je.

— Vas-tu épouser Flynn ?

Sa question me déconcerta tellement que j'en laissai tomber le torchon par terre.

— Quoi ?

Je me penchai pour ramasser le torchon.

— Flynn t'a demandé de venir me poser la question ?

— Vous vous aimez tous les deux, ça crève les yeux, et j'aimerais que ce soit officiel. Je lui en ai parlé, et il ne fait rien, alors je te demande à toi.

— Cat, je ne sais pas quoi dire.

— Eh bien, tu pourrais me dire que tu vas demander Flynn en mariage. Ce serait la réponse que j'aimerais entendre.

Cat était si sincère que mon cœur se serra un peu pour elle. Elle avait perdu sa mère très jeune, et d'après ce qu'on m'avait dit, son père n'avait pas été un bon parent.

Malgré la proximité avec ses frères et sa sœur, je voyais que Cat me regardait avec admiration et cherchait des conseils différemment qu'auprès d'eux. À cette pensée, j'eus presque envie de rire, ce qui était un peu triste. Malgré les nombreuses erreurs que j'avais commises dans ma vie, je pensais avoir été une assez bonne mère pour Brandon.

Je posai le torchon sur le comptoir et m'approchai de Cat.

— Je ne sais pas ce que l'avenir nous réserve, à Flynn et moi, mais ne t'en fais pas.

Je posai mes mains sur ses épaules et les pressai légèrement.

Cat plissa le nez et se tourna pour sortir une boule de pâte du bol où elle avait levé. Elle la posa sur la surface farinée du comptoir et la frappa avant de commencer à la pétrir. Au cas où je n'aurais pas compris le message, elle était nerveuse.

— Je t'aime vraiment bien, et tu es la meilleure chose qui soit jamais arrivée à Flynn. Il n'est plus tout le temps bougon depuis que tu es là, dit-elle doucement.

— C'est bon à savoir, répondis-je légèrement. Je te promets que je parlerai à Flynn. Ne t'inquiète pas. Je n'ai pas l'intention de partir, d'accord ?

— Promis ?

Sous ses airs de dure, Cat laissait souvent voir à quel point elle était sensible.

— Promis.

———

Ce soir-là, Cat passait la nuit chez une amie. Flynn était revenu plus tard que prévu avec Elias et Gabriel. Je l'aidai à installer Elias en bas, dans l'une des chambres du complexe. Elias aurait besoin d'un peu d'aide pendant sa convalescence, ce qui l'agaçait beaucoup. Il avait des béquilles pour se déplacer avec sa jambe blessée et devait encore changer les pansements sur son flanc où une méchante entaille avait nécessité des points de suture, et ils avaient opéré sa rate. Quand nous le quittâmes, il s'endormait déjà dans son lit.

J'apportai les restes de la pizza que j'avais préparée pour les clients dans l'appartement de Flynn.

— À table, dis-je en tenant la plaque en l'air avant de traverser la petite cuisine pour la poser sur le comptoir.

Un regard reconnaissant apparut sur le visage de Flynn.

— Oh, merci mon Dieu. Je meurs de faim.

— Commence à manger, je vais chercher des bières. Tu as une préférence ?

— Une bière blonde, si on en a.

Je m'empressai de retourner dans la cuisine principale pour prendre une bouteille de bière blonde pour Flynn et une bouteille d'hydromel pour moi. J'étais devenue accro à l'hydromel au miel qu'ils fabriquaient à la brasserie du coin. Je vérifiai que toutes les lumières étaient éteintes et retournai à l'appartement, fermant la porte derrière moi avant de m'installer sur un tabouret en face de Flynn. Tout en mâchant, Flynn ouvrit le tiroir derrière lui et me lança un décapsuleur.

Je lui passai sa bière après l'avoir ouverte et pris une gorgée de mon hydromel.

— Quand as-tu mangé pour la dernière fois ? lui

demandai-je quand il fit enfin une pause pour respirer entre deux bouchées.

Il me lança un sourire narquois.

— Pas depuis que tu m'as nourri ce matin.

Je levai les yeux au ciel.

— Tu ne devrais pas travailler au point d'oublier de manger.

Il haussa les épaules nonchalamment.

— Le fait que tu me rappelles de prendre soin de moi est l'une des nombreuses raisons pour lesquelles j'ai besoin de toi, dit-il simplement.

La gravité soudaine de ses paroles me coupa le souffle un instant avant que mon cœur ne s'emballe, battant à un rythme effréné.

J'attendis qu'il finisse sa deuxième part de pizza. Il en restait deux autres, et je ne doutais pas qu'il allait toutes les manger. Flynn mangeait par étapes. En général, il mangeait jusqu'à ce qu'il soit repu, puis faisait une pause avant de terminer son repas. C'était un homme qui aimait la nourriture et savourait chaque bouchée.

Lorsqu'il se pencha en arrière sur son tabouret et fit une pause pour siroter sa bière, je dis :

— Cat m'a parlé aujourd'hui.

Son regard alerte captura le mien. J'essayai de rassembler mes pensées en quelque chose de cohérent. Il posa sa bière et s'accouda sur le comptoir pour tendre le bras et attraper l'une de mes mains. Quand je plongeai mon regard dans le sien, mon cœur s'emballa de nouveau et rata quelques battements avant de battre à tout rompre.

— Cat est impatiente. Je lui ai promis que je te demanderais de m'épouser quand je penserais que tu serais prête. Je ne sais pas vraiment quand ce sera le bon moment, mais je ne veux pas passer pour un menteur. Je pensais peut-être que je pourrais simplement te dire que je suis à toi pour toujours. Quand et si tu veux officialiser les choses, tu n'as qu'à me le dire. Je sais que tu as traversé beaucoup d'épreuves. Je pense que pour toi, l'Alaska n'était censé être qu'une escapade un peu folle.

Ce ne fut qu'après cette dernière phrase que je réalisai que Flynn était nerveux. *Cet* homme, si sûr de tout, avait peur de ne pas posséder mon cœur.

J'entrelaçai mes doigts aux siens.

— Je ne veux pas faire de toi un menteur, dis-je en sentant un sourire étirer mes lèvres.

— Comment ça ? demanda-t-il, le regard intense et scrutateur.

— Oh, mon Dieu. Je t'aime. Je n'ai pas été assez claire ? Oui, au début, c'était censé être un simple séjour, mais maintenant, il faudra me mettre à la porte pour que je parte. Ce n'est pas l'impatience de Cat qui va me pousser à prendre la décision que j'ai déjà prise. Je reste ici.

Je me levai de mon tabouret et contournai le comptoir, juste au moment où Flynn se tournait pour me faire face. Je me glissai entre ses genoux et levai la main pour lui caresser la joue.

— Nous pouvons officialiser cela quand tu seras prêt.

— C'était hier, murmura-t-il.

Je m'étais promis de ne jamais me remarier. Je m'étais dit que c'était stupide et inutile.

Mais je ne m'attendais pas à tomber *réellement* amoureuse, ce genre d'amour qui marque votre cœur et votre âme, ce genre d'amour où un morceau de papier rendant cela officiel me donnait un sentiment de liberté que je n'avais jamais connu auparavant.

ÉPILOGUE

Daphné

Environ un an et demi plus tard

— Tu es sûre ?

Du café déborda de la tasse lorsque Flynn la posa brusquement sur le comptoir.

— Évidemment que je suis sûre.

Mes paroles étaient presque noyées par la joie qui m'envahissait. C'était comme une brise chaude qui ouvrait grand les fenêtres de mon cœur.

Flynn s'avança vers moi et me souleva soudainement dans ses bras puissants. Sa main soutenait l'arrière de ma tête.

— Évidemment que je suis sûre, répétai-je en murmurant contre son cou.

Flynn pencha la tête en arrière et balaya mon visage du regard.

— Comment tu prends ça ?

« Ça », c'était le fait que je venais de découvrir que j'étais enceinte. Cela faisait plusieurs mois que nous essayions d'avoir un enfant, sans vraiment nous y mettre sérieusement. Enfin, sauf si on comptait le fait que nous étions toujours collés l'un à l'autre, mais ça, c'était habituel. Nous avions décidé de laisser les choses se faire, mais je refusais d'en faire une obsession et de surveiller mon cycle. Parce que cela m'aurait rendue folle.

Je pris une profonde inspiration.

— Je vais bien. Je vais vraiment bien.

Cat entra en sautillant dans le salon, lâcha immédiatement son sac à dos par terre et retira ses chaussures. Dès qu'elle nous aperçut, elle annonça :

— Tu es enceinte.

— Comment tu sais ça, toi ? m'étonnai-je en riant.

— Ton expression en dit long. Et puis, je peux lire dans l'esprit de Flynn.

Flynn me reposa doucement et se positionna à mes côtés tout en gardant un bras fermement enroulé autour de ma taille.

— Alors là, je suis fichu si c'est vrai.

Le sourire de Cat était éclatant tandis qu'elle se dirigeait vers la cuisine et ouvrait le réfrigérateur.

— Qu'est-ce qu'on mange ce soir ?

Je mordis ma lèvre pour ne pas éclater de rire. La joie qui gonflait dans mon cœur était si immense que ma poitrine en était douloureuse.

— Du saumon mariné au vinaigre balsamique et au sirop d'érable, avec des asperges et du riz.

Flynn laissa échapper un gémissement.

— Bon sang. À quelle heure on mange ?

Cat gloussa en refermant le réfrigérateur et en s'appuyant contre le comptoir de la cuisine.

— Je vais sauter le goûter.

Son regard se fit plus sérieux en nous observant.

— Vous êtes contents ?

— Bien sûr, répondis-je. Nous préférerions garder

ça pour nous jusqu'à ce que je passe le premier trimestre. Tu penses pouvoir garder le secret ?

Cat fit un signe de croix sur son cœur et fit tourner une clé imaginaire sur ses lèvres avant de la jeter par-dessus son épaule.

— Je ne dirai rien à personne. Vous n'étiez pas obligés de me le dire.

Flynn gloussa.

— Nous ne te l'avons pas dit. Tu l'as deviné.

En fait, nous avions déjà parlé à Cat de cette possibilité. Je m'étais inquiétée de la façon dont elle pourrait le prendre. L'adolescence continuait d'être un parcours semé d'embûches pour elle. Son fort caractère et sa sensibilité rendaient les choses compliquées. Elle était à six mois de ses dix-huit ans et continuait de tester les limites. J'avais eu peur que si nous envisagions d'avoir un bébé, elle puisse se sentir exclue.

À ma grande surprise, elle avait été enthousiaste à cette idée et voulait que je tombe enceinte immédiatement.

— Nous le dirons à Nora et Grant, mais c'est tout pour le moment, ajoutai-je.

Cat mordilla sa lèvre et hocha la tête. Dès que Flynn laissa retomber son bras, elle traversa la cuisine en courant et se jeta à son cou. Il la rattrapa facilement. Après son étreinte vigoureuse, il arqua un sourcil.

— C'était pour quoi ?

— Tout va mieux. On est comme une vraie famille maintenant.

Flynn lui tira la queue de cheval.

— Nous avons toujours été une famille. Fais-moi plaisir, essaie de passer deux semaines sans que le directeur ne m'appelle.

Cat sourit sans vergogne.

—Je vais essayer.

Un peu plus tard, alors que je commençais à préparer le dîner, Cat entra dans la cuisine comme elle le faisait presque tous les jours après les cours. Sans que je ne lui demande, elle sortit la pâte que j'avais préparée ce matin pour des petits pains frais et commença à la diviser en petites boules pour les faire cuire.

Au bout de quelques secondes, sa voix rompit le silence.

— Est-ce que tu es inquiète ?

Je tournai mon regard vers elle et croisai le sien, si semblable à celui de Flynn, qui me regardait avec les sourcils légèrement froncés en signe d'inquiétude.

— Il serait impossible de dire que je ne suis pas inquiète. Statistiquement parlant, un enfant a plus de chances de mourir dans un accident de voiture que d'être diagnostiqué avec le même cancer que Brandon. Je pense que tout se passera bien.

Cat, qui avait déjà vécu des deuils trop jeune, baissa les yeux vers la pâte et continua de la diviser en segments égaux.

Un instant plus tard, elle me serrait dans ses bras de toutes ses forces. Quand je reculai, ses yeux étaient brillants de larmes.

—Je suis juste tellement contente que tu sois là.

FLYNN

Sept ans plus tard

— Non, certainement pas, dit fermement Daphné.

Je jetai un coup d'œil et la vis enrouler son bras autour de la taille de notre fils, qui tentait de grimper sur le siège du pilote dans l'un de mes avions.

Charlie se tortilla joyeusement en riant, tandis que Daphné le faisait tourner dans ses bras avant de le poser fermement au sol.

— Tu as encore au moins vingt ans devant toi avant de pouvoir piloter un avion.

Charlie lui sourit avec ses dents manquantes.

— Tu te trompes, maman. Papa pourra commencer à m'apprendre à piloter quand j'aurai dix-huit ans. C'est dans seulement douze ans.

Daphné me lança un regard suppliant. Je ne pouvais m'empêcher de ressentir une fierté immense en voyant à quel point il progressait dans ses exercices de mathématiques.

Je traversai le hangar à avions bétonné pour les rejoindre et m'agenouillai à côté de lui.

— Ne t'inquiète pas pour ça maintenant, mon grand.

Je le soulevai et le fis tourner dans les airs, détournant ainsi son attention de ce sujet.

Grant apparut dans l'embrasure de la porte, et Charlie, sans avoir conscience que c'était la distraction parfaite, courut immédiatement vers lui.

Je me retournai et tirai Daphné vers moi en enroulant mes bras autour de sa taille.

— Il pourra piloter quand il sera assez grand, et tout ira bien.

Daphné haussa les épaules.

— Je sais.

Elle se hissa sur la pointe des pieds et m'embrassa sous le menton.

Facilement distrait par tout ce qui touchait à Daphné, je baissai la tête et capturai ses lèvres avant qu'elle ne s'éloigne. Ce qui était censé être un baiser rapide devint *rapidement* passionné. Parce que c'était Daphné, et que mon désir ardent pour elle ne montrait aucun signe d'apaisement malgré les années passées ensemble.

Lorsque ma langue caressa la sienne, elle s'éloigna en haletant, les joues roses.

— Ce n'est pas le moment ni l'endroit, murmura-t-elle fiévreusement.

Je l'ignorai, me penchai et mordillai légèrement son cou, savourant la façon dont elle frissonnait dans mes bras. J'entendis les pas de Charlie s'éloigner, et j'imaginai que Grant l'avait emmené voir quelque chose.

— Qu'est-ce qu'on mange ce soir ? murmurai-je après avoir volé un autre baiser.

— Il n'y a que ça qui t'intéresse, plaisanta-t-elle.

— En réalité, je veux surtout savoir quand nous aurons une soirée rien que pour nous.

J'aimais Charlie et le fait de l'avoir me donnait l'impression qu'une partie de mon cœur vivait en dehors de mon corps, mais les moments seul avec ma femme me manquait.

Daphné rit doucement en posant sa main sur mon cœur.

— Puisque tu le demandes, Cat veut l'emmener au parc aquatique ce week-end à Anchorage. Ça te va ?

— Ça me va. Tant que tu es d'accord.

Daphné était une mère incroyable, la meilleure de toutes. Mais elle s'inquiétait, et je savais qu'elle passait beaucoup de temps à essayer de ne pas s'inquiéter. Quand Charlie avait passé l'âge auquel Brandon était décédé, je savais que cela avait été une étape importante pour elle, même si elle n'aimait pas y penser.

— Bien sûr que je suis d'accord. Tu t'inquiètes que je m'inquiète. Et puisque je sais que j'ai tendance à m'inquiéter, je le laisse probablement faire bien plus de choses que nous ne le devrions, dit-elle avec un sourire penaud.

Je l'attirai à moi pour l'embrasser à nouveau.

— Princesse, tu n'as pas répondu à ma question.

— Je ne cuisine pas ce soir. C'est Cat qui s'en charge. Je ne sais même pas ce qu'elle a prévu.

J'oubliai que cela m'importait. Je soulevai Daphné dans mes bras et la portai jusqu'au bureau à l'arrière, puis refermai la porte d'un coup de pied.

— Qu'est-ce que tu fais, Flynn ? couina-t-elle.

— J'ai besoin d'un en-cas.

— Je suis un en-cas maintenant ?

Je glissai mes mains sous son menton.

— Tu n'es pas un en-cas, princesse. Tu es ce dont j'ai besoin.

Merci d'avoir lu l'histoire de Flynn & Daphné - j'espère que vous l'avez aimée !

Inscrivez à ma newsletter ! Vous pouvez lire deux scènes exclusives de mes autres séries :

Le Match - Scène Bonus

Brûle Pour Moi - Scène Bonus

Ou inscrivez-vous à ma newsletter directement ici : https://jh-croix.ck.page/45405038d4

Découvrez l'histoire de Elias & Cammi dans le prochain tome de la Ne ratez pas l'histoire de Elias !

. . .

1-click. Pour toujours et à jamais

À PROPOS DE L'AUTEUR

J.H. Croix est une auteur sur la liste des meilleures ventes USA Today, elle vit dans le Maine avec son mari et leurs deux chiens gâtés. Croix écrit des romances contemporaines à couper le souffle avec des femmes fortes et des hommes alphas qui n'ont pas peur de montrer leurs émotions. Son amour des petites villes et des personnages qui y vivent habite sa prose. Baladez-vous dans les folles romances de ses bestsellers!

jhcroixauthor.com
jhcroix@jhcroix.com